LA MAISON DES VOIX

Né en 1973, Donato Carrisi est l'auteur d'une thèse sur Luigi Chiatti, le « Monstre de Foligno », un tueur en série italien. Juriste de formation, spécialisé en criminologie et sciences du comportement, il délaisse la pratique du droit pour se tourner vers l'écriture de scénarios. *Le Chuchoteur*, son premier roman, est un best-seller international et a remporté de nombreux prix littéraires, dont le Prix SNCF du polar européen et le Prix des lecteurs du Livre de Poche en 2011. *La Fille dans le brouillard* et *L'Égarée* ont fait l'objet d'adaptations cinématographiques réalisées par l'auteur lui-même avec respectivement Jean Reno et Dustin Hoffman dans les rôles titres. Donato Carrisi est l'auteur de thrillers italiens le plus lu au monde.

Paru au Livre de Poche :

LE CHUCHOTEUR
L'ÉCORCHÉE
L'ÉGARÉE
LA FEMME AUX FLEURS DE PAPIER
LA FILLE DANS LE BROUILLARD
LE JEU DU CHUCHOTEUR
MALEFICO
TENEBRA ROMA
LE TRIBUNAL DES ÂMES

DONATO CARRISI

La Maison des voix

TRADUIT DE L'ITALIEN
PAR ANAÏS BOUTEILLE-BOKOBZA

CALMANN-LÉVY

Titre original :

LA CASA DELLE VOCI
Paru chez Longanesi & C., Milan, 2019.

ISBN : 978-2-253-10408-7 – 1re publication LGF

Pour Antonio
Mon fils, ma mémoire, mon identité

23 février

Une caresse.

À la frontière brumeuse entre la veille et le sommeil, juste avant de plonger dans l'abysse de l'oubli, elle sentit des doigts glacés toucher son front et elle entendit un murmure triste et doux.

Son prénom.

La fillette ouvrit grand les yeux et fut saisie d'effroi. Quelqu'un était venu lui rendre visite pendant qu'elle dormait. Cela pouvait être l'un des anciens habitants de la maison, parfois, elle bavardait avec eux et les entendait bouger comme des rats, en rasant les murs. Mais les spectres parlaient en elle, pas à l'extérieur. Même Ado – le pauvre Ado, le mélancolique Ado – venait parfois la voir. Toutefois, à la différence des autres spectres, il ne parlait jamais. C'était donc une pensée plus concrète qui venait de la déranger.

À part papa et maman, personne ne connaissait son prénom dans le monde des vivants.

C'était la « règle numéro trois ».

L'idée d'avoir violé l'une des cinq recommandations de ses parents l'effrayait. Ils lui avaient toujours fait confiance, elle ne voulait pas les décevoir. Surtout pas maintenant que papa lui avait promis de lui apprendre à chasser avec un arc et que maman était d'accord. Mais ensuite elle réfléchit : comment cela pouvait-il être sa faute ?

Règle numéro trois : ne jamais dire son prénom aux étrangers.

Elle n'avait pas révélé son nouveau prénom à qui que ce soit, et il était impossible qu'un étranger l'ait entendu par erreur. De toute façon, cela faisait deux ou trois mois qu'ils n'avaient vu personne dans les alentours de la ferme. Ils étaient perdus en pleine campagne, la ville la plus proche se trouvait à deux jours de marche.

Ils étaient en sécurité. Juste eux trois.

Règle numéro quatre : ne jamais s'approcher des étrangers et ne pas se laisser approcher par eux.

Alors, comment était-ce possible ? C'était la maison qui l'avait appelée, elle ne voyait pas d'autre explication. Parfois, les poutres produisaient des grincements sinistres ou des gémissements musicaux. Papa affirmait que la ferme reposait sur ses fondations comme une vieille dame assise dans un fauteuil, qui bouge régulièrement pour s'installer plus confortablement. Dans son demi-sommeil, elle avait pris un de ces bruits pour son prénom. Rien de plus. Son inquiétude se calma. Elle referma les yeux.

Le sommeil l'appelait, l'invitait à le suivre à l'endroit chaud où tout se dissout.

Elle était sur le point de s'y abandonner quand quelqu'un l'appela à nouveau.

Cette fois, la fillette se redressa et sonda l'obscurité de la chambre. Le poêle du couloir était éteint depuis des heures. Les couvertures la protégeaient du froid piquant. Elle était maintenant parfaitement réveillée.

Qui que soit la personne qui l'avait appelée, elle n'était pas dans la maison mais dehors, dans la nuit noire de l'hiver.

Elle avait parlé avec la voix des courants d'air qui s'insinuaient sous les portes ou par les volets fermés. Mais maintenant que le silence était redevenu profond, elle ne distinguait plus aucun son, hormis son cœur qui cognait dans ses oreilles comme un poisson dans un seau.

« Qui es-tu ? » aurait-elle voulu demander aux ténèbres. Mais elle avait peur de la réponse. Ou peut-être la connaissait-elle déjà.

Règle numéro cinq : si un étranger t'appelle par ton prénom, prends la fuite.

Elle chercha à tâtons la poupée de chiffon à un seul œil qui dormait avec elle, la saisit et se leva. Sans allumer sa lampe de chevet, elle avança à tâtons dans la chambre. Ses petits pas résonnaient sur le plancher.

Il fallait prévenir papa et maman.

Elle sortit dans le couloir. L'odeur du feu qui s'éteignait lentement dans la cheminée montait du rez-de-chaussée. Elle imagina la table en olivier de la cuisine, où traînaient les restes de la petite fête de la veille. Le gâteau au pain et au sucre préparé par sa mère dans le four à bois, auquel il manquait trois parts. Les dix bougies qu'elle avait soufflées en une seule fois, assise sur les genoux de papa.

Au fur et à mesure qu'elle approchait de la chambre de ses parents, ces pensées heureuses s'évaporaient, cédant la place à de sombres présages.

Règle numéro deux : les étrangers sont le danger.

Elle l'avait vu de ses propres yeux : les étrangers prenaient les gens, les arrachaient à leurs proches. Personne ne savait où ils allaient, ni ce qu'il advenait d'eux. Ou alors elle était trop petite, pas encore prête, et ses parents n'avaient pas voulu le lui raconter. Sa seule certitude était que les disparus ne revenaient pas.

Plus jamais.

— Papa, maman… il y a quelqu'un à l'extérieur, chuchota-t-elle.

Son aplomb prouvait qu'elle ne voulait plus être considérée comme une enfant.

Papa se réveilla le premier, puis maman. Ils l'écoutèrent.

— Qu'as-tu entendu ? demanda maman alors que papa saisissait la lampe torche qu'il conservait à côté de son lit.

— Mon prénom, répondit la fillette, indécise, craignant une réprimande pour avoir violé une des cinq règles.

Mais ils ne lui reprochèrent rien. Papa alluma la torche et protégea le faisceau de sa main pour ne pas éclairer la chambre, afin que les intrus ne sachent pas qu'ils étaient réveillés.

Sans lui en demander plus, ses parents hésitaient à la croire. Ils ne la soupçonnaient pas de mentir, ce sujet était trop sérieux pour qu'elle ait l'idée de plaisanter. Mais ils n'étaient pas certains que ce qu'elle leur avait raconté soit réel. D'ailleurs, la fillette aurait préféré que ce soit le fruit de son imagination. Papa et maman étaient sur le qui-vive, mais ils ne bougèrent pas. Silencieux, la tête légèrement dressée, ils auscultaient l'obscurité – comme les radiotélescopes de son livre d'astronomie qui scrutaient l'inconnu qui se cache dans le ciel, espérant capter un signal, mais en même temps le craignant. Parce que, comme le lui avait expliqué son père, découvrir que nous n'étions pas seuls dans le ciel n'aurait pas forcément été une bonne nouvelle: «Les extraterrestres pourraient ne pas être nos amis.»

Des secondes interminables de silence absolu passèrent. Les seuls bruits étaient le chuintement du vent qui agitait le feuillage des arbres, le pleur plaintif de la girouette en fer rouillé sur la cheminée et le bougonnement de la vieille grange – comme une baleine qui dort au fond de l'océan.

Un bruit métallique.

Un seau qui tombe par terre. Le seau du vieux puits, précisément. Papa l'avait accroché entre deux cyprès. C'était l'un des pièges sonores qu'il installait tous les soirs autour de la maison.

Le seau était placé près du poulailler.

La fillette fit mine de parler, mais sa mère lui posa une main sur la bouche. Elle aurait voulu suggérer qu'il s'agissait peut-être d'un animal nocturne – une fouine ou un renard –, pas forcément d'un étranger.

— Les chiens, murmura son père.

En effet, elle n'y avait pas pensé. Papa avait raison. S'il s'était agi d'une fouine ou d'un renard, après le bruit du seau, les chiens de garde auraient aboyé pour signaler sa présence. Il n'y avait donc qu'une seule explication.

Quelqu'un les avait fait taire.

L'idée qu'il ait pu arriver quelque chose à ses bêtes tant aimées lui fit monter les larmes aux yeux. Elle s'efforça de ne pas éclater en sanglots, le chagrin se mêla à une terreur soudaine.

Ses parents échangèrent un regard, il ne leur en fallut pas plus pour décider quoi faire.

Son père se leva le premier, s'habilla mais n'enfila pas ses chaussures. Sa mère l'imita, mais eut un geste qui laissa la fillette interdite : elle attendit le moment où son père ne la regardait pas pour glisser la main sous le matelas, attraper un petit objet et le mettre rapidement dans sa poche. La fillette n'eut pas le temps de distinguer son contour.

Cela lui sembla curieux. Papa et maman n'avaient aucun secret l'un pour l'autre.

Très vite, sa mère lui confia une autre lampe torche et s'agenouilla devant elle pour lui poser une couverture sur les épaules en plantant ses yeux dans les siens.

— Tu te rappelles ce qu'on doit faire, maintenant ?

La fillette acquiesça. Le regard décidé de sa mère lui donna du courage. Depuis qu'ils s'étaient installés dans cet endroit abandonné, environ un an plus tôt, ils avaient répété la «procédure», comme l'appelait papa, des dizaines de fois. Jusque-là, ils n'avaient pas eu besoin de l'appliquer.

— Prends bien ta poupée, lui recommanda sa mère en serrant sa petite main dans la sienne, chaude et forte.

Pendant qu'elles descendaient l'escalier, la fillette se retourna un instant et vit que son père avait pris un des jerricans dans le cagibi et qu'il en répandait le contenu sur les murs de l'étage. Le liquide à l'odeur âcre coulait entre les planches du parquet.

Une fois en bas, sa mère l'entraîna vers les pièces donnant sur l'arrière. Des éclats de bois blessaient leurs pieds nus, la fillette serrait les dents en essayant de retenir ses gémissements de douleur. Pourtant, c'était inutile, elles n'avaient plus besoin de cacher leur présence. Dehors, les étrangers avaient tout compris.

Elle les entendait se déplacer autour de la maison, ils voulaient entrer.

Il était déjà arrivé, dans le passé, que quelqu'un ou quelque chose les menace alors qu'ils se croyaient en sécurité. Ils avaient toujours esquivé le danger.

Sa mère et elle passèrent à côté de la table en olivier, où trônait encore le gâteau d'anniversaire aux dix bougies éteintes. Elle aperçut la tasse de lait qui aurait dû accompagner son petit déjeuner du lendemain, les jouets en bois que son père avait fabriqués pour elle, le bocal de biscuits, les étagères accueillant les livres qu'ils lisaient ensemble le soir après le dîner. Tout ce à quoi il lui faudrait dire adieu, encore une fois.

Sa mère s'approcha de la cheminée en pierre. Elle glissa un bras dans le conduit et tâtonna avant de trouver une chaîne métallique noircie par la suie. Elle la tira de toutes ses forces et la fit coulisser autour d'une poulie cachée dans le conduit. Une des plaques sous le grès bougea. Mais elle était trop lourde, il fallait l'aide de papa. C'était lui qui avait inventé ce mécanisme. Pourquoi mettait-il autant de temps pour les rejoindre ? Cet imprévu acheva de la terroriser.

— Aide-moi, ordonna sa mère.

Elle saisit la chaîne et elles tirèrent ensemble. Dans l'effort, sa mère heurta avec son coude un vase en argile posé sur la cheminée. Elles le regardèrent se briser sur le sol, impuissantes. Un bruit sourd parcourut les pièces de la ferme. Juste après, quelqu'un tambourina à la porte d'entrée. Cela résonna comme un avertissement.

Nous savons qui vous êtes. Nous savons où vous êtes. Et nous sommes venus vous chercher.

La mère et la fille tirèrent plus fort sur la chaîne. La pierre sous les braises bougea enfin. La femme pointa sa torche sur un escalier en bois qui descendait dans les fondations.

Les coups à la porte s'intensifièrent.

Se tournant vers le couloir, elles virent enfin le père qui arrivait, deux bouteilles à la main : à la place du bouchon, il avait placé des linges mouillés. Il y a longtemps, dans la forêt, la fillette avait vu son père mettre le feu à ces bouteilles et les lancer contre un arbre sec, qui avait instantanément pris feu.

Les étrangers s'acharnaient sur la porte d'entrée : ses charnières étaient en train de se décrocher du mur et les quatre verrous semblaient se fragiliser à chaque coup. Les trois habitants comprirent que cette dernière barrière ne retiendrait pas longtemps les envahisseurs.

Le regard du père fit des allers-retours entre la porte et elles. Ils n'avaient plus le temps pour la procédure. Il leur fit un signe de tête et posa les bouteilles par terre le temps d'attraper un briquet dans sa poche.

La porte céda.

Tandis que des ombres hurlantes franchissaient le seuil, papa embrassa une dernière fois sa femme et sa fille du regard. En quelques instants, tant d'amour, de passion et de regret se concentrèrent dans ses yeux que cela adoucit pour toujours la douleur de ces adieux.

Papa alluma la flamme, esquissant un sourire pour elles. Puis il lança la bouteille et disparut avec les ombres en une flambée. La fillette n'en vit pas plus, sa mère la poussa dans l'ouverture sous la cheminée, puis la suivit, l'extrémité de la chaîne à la main.

Elles descendirent les barreaux en bois à toute allure, risquant plusieurs fois de trébucher. Le bruit étouffé d'une autre explosion arriva d'en haut. Des cris incompréhensibles, de la frénésie.

Une fois en bas, dans le souterrain humide, la mère lança la chaîne métallique de façon que le mécanisme referme l'ouverture au-dessus de leurs têtes. Mais quelque chose se coinça et il resta une large fente. La mère tenta de débloquer le système, tira, poussa. En vain.

La procédure prévoyait qu'en cas d'attaque, la famille se réfugie là-dessous pendant que la maison brûlait. Peut-être que les étrangers prendraient peur et s'enfuiraient, ou alors ils les croiraient morts dans l'incendie. Une fois le calme revenu, elle, sa mère et son père devraient rouvrir la trappe de pierre et remonter à la surface.

Mais quelque chose s'était passé de travers. Tout s'était passé de travers. D'abord, papa n'était pas avec elles. Ensuite, la plaque ne s'était pas entièrement refermée. Et puis, au-dessus, tout avait pris feu. La fumée passait par la fente, venait les débusquer. Il n'y avait pas d'autre sortie, dans cet étroit souterrain.

La mère la tira vers le coin le plus reculé de cette catacombe. À quelques mètres d'elles, dans la terre froide sous un cyprès, était enterré Ado. Le pauvre Ado, le mélancolique Ado. Il leur faudrait le déterrer avant de quitter les lieux.

Mais de toute façon, elles non plus ne pouvaient plus s'échapper.

— Ça va? lui demanda sa mère en retirant la couverture de ses épaules.

La fillette, tremblante, serrait contre elle la poupée à un œil, toutefois elle acquiesça.

— Écoute-moi. Maintenant, tu vas devoir être très courageuse.

— Maman, j'ai peur, je n'arrive pas à respirer. Sortons d'ici, je t'en prie.

— Si on sort, les étrangers nous emmèneront, tu le sais bien. C'est ça que tu veux ? demanda la mère sur un ton de reproche. On a fait tous ces sacrifices pour que ça n'arrive jamais, et maintenant on devrait se rendre ?

La fillette regarda le plafond du souterrain. Elle les entendait, à quelques mètres d'eux : les étrangers essayaient de braver les flammes pour venir les capturer.

— J'ai respecté toutes les règles, se défendit-elle en sanglotant.

— Je sais, ma chérie, la rassura sa mère en lui caressant les joues.

Au-dessus d'elle, la maison des voix gémissait dans l'incendie, tel un géant blessé. C'était poignant. Une fumée dense et noire arrivait maintenant par la fente dans la plaque de grès.

— Nous n'avons pas beaucoup de temps, affirma la mère. Il reste un moyen pour nous enfuir…

Elle sortit quelque chose de sa poche. L'objet secret qu'elle avait caché au père était une petite fiole de verre.

— Une gorgée chacune.

Elle la déboucha et la lui tendit. La fillette hésita.

— Qu'est-ce que c'est?

— Ne pose pas de questions, bois.

— Et qu'est-ce qu'il va se passer?

— C'est l'eau de l'oubli. On va s'endormir et, quand on se réveillera, tout sera terminé.

Mais la fillette ne la croyait pas. Pourquoi l'eau de l'oubli ne faisait-elle pas partie de la procédure? Pourquoi papa n'en savait-il rien?

La mère la saisit par le bras et la secoua.

— Quelle est la règle numéro cinq?

La fillette ne comprenait pas l'intérêt de la répéter à ce moment-là.

— Règle numéro cinq, allez.

— Si un étranger t'appelle par ton prénom, prends la fuite.

— La numéro quatre?

— Ne t'approche jamais des étrangers ou ne te laisse pas approcher par eux, énonça la fillette d'une voix brisée. La troisième est de ne jamais dire son prénom aux étrangers, mais je ne l'ai pas fait, je te le jure, se justifia-t-elle en repensant au début de la nuit.

— La deuxième règle, demanda la mère plus doucement.

— Les étrangers sont le danger.

— Les étrangers sont le danger, rappela la mère, sérieuse, en portant la bouteille à ses lèvres pour en boire une petite gorgée avant de la tendre de nouveau à sa fille. Je t'aime, ma chérie.

— Moi aussi, je t'aime, maman.

La fillette posa les yeux sur sa mère, qui la regardait, puis sur la fiole dans sa main. Elle la prit et, sans hésiter, la vida.

Règle numéro un : ne faire confiance qu'à papa et maman.

1

Pour un enfant, la famille est l'endroit le plus sûr au monde. Ou bien le plus dangereux.

Pietro Gerber essayait de ne jamais l'oublier.

— Bien, Emilian : tu as envie de me parler de la cave ?

L'enfant de six ans à la peau diaphane, qui lui donnait des allures spectrales, se tut. Il ne leva pas les yeux du petit château en briques colorées qu'ils avaient construit ensemble. Gerber ajouta patiemment des briques aux murs, sans le presser. Il savait d'expérience qu'Emilian parlerait de lui-même quand il serait prêt.

Chaque enfant choisit son moment, répétait-il souvent.

Depuis au moins quarante minutes, Gerber était accroupi à côté d'Emilian sur la moquette aux couleurs arc-en-ciel de la pièce sans fenêtre située au deuxième étage d'un immeuble du XIVe siècle de la via della Scala, en plein centre historique de Florence.

Pendant fort longtemps, le bâtiment avait hébergé des œuvres de charité florentines « pour donner un refuge aux enfants perdus», c'est-à-dire les enfants abandonnés par leurs familles, trop pauvres pour les élever, ainsi que les enfants illégitimes et les mineurs victimes de situations sociales complexes.

À partir de la seconde moitié du XIXe siècle, il était devenu le siège du tribunal pour mineurs.

Cet immeuble anonyme avait la même splendeur que ceux qui l'entouraient, étrangement concentrés sur quelques kilomètres carrés. L'ensemble contribuait à la réputation de Florence, une des plus belles villes du monde. Mais ce bâtiment se distinguait des autres, d'abord en raison de son origine : c'était autrefois une église. On discernait encore les restes d'une fresque de Botticelli représentant l'annonce faite à Marie.

Et aussi à cause de sa salle de jeux.

En plus des briques qui occupaient Emilian, il y avait une maison de poupées, un train, des petites voitures assorties, un bulldozer, un camion, un cheval à bascule, des peluches et une petite cuisinière pour préparer des délices imaginaires. Sur la table basse entourée de quatre chaises se trouvait du matériel pour dessiner.

Pourtant c'était une fiction : tout, dans cette vingtaine de mètres carrés, visait à occulter la véritable nature du lieu.

La salle de jeux était un tribunal.

Un des murs était occupé par un grand miroir sans tain derrière lequel se cachaient le juge, le procureur, les accusés et leurs avocats.

Cet espace avait été conçu pour préserver la sécurité psychique des petites victimes à qui on demandait de témoigner, sous protection. Chaque objet avait été choisi et pensé par des psychologues dans le but de favoriser la verbalisation des enfants. Chacun jouait un rôle précis dans la narration ou l'interprétation des faits.

Souvent, les enfants utilisaient les peluches ou les poupées pour leur infliger le même traitement que celui que leur avaient réservé leurs bourreaux. Certains préféraient dessiner que parler, d'autres inventaient des histoires et y disséminaient des références à ce qu'ils avaient subi.

Il arrivait toutefois que les révélations se fassent inconsciemment.

Pour cette raison, les personnages imaginaires des posters affichés aux murs veillaient sur les petits hôtes grâce à des mini-caméras invisibles. Chaque mot, geste ou comportement, potentielle preuve pour le jugement, était enregistré. Toutefois, les yeux électroniques ne saisissaient pas toutes les nuances. Et Pietro Gerber, à trente-trois ans, avait déjà appris à repérer les détails importants.

En poursuivant la construction du château avec Emilian, il l'étudiait, espérant déceler chez lui un signe d'ouverture.

La température de la pièce était de vingt-trois degrés, une lumière bleuâtre émanait des ampoules au plafond et un métronome battait au rythme de quarante pulsations par minute.

Toutes les conditions étaient réunies pour favoriser la détente.

Quand on demandait à Gerber en quoi consistait son travail, il ne répondait jamais qu'il était « psychologue pour enfants, spécialisé dans l'hypnose ». Il employait une expression inventée par celui qui lui avait tout appris, et qui résumait parfaitement le sens de sa mission.

Endormeur d'enfants.

Gerber savait pertinemment que l'hypnose était souvent réduite à une sorte de pratique alchimiste pour contrôler l'esprit d'autrui. Beaucoup de gens croyaient que la personne sous hypnose perdait le contrôle d'elle-même et de sa propre conscience, et que l'hypnotiseur pouvait la pousser à faire ou à dire n'importe quoi.

En réalité, c'était simplement une technique pour aider les personnes qui s'étaient égarées à reprendre contact avec elles-mêmes.

On ne perdait jamais le contrôle ni la conscience – en témoignait le fait que le petit Emilian jouait comme d'habitude. Grâce à l'hypnose, le niveau de veille s'abaissait pour que le monde extérieur ne soit plus une gêne : en excluant toute interférence, on augmentait la perception de soi.

En d'autres termes, Pietro Gerber apprenait aux enfants à mettre de l'ordre dans leur mémoire fragile – suspendue entre jeu et réalité – et à distinguer le vrai du faux.

Toutefois, le temps dont il disposait avec Emilian allait bientôt s'achever et l'expert imaginait déjà l'expression contrariée de la juge pour enfants, Baldi, cachée derrière le miroir avec les autres. C'était elle qui lui avait confié l'affaire et qui l'avait informé de ce qu'il faudrait demander à l'enfant. Gerber devait ensuite définir la meilleure stratégie pour qu'Emilian lui fournisse cette information. S'il n'obtenait rien dans les dix prochaines minutes, l'audience serait reportée. Néanmoins, le psychologue ne s'avouait pas vaincu : c'était la quatrième fois qu'ils se voyaient, il n'y avait pas eu de véritable progrès, mais beaucoup de petits pas en avant.

Emilian – l'enfant spectre – devait répéter devant le tribunal l'histoire qu'il avait racontée un jour, de façon inattendue, à son institutrice. Le problème était que, depuis, il n'avait plus fait aucune allusion à « l'histoire de la cave ».

Or pas d'histoire, pas de preuve.

Avant de se déclarer vaincu, l'hypnotiseur tenta une dernière approche.

— Si tu ne veux pas parler de la cave, ça ne fait rien.

Sans attendre la réaction de l'enfant, il cessa de construire le château. À la place, il prit des briques colorées et commença un deuxième édifice à côté.

Emilian le fixa, interdit.

— Je dessinais dans ma chambre quand j'ai entendu la comptine…, dit-il finalement d'un filet de voix, sans le regarder.

Gerber n'eut aucune réaction.

— Celle de l'enfant curieux. Tu la connais ? *C'est un enfant curieux – il joue dans un coin – dans le noir silencieux – il entend une voix – il y a un spectre taquin*

– son prénom il connaît – à l'enfant curieux – il veut donner un baiser.

— Oui, je la connais, admit le psychologue toujours en jouant, comme si c'était une conversation banale.

— Je suis allé voir d'où ça venait.

— Et alors ?

— Ça venait de la cave.

Pour la première fois, Gerber avait réussi à conduire l'esprit d'Emilian hors de la salle de jeux : ils se trouvaient maintenant chez l'enfant et il fallait qu'ils y restent le plus longtemps possible.

— Tu es allé voir ce qu'il y avait à la cave ?

— Oui, je suis descendu.

Cette affirmation était importante. Comme récompense, le psychologue lui tendit une brique colorée, l'incluant dans la nouvelle construction.

— J'imagine qu'il faisait noir. Tu n'as pas eu peur de descendre tout seul ?

C'était une première tentative pour tester la fiabilité du petit témoin.

— Non. Il y avait une lumière allumée.

— Et qu'est-ce que tu as vu ?

Encore une indécision. Gerber cessa de lui passer des briques.

— La porte n'était pas fermée à clé comme les autres fois. Maman dit que je ne dois jamais l'ouvrir, que c'est dangereux. Mais cette fois la porte était un peu ouverte. On pouvait voir à l'intérieur…

— Et tu as regardé ?

L'enfant acquiesça.

— Tu ne sais pas que c'est mal de regarder ?

Cette question comportait un risque. Se sentant blâmé, Emilian pouvait se réfugier en lui-même et ne plus rien raconter. Mais s'il voulait rendre cette déposition inattaquable, Gerber devait tenter sa chance. Un enfant incapable de comprendre la valeur négative de ses actes ne pouvait être considéré comme un témoin crédible de ceux des autres.

— Je sais, mais j'avais oublié, se justifia-t-il.

— Et qu'est-ce que tu as vu dans la cave ?

— Il y avait des personnes…

— Des enfants ?

Emilian secoua la tête.

— Alors des adultes ?

L'enfant acquiesça.

— Et que faisaient-ils ?

— Ils n'avaient pas de vêtements.

— Comme quand tu vas à la piscine ou à la plage, ou comme quand tu prends ta douche ?

— Comme quand je prends ma douche.

Cette information constituait un précieux progrès dans la déposition : pour les enfants, la nudité des adultes est un tabou. Emilian avait franchi l'obstacle de la gêne.

— Et ils avaient des masques, ajouta-t-il de lui-même.

— Des masques ? demanda Gerber d'un air faussement étonné, puisque l'institutrice avait rapporté la même chose. Quel genre de masques ?

— En plastique, avec un élastique derrière, ceux qui couvrent uniquement la figure. Des animaux.

— Des animaux ?

— Un chat, un mouton, un cochon, un hibou… et un loup. Oui, c'était un loup.

— Pourquoi portaient-ils ces masques, à ton avis ?

— Ils jouaient.

— À quel jeu ? Tu le connaissais ?

L'enfant réfléchit un moment.

— Ils faisaient les choses d'Internet.

— Les choses d'Internet ?

Gerber voulait qu'Emilian soit plus explicite.

— Leo, mon copain de l'école, a un grand frère de douze ans. Une fois, le frère de Leo nous a montré une vidéo sur Internet, des gens tout nus qui se serraient dans les bras d'une drôle de façon et qui se donnaient des bisous bizarres.

— Et ça t'a plu, cette vidéo ?

Emilian fit la grimace.

— Et puis, le frère de Leo nous a dit qu'on devait garder le secret parce que c'était un jeu de grands.

— Je comprends, affirma le psychologue sur un ton neutre. Tu es très courageux, Emilian, moi, j'aurais eu terriblement peur.

— Je n'ai pas eu peur parce que je les connaissais.

— Tu savais qui étaient les personnes avec les masques ?

L'enfant oublia un instant son château et leva les yeux vers le miroir. Derrière, cinq individus étaient suspendus à ses lèvres.

Un chat, un mouton, un cochon, un hibou. Et un loup.

Gerber n'était plus d'aucune aide à Emilian. Il espéra que le petit se servirait de l'expérience de ses six années de vie pour trouver le courage de prononcer les noms des protagonistes de ce cauchemar.

— Papa, maman, papi, mamie. Et le père Luca.

Pour un enfant, la famille est l'endroit le plus sûr au monde. Ou bien le plus dangereux, se répéta intérieurement Pietro Gerber.

— Bien, Emilian : maintenant, on va faire ensemble le compte à rebours : dix…

2

À la fin de l'audience, Gerber consulta son téléphone portable, qu'il avait mis sur silencieux, et découvrit qu'il avait reçu un appel d'un numéro inconnu. C'est alors que la juge Baldi lui demanda :

— Qu'en penses-tu ?

Elle n'avait même pas attendu que Gerber referme la porte du bureau derrière eux.

Le psychologue savait bien que, si elle avait hâte de partager avec lui ses impressions sur le témoignage, la véritable question était autre.

Emilian avait-il dit la vérité ?

— Les enfants ont un esprit malléable, déclara l'expert. Parfois, ils se créent de faux souvenirs, mais ce ne sont pas vraiment des mensonges : ils sont sincèrement convaincus d'avoir vécu ces expériences, même les plus absurdes. Leur imagination est tellement vivace qu'ils pensent vraies des choses qui ne le sont pas. Et elle est aussi tellement immature qu'elle les empêche de distinguer le réel du reste.

Évidemment, cela ne suffisait pas à la juge.

Avant d'aller s'asseoir à son bureau, elle se dirigea vers la fenêtre et, bien que la matinée d'hiver fût sombre et humide, elle ouvrit comme en plein été.

— Dans l'autre pièce, j'ai un couple de jeunes parents adoptifs qui ont longtemps désiré un enfant, deux grands-parents affectueux qui feraient la joie de n'importe quel bambin et un curé qui se bat depuis des années pour arracher des mineurs comme Emilian à leur condition familiale pour leur assurer un avenir plein d'amour... Et cet adorable petit diable vient nous raconter un rite orgiaque païen et sacrilège.

La juge tempérait souvent sa déception par le sarcasme, et Gerber comprenait sa frustration. Emilian était né en Biélorussie, l'hypnotiseur avait lu et relu son dossier. Il avait été retiré à sa famille biologique à l'âge de deux ans et demi, parce qu'il subissait toutes sortes de maltraitances. Ses parents s'amusaient à mettre à l'épreuve son envie d'être au monde, dans une sorte de jeu de survie. Ils le laissaient pendant des jours sans nourriture, pleurant et pataugeant dans ses excréments. Heureusement, avait pensé Gerber, les enfants n'ont pas de mémoire avant trois ans. Néanmoins, il était normal que quelque part, dans l'esprit d'Emilian, il reste des traces de cet emprisonnement. Le père Luca l'avait trouvé dans un institut et l'avait remarqué parmi des dizaines d'enfants : en retard dans les apprentissages, le petit parlait à peine. Le curé, qui dirigeait une association pour l'adoption à distance, très active dans l'ex-pays communiste, lui avait trouvé une famille : un jeune couple de sa paroisse qui, après d'interminables procédures bureaucratiques, avait réussi à le ramener en Italie.

Après une année dans un contexte aimant, Emilian avait déjà récupéré son retard et parlait l'italien presque couramment. Pourtant, alors que tout semblait aller pour le mieux, il avait manifesté les symptômes d'une anorexie précoce.

En refusant la nourriture, il était devenu l'enfant spectre.

Ses parents adoptifs l'avaient emmené chez tous les médecins possibles et imaginables, sans regarder à la dépense, mais aucun n'avait réussi à l'aider. Toutefois, tous affirmaient que l'origine de ses troubles alimentaires était à rechercher dans son passé de solitude et de violence.

Ses parents n'avaient pas baissé les bras. Sa mère adoptive avait arrêté de travailler pour se consacrer entièrement à lui. Étant donné la situation, il n'était pas étonnant que la juge soit très contrariée de la énième déveine qui s'abattait sur cette femme et son mari.

— Je crois qu'il n'y a pas d'alternative, poursuivit Gerber. Il faut continuer d'écouter ce qu'a à nous dire Emilian.

— Je ne suis pas sûre d'en avoir envie, affirma la magistrate avec une pointe d'amertume. Quand on est enfant, on n'a pas d'autre choix que d'aimer ceux qui nous ont mis au monde, même s'ils nous font du mal. Le passé d'Emilian en Biélorussie est un trou noir, maintenant, il se trouve dans une situation totalement opposée et il vient de découvrir qu'il possède une arme puissante : l'amour de sa nouvelle famille. Il s'en sert impunément contre eux, comme ses parents biologiques faisaient avec lui. Ça permet juste d'expérimenter ce qu'on ressent quand on est le bourreau.

— La victime qui devient bourreau, convint Gerber, toujours debout.

— C'est ça, répéta fermement la juge, pointant son doigt vers lui pour souligner l'importance de ces propos.

Anita Baldi avait envie de se défouler. Elle avait été la première magistrate à qui Pietro avait eu affaire alors qu'il n'était qu'étudiant, ce qui l'autorisait dans les faits à employer un ton informel avec lui. Mais l'expert ne se permettait pas la même familiarité. Au fil des ans, il avait apprécié ses leçons et ses colères, elle était sans doute la personne la plus juste et humaine qu'il ait rencontrée dans le milieu. À quelques mois de la retraite, célibataire endurcie, elle avait consacré son existence à s'occuper des enfants qu'elle n'avait pas eus. Sur le mur derrière elle étaient affichés les dessins des enfants qui passaient par son bureau. Sa table de travail était couverte de dossiers et de bonbons colorés.

Au milieu de ces dossiers, il y avait celui d'Emilian. Gerber le regarda en se disant que pour l'enfant spectre, malheureusement, il n'avait pas suffi de changer de pays, de nom et de ville pour vivre une nouvelle vie. Il était convaincu qu'Anita Baldi se trompait.

— Ce n'est pas si simple, déclara-t-il. Je crains qu'il n'y ait autre chose.

— Qu'est-ce qui te fait dire ça ? demanda-t-elle en se penchant en avant.

— Vous avez remarqué quand l'enfant a levé les yeux vers le miroir ?

Son instinct lui disait que la juge n'avait pas d'explication.

— Oui, et alors ?

— Emilian était légèrement en transe, pourtant il savait que quelqu'un l'observait de l'autre côté.

— Tu soutiens qu'il a compris le truc ? Alors, il est encore plus probable qu'il ait été en représentation, conclut-elle, satisfaite.

— Emilian voulait qu'on soit tous là, y compris sa nouvelle famille.

— Pourquoi ?

— Je ne sais pas, mais je compte bien le découvrir.

— Si Emilian a menti, il l'a fait dans un but précis. De même que s'il a dit la vérité, trancha la juge, comprenant enfin ce qu'avait voulu dire le psychologue.

— Faisons-lui confiance et voyons où il veut nous emmener, avec son récit, affirma Gerber. Il est probable que rien n'en sortira et qu'il se contredira tout seul, ou bien que tout ceci ait un but qui nous échappe encore.

L'attente ne serait pas longue : dans les affaires impliquant des mineurs, les délais de la justice sont raccourcis, aussi la nouvelle audience était déjà fixée à la semaine suivante.

Le tonnerre gronda dehors. Un orage arrivait sur la ville et, même au troisième étage, on entendait les touristes de la via della Scala se hâter pour trouver un refuge.

Pietro Gerber ne voulait pas se faire surprendre par l'orage, bien que son bureau ne soit pas loin du tribunal.

— S'il n'y a rien d'autre…, dit-il seulement en se dirigeant vers la porte.

— Comment vont ta femme et ton fils ? demanda Anita Baldi, changeant de sujet.

— Bien.

— Ne laisse pas cette femme te quitter. Et Marco, quel âge a-t-il, maintenant ?

— Deux ans.

— Les enfants te font confiance, ça se voit, tu sais. Non seulement tu les encourages à s'ouvrir, mais en plus avec toi ils se sentent en sécurité.

Suivit une pause triste, qui annonçait généralement une phrase que Gerber avait souvent entendue.

— Il serait fier de toi, ajouta la juge.

Pietro se raidit à l'évocation de monsieur B.

Heureusement, à ce moment-là, son portable sonna. Il regarda l'écran.

À nouveau le numéro inconnu qui avait appelé pendant l'audience.

Il pensa à un parent ou un tuteur de l'un de ses jeunes patients, mais il s'aperçut que le numéro avait un préfixe international. Probablement des ennuis – un call center qui lui faisait une proposition que soi-disant il ne pourrait refuser ? En tout cas, cela constituait l'excuse parfaite pour partir.

— Si ça ne vous dérange pas, dit-il en lui montrant le téléphone pour lui faire comprendre qu'il devait répondre.

— Bien sûr, vas-y, l'autorisa la juge. Passe le bonjour à ta femme et embrasse Marco de ma part.

Gerber descendit quatre à quatre l'escalier du tribunal, espérant éviter la tempête.

— Qu'est-ce que vous avez dit, pardon ? demanda-t-il à son interlocuteur.

La ligne était très mauvaise, sans doute à cause de l'épaisseur des murs du bâtiment ancien.

— Attendez, je ne vous entends pas.

Il se retrouva dans la rue au moment exact où il se mit à pleuvoir. Il fut pris dans les bousculades des passants qui tentaient d'éviter l'apocalypse. Le col de son vieux Burberry relevé et la main sur l'oreille, il essayait de comprendre ce que disait la voix féminine à l'autre bout du fil.

— J'ai dit que je m'appelle Theresa Walker, nous sommes collègues, répéta la femme en anglais, avec un accent que le psychologue n'avait jamais entendu. Je vous appelle d'Adélaïde, en Australie.

Ainsi, l'appel provenait de l'autre bout de la Terre.

— Que puis-je faire pour vous, docteur Walker ? demanda-t-il en accélérant le pas sous la pluie.

— J'ai trouvé votre numéro sur le site de la Fédération mondiale pour la santé mentale, expliqua la femme. Je voudrais vous soumettre un cas.

— Si vous avez la patience d'attendre, dans quinze minutes, je serai dans mon bureau et plus à même de vous écouter, affirma-t-il en empruntant une ruelle.

— Je ne peux pas attendre, répondit-elle sur un ton alarmé. Elle arrive.

— Qui arrive ?

En prononçant ces mots, le psychologue se sentit traversé par un pressentiment.

Et la pluie devint torrentielle.

3

Un frisson qui s'insinuait.

Gerber n'aurait pu définir autrement ce qu'il ressentait et qui le poussa à se réfugier sous un porche.

— Que savez-vous de l'AS ? poursuivit le Dr Walker.

AS : amnésie sélective.

Gerber se sentit déboussolé. Le sujet était très controversé. Pour certains de ses collègues, ce trouble était difficile à diagnostiquer, d'autres en niaient fermement l'existence.

— Pas grand-chose.

— Mais quelle est votre position sur le sujet ?

— Je suis sceptique, admit-il. Si je m'en tiens à mon expérience professionnelle, il est impossible de soutirer des souvenirs isolés à une mémoire.

Selon les partisans de la théorie inverse, il s'agissait d'un mécanisme d'autodéfense mis en acte par la psyché de façon inconsciente. Cela arrivait surtout dans l'enfance. Des orphelins confiés à une famille oubliaient soudain qu'ils avaient été adoptés ; des enfants ayant subi des traumatismes sévères ou des abus effaçaient totalement leur expérience. Gerber avait rencontré le cas une fois : un mineur avait vu son père assassiner sa mère, avant de se suicider. Des années plus tard, le psychologue l'avait revu : lycéen, il était convaincu que ses parents étaient décédés de mort naturelle. Toutefois, cet épisode n'avait pas suffi à faire changer Gerber d'avis.

— Moi non plus, je ne pensais pas cela possible, déclara soudain le Dr Walker. Il n'y a aucune origine physiologique, comme une lésion cérébrale, à cette perte de mémoire présumée. Et le choc ne l'explique pas non plus parce que, quand elle se manifeste, l'événement traumatisant a eu lieu depuis longtemps.

— Je dirais que le refoulement est plutôt le fruit d'un choix, admit Gerber. Voilà pourquoi on ne peut pas parler d'amnésie.

— La question est de savoir si on peut vraiment choisir d'oublier quelque chose. C'est comme si la psyché établissait automatiquement que pour survivre au traumatisme, il faut le nier de toutes ses forces : elle nous cache ce lourd fardeau pour nous permettre d'aller de l'avant.

Gerber remarqua mentalement que la capacité à oublier les choses était globalement considérée comme une bénédiction.

C'était aussi la chimère de l'industrie pharmaceutique : trouver une pilule capable de faire oublier les pires épisodes de notre vie. Toutefois, l'hypnotiseur était d'avis que les événements que nous vivons – même les pires – contribuent à nous construire. Ils font partie de nous, même si on fait tout pour les oublier.

— Chez les enfants pour qui on a pensé à une AS, les souvenirs ont affleuré sans préavis à l'âge adulte, rappela le psychologue. Les conséquences de ce brusque retour à la mémoire sont toujours imprévisibles, et souvent difficiles.

Theresa Walker se tut, signe que cette dernière phrase avait attiré son attention.

— Mais pourquoi toutes ces questions ? demanda Pietro Gerber, toujours sous le porche. Quel est ce cas étrange que vous vouliez me soumettre ?

— Il y a quelques jours, une femme nommée Hanna Hall est venue me voir pour suivre une thérapie par l'hypnose : au départ, son but était de mettre de l'ordre dans son passé tourmenté. Mais, dès la première séance, il s'est passé quelque chose…

Pendant la longue pause qui suivit, Gerber imagina que sa collègue cherchait les mots les plus appropriés pour expliquer ce qui l'avait troublée.

— Je n'ai jamais assisté à une pareille scène, durant toutes ces années, se justifia-t-elle avant de continuer. La séance a très bien commencé : la patiente répondait à la thérapie et collaborait. Mais soudain, Hanna s'est mise à hurler. Elle revivait le souvenir d'un homicide arrivé dans son enfance.

— Je ne comprends pas : pourquoi ne l'avez-vous pas convaincue d'aller voir la police ?

— Hanna Hall n'a pas raconté comment s'est passé le crime, mais je suis persuadée qu'elle dit vrai.

— D'accord, mais pourquoi m'en parler à moi ?

— Parce que la victime est enterrée en Italie, quelque part dans la campagne toscane, et que personne n'en a jamais rien su. Hanna Hall soutient qu'elle a refoulé les faits et qu'elle est venue me voir pour retrouver la mémoire de ce qui s'est passé.

Hanna Hall arrivait à Florence. Gerber ne la connaissait pas, pourtant cette information l'inquiétait.

— Excusez-moi : il s'agit bien d'une adulte ? Donc, vous faites erreur, docteur, il faut appeler quelqu'un d'autre, moi, je suis psychologue pour enfants.

Il ne voulait pas vexer sa collègue, mais il se sentait mal à l'aise, sans comprendre pourquoi.

— Cette femme a besoin d'aide et moi, d'ici, je ne peux rien faire, poursuivit Theresa Walker. Nous ne pouvons pas ignorer ce qu'elle a dit.

— Nous ?

Pourquoi aurait-il dû se sentir impliqué ?

— Vous savez mieux que moi qu'il n'est pas conseillé d'interrompre brusquement une thérapie par l'hypnose, insista la femme. Cela pourrait causer de graves dégâts sur la psyché.

Il le savait, de plus, cela allait à l'encontre des règles déontologiques.

— Mes patients ont douze, treize ans au maximum, protesta-t-il.

— Hanna Hall affirme que le crime a eu lieu avant ses dix ans, déclara son interlocutrice, qui n'avait pas l'intention de renoncer.

— Il pourrait s'agir d'une mythomane, vous y avez pensé ? rétorqua Gerber, qui ne voulait vraiment pas s'occuper de l'affaire. Je conseille vivement un psychiatre.

— Elle soutient que la victime était un enfant prénommé Ado.

Pietro Gerber n'eut plus la force de répondre.

— Il y a peut-être un innocent enterré quelque part, qui mérite que la vérité soit faite, poursuivit calmement sa collègue.

— Que suis-je censé faire ?

— Hanna n'a personne au monde, elle ne possède même pas de téléphone portable. Mais elle m'a promis de me prévenir en arrivant à Florence : à ce moment-là, je vous l'enverrai.

— Oui, mais que suis-je censé faire ? demanda à nouveau Gerber.

— L'écouter. Enfouie chez cette adulte, il y a une enfant qui a envie de parler : il faut que quelqu'un entre en contact avec elle et l'écoute.

Les enfants te font confiance, ça se voit, tu sais, avait dit la juge Baldi juste avant. *Non seulement tu les encourages à s'ouvrir, mais en plus avec toi ils se sentent en sécurité... Il serait fier de toi.*

Monsieur B. n'aurait pas reculé.

— Docteur Walker, êtes-vous certaine qu'après toutes ces années cela vaille vraiment la peine ? Même si on réussissait grâce à l'hypnose à retrouver dans l'esprit de cette femme le souvenir de ce qui est arrivé à cet

Ado, il serait corrompu par le temps et les expériences, contaminé par ce qu'elle a vécu depuis.

— Hanna Hall dit qu'elle sait qui a assassiné l'enfant.

Gerber s'arrêta net, à nouveau saisi par la désagréable sensation du début de leur conversation.

— Et qui est-ce ?

— Elle-même.

4

À quoi ressemble une fillette qui a tué un autre enfant ? Après avoir accepté d'expertiser le cas, Pietro Gerber s'était longuement posé la question.

La première fois qu'il vit cette fillette, devenue adulte, il était 8 heures du matin par une journée grise d'hiver. Elle était assise sur la rampe de l'escalier menant au palier de son cabinet.

L'endormeur d'enfants – Burberry trempé et mains dans les poches – s'arrêta pour observer cette fragile créature qu'il n'avait jamais vue auparavant. Il la reconnut sans hésiter.

Hanna Hall était encadrée par la faible lueur de la fenêtre, tandis que lui était caché dans la pénombre. Elle ne s'aperçut pas de sa présence. Elle regardait par la fenêtre la pluie dense et fine qui tombait sur la via dei Cerchi, au fond de laquelle on distinguait la piazza della Signoria.

Gerber se surprit lui-même : il ne pouvait détacher son regard de la femme. L'inconnue lui inspirait une curiosité inhabituelle. Quelques marches les séparaient et, de là où il se trouvait, s'il avait tendu le bras, il aurait pu effleurer ses longs cheveux blonds relevés en une queue-de-cheval nouée par un simple élastique.

Il eut cette impulsion étrange parce qu'elle lui fit immédiatement de la peine.

Hanna Hall portait un pull noir à col roulé trop grand qui la couvrait jusqu'aux hanches, un jean noir, des bottines noires à petits talons et un petit sac noir en bandoulière, posé sur ses genoux.

Gerber s'étonna qu'elle ne porte pas de manteau, ou quelque chose de plus chaud. Comme beaucoup d'étrangers qui visitaient Florence, elle avait sans doute sous-évalué le climat en cette saison. Étonnamment, tout le monde pensait qu'en Italie, c'était toujours l'été.

Voûtée, les bras posés sur ses genoux, Hanna Hall tenait une cigarette entre les doigts de sa main droite, qui dépassaient à peine de sa manche trop longue. Elle était entourée d'un voile de fumée et plongée dans ses pensées.

En un coup d'œil, le psychologue comprit tout d'elle.

Trente ans, vêtements bon marché, aspect peu soigné. Le noir la rendait invisible. Le léger tremblement de ses mains était un effet secondaire des médicaments qu'elle prenait, des antipsychotiques ou des antidépresseurs. Ses ongles rongés et ses sourcils clairsemés révélaient un état anxieux permanent. Insomnies, vertiges, voire crises d'angoisse.

Cette pathologie n'avait pas de nom. Pourtant, il avait vu des dizaines de personnes comme Hanna Hall :

elles avaient toutes le même aspect, juste avant de plonger dans l'abysse.

Pietro Gerber ne devait pas soigner l'adulte, cela n'entrait pas dans ses compétences. Comme l'avait dit Theresa Walker, il fallait qu'il parle à l'enfant.

— Hanna ? demanda-t-il doucement, pour ne pas l'effrayer.

La femme se retourna.

— Oui, c'est moi, confirma-t-elle dans un italien parfait.

Ses traits étaient gracieux. Elle n'était pas maquillée. De petites rides entouraient ses yeux bleus incroyablement tristes.

— Je vous attendais à 9 heures.

La femme leva le bras pour dévoiler la petite montre en plastique qu'elle portait au poignet.

— Et moi je m'attendais à vous voir arriver à cette heure-ci.

— Alors, excusez-moi pour l'avance, répondit Gerber avec un sourire.

Elle resta sérieuse. Le psychologue comprit qu'elle n'avait pas saisi l'ironie, ce qu'il attribua au fait que, bien qu'elle parlât italien, il y avait tout de même un fossé linguistique.

Il passa devant elle en cherchant ses clés et ouvrit le cabinet.

Une fois à l'intérieur, il retira son imperméable mouillé, alluma les lumières du couloir et fit le tour des lieux pour vérifier que tout était en ordre, montrant en même temps le chemin à son étrange patiente.

— En général, il n'y a personne le samedi matin.

Lui-même aurait dû être à Lucques chez des amis avec sa femme et son fils, mais il avait promis à Silvia qu'ils iraient le lendemain. Il vit du coin de l'œil qu'Hanna crachait un peu de salive dans un mouchoir en papier usé pour y éteindre sa cigarette, qu'elle rangea dans son sac. Elle le suivait docilement, sans parler, essayant de s'orienter dans le grand appartement du vieil immeuble.

Gerber se rappela qu'il avait préféré la voir ce jour-là parce qu'il voulait éviter que quelqu'un pose des questions sur sa présence, ou qu'elle se sente gênée, mais il ne le dit pas. Cet endroit grouillait généralement d'enfants.

— De quoi vous occupez-vous exactement, docteur Gerber ?

Il roula les manches de sa chemise sur son pull orange en réfléchissant à une réponse simple.

— Je suis des mineurs qui ont des problèmes psychologiques de différente nature. Les cas me sont généralement confiés par le tribunal, parfois par les familles.

La femme ne fit aucun commentaire. Elle agrippait la bandoulière de son sac. Gerber, pensant qu'il l'intimidait, fit tout pour la mettre à l'aise.

— Je vous fais un café ? Ou alors vous préférez un thé ?

— Un thé, c'est bien. Deux sucres, s'il vous plaît.

— Je vais vous préparer ça, en attendant vous pouvez vous installer dans mon cabinet.

Il lui indiqua une porte au fond du couloir, la seule ouverte, mais Hanna fit mine d'entrer dans la pièce en face.

— Non, pas là, intervint-il un peu brusquement.

Hanna se raidit.

— Excusez-moi.

Cette pièce n'avait pas été ouverte depuis trois ans.

Le cabinet de l'endormeur d'enfants, situé sous les toits, était fort confortable.

Le plafond était penché vers la droite, avec poutres apparentes, le plancher était en chêne et la cheminée en pierre. Un grand tapis rouge était jonché de jouets en bois ou en tissu, ainsi que de boîtes en fer-blanc contenant feutres et crayons de couleur. Dans la bibliothèque, les textes scientifiques côtoyaient les livres de contes et les albums illustrés.

Et il y avait un fauteuil à bascule, qui séduisait immédiatement les petits patients : c'était le plus souvent là qu'ils s'asseyaient pendant les séances.

Les enfants ne remarquaient pas qu'il n'y avait pas de bureau dans la pièce. Le siège du psychologue était une Eames Lounge Chair en cuir noir avec les finitions en palissandre. À côté, il disposait d'une petite table en cerisier où étaient disposés un vieux métronome, qui servait pour les séances d'hypnose, un carnet, un stylo et un cadre posé à plat, photo cachée.

C'étaient les seuls meubles.

Quand il revint avec deux tasses fumantes, déjà sucrées, il trouva Hanna Hall au centre de la pièce :

elle regardait partout en serrant contre elle son petit sac, ne sachant où s'installer.

— Je suis désolé, lui dit-il en constatant qu'elle était inhibée par le fauteuil à bascule. Attendez un instant.

Il posa les tasses sur la petite table et alla chercher un petit siège tapissé de velours dans la salle d'attente.

Hanna Hall s'y assit. Elle se tenait bien droite, les jambes serrées et les mains toujours sur son sac.

— Vous avez froid ? demanda Gerber en lui tendant son thé. Mais bien sûr, le samedi, le chauffage ne se met pas en route. Je vais régler ça…

Il s'approcha de la cheminée et prépara du bois pour le feu.

— Vous pouvez fumer, si vous voulez. Je ne le permets pas aux autres patients avant leurs sept ans.

Cette fois encore, Hanna ne saisit pas sa plaisanterie. Mais elle alluma une cigarette.

— Donc, vous êtes australienne, lança-t-il en installant du papier sous le petit bois, afin d'instaurer un climat de confiance.

Elle confirma d'un signe de tête.

— Je ne suis jamais allé si loin, ajouta-t-il.

Gerber prit une allumette dans une boîte sur l'étagère, l'alluma et la glissa dans le petit tas de bois. Puis il se pencha et souffla délicatement pour fournir de l'oxygène à la flamme, qui prit vie au bout de quelques secondes. Enfin, il se redressa et regarda le feu avec satisfaction. Il frotta ses mains sur son pantalon en vigogne et alla s'asseoir dans son fauteuil.

Hanna Hall ne le quittait pas des yeux, comme si elle l'étudiait.

— Maintenant, vous allez m'hypnotiser, c'est ça ?

— Pas aujourd'hui, répondit-il avec un sourire rassurant. Nous allons juste avoir une conversation préliminaire, histoire de faire connaissance.

En réalité, il devait décider s'il la prenait ou non comme patiente. Il avait promis au Dr Walker qu'il démarrerait une thérapie avec Hanna uniquement s'il jugeait que les conditions étaient réunies pour obtenir des résultats. Cela dépendait de la prédisposition des individus : certains ne réagissaient pas à l'hypnose.

— Dans quelle branche êtes-vous ? demanda Gerber de but en blanc.

Cette question en apparence anodine était la plus dure, pour un patient. Si sa vie était vide, il n'avait pas de réponse.

— Que voulez-vous dire ?

— Vous avez un travail ? Vous en avez déjà eu un ? Et sinon, que faites-vous de vos journées ?

— J'ai des économies. Quand je n'ai plus d'argent, je fais des traductions de l'italien.

— Vous le parlez très bien, la félicita-t-il avec un sourire.

La connaissance des langues présupposait une ouverture vers les autres et une appétence pour les nouvelles expériences. Or Theresa Walker avait dit qu'Hanna n'avait personne dans son entourage et même pas de téléphone. Les patients comme elle étaient prisonniers de leur petit monde et répétaient toujours la même routine. Il aurait été intéressant de découvrir pourquoi la femme parlait si bien l'italien.

— Vous avez passé une partie de votre vie en Italie ?

— Mon enfance. Je suis partie à dix ans.

— Vous avez déménagé en Australie avec votre famille ?

Hanna marqua une pause avant de répondre.

— En fait, je ne les ai pas revus depuis… J'ai grandi dans une autre famille.

Gerber nota mentalement qu'Hanna avait été adoptée. C'était très important.

— Et vous vivez à Adélaïde ?

— Oui.

— C'est une belle ville ? Vous vous y plaisez ?

— Je ne me suis jamais posé la question.

Gerber choisit d'entrer dans le vif du sujet.

— Comment avez-vous décidé d'avoir recours à l'hypnose ?

— Un rêve récurrent.

— Vous voulez m'en parler ?

— Un incendie.

Étrangement, Theresa Walker ne l'avait pas évoqué. Gerber nota ce détail dans son carnet. Il ne voulait pas forcer Hanna à en dire plus. Ils avaient le temps.

— Que souhaitez-vous obtenir avec la thérapie ?

— Je ne sais pas.

Les enfants étaient plus faciles à explorer avec l'hypnose. Ils opposaient moins de résistance que les adultes à laisser quelqu'un d'autre entrer dans leur tête.

— Vous n'avez fait qu'une séance, c'est bien ça ?

— C'est le Dr Walker qui m'a proposé cette voie, répondit Hanna en crachant de la fumée grise par les narines.

— Et que pensez-vous de cette technique ? Dites-moi franchement…

— Je dois admettre qu'au début je n'y croyais pas. J'étais là, toute droite, les yeux fermés, je me sentais stupide. Je faisais tout ce qu'elle disait – cette histoire de relaxation – et en même temps mon nez me démangeait et je me disais que si je me le grattais, elle le prendrait mal. Ça aurait prouvé que j'étais encore alerte, non ?

Gerber acquiesça, amusé.

— La séance avait commencé et il y avait un beau soleil dehors. Quand le Dr Walker m'a dit de rouvrir les yeux, je pensais que ça avait duré à peine une heure. Mais en fait il faisait nuit. Je ne m'en étais pas aperçue, admit-elle avec étonnement.

Elle ne mentionna pas le hurlement qu'elle avait poussé sous hypnose et dont avait parlé la psychologue. Gerber trouva cela étrange.

— Savez-vous pourquoi votre thérapeute vous a envoyée me voir ?

— Et vous, savez-vous pourquoi je suis ici ? demanda Hanna, soulignant la gravité de ses motivations. Peut-être que vous pensez que je suis folle, vous aussi.

— Le Dr Walker n'est pas de cet avis, la rassura-t-il. Pour autant, la raison qui vous amène à Florence est pour le moins singulière, non ? Vous soutenez qu'il y a plus de vingt ans, un enfant dont vous vous rappelez uniquement le prénom a été assassiné.

— Ado, dit-elle pour marquer sa propre vérité.

— Ado, répéta-t-il pour lui donner raison. Mais vous ne savez dire ni où ni pourquoi cet homicide a eu lieu et, en plus, vous vous déclarez coupable sans en être totalement certaine.

— J'étais enfant, esquiva la femme, comme s'il était plus important de se défendre de l'accusation d'avoir une mémoire fragile que de celle d'avoir tué. La nuit de l'incendie, maman m'a fait boire l'eau de l'oubli, c'est pour ça que j'ai tout oublié…

Avant de continuer, Gerber nota cette expression bizarre.

— Cependant, il est quasiment certain qu'il n'y a plus de preuves matérielles de ce crime. Vous le comprenez, n'est-ce pas ? S'il y avait une arme, on ne peut pas savoir où elle est. Et même si on la trouvait, il n'est pas dit qu'on puisse la relier au crime. Enfin, sans cadavre, on ne peut pas parler d'homicide…

— Je sais où est Ado. Il est encore enterré à côté de la ferme de l'incendie.

Gerber tapota son stylo sur son carnet.

— Où est cette ferme ?

— En Toscane. Je ne sais pas exactement où.

Hanna baissa les yeux.

— Je comprends que ça puisse être frustrant, mais ne pensez pas que je ne vous croie pas : au contraire, je suis ici pour vous aider à vous souvenir et à vérifier si ce souvenir est réel ou non.

— Il l'est, répondit-elle gentiment.

— Je vais vous expliquer quelque chose. Il est prouvé que les enfants n'ont pas de mémoire avant trois ans, affirma-t-il en repensant à Emilian. À partir de là, ils ne se souviennent pas automatiquement : ils apprennent à le faire. Or, dans ce travail d'apprentissage, réalité et imagination s'entraident et, inévitablement, se mélangent… Pour cette raison, on ne peut pas se permettre d'exclure le doute. Vous comprenez ?

La femme sembla se calmer. Elle regarda par la lucarne où l'on apercevait la tour du Palazzo Vecchio, brouillée par la pluie.

— Je sais, c'est une vue privilégiée, anticipa le psychologue, pensant qu'elle admirait le monument.

— Il ne pleut presque jamais à Adélaïde.

— La pluie vous rend mélancolique ?

— Non, elle me fait peur, affirma Hanna de façon inattendue.

Gerber pensa aux mille enfers que cette femme avait dû traverser avant de se retrouver en face de lui. Et à tous ceux qu'elle avait encore devant elle.

— Ça vous arrive souvent d'avoir peur ? demanda-t-il avec délicatesse.

Elle plongea ses intenses yeux bleus dans les siens.

— Chaque instant.

Il la crut sincère.

— Et vous, vous avez peur, docteur Gerber ?

Elle regarda le cadre couché sur la table en cerisier. Sur le cliché, le psychologue posait avec sa femme et son fils de deux ans devant un paysage alpin. Toutefois,

Hanna Hall ne pouvait pas le savoir. De même qu'elle ne pouvait pas savoir qu'il était important pour lui d'avoir cette photo à ses côtés, mais qu'il la couvrait parce qu'il jugeait inopportun d'exhiber sa famille heureuse à des enfants ayant de gros problèmes affectifs. Gerber eut l'impression qu'elle fixait le cadre de façon intentionnelle. Quel que soit son but, cela le mit mal à l'aise.

— Ma mère disait toujours que, quand on n'a pas de famille, on ne connaît pas la vraie peur, poursuivit la femme pour lui laisser entendre qu'elle avait compris qui posait sur la photo.

— Pourtant, certains soutiennent que la vie est un risque, pour tout le monde, répliqua-t-il pour clore le débat. Si on n'acceptait pas ce simple présupposé, on resterait seuls.

Pour la première fois, la femme sourit.

Puis elle se pencha en avant et parla à voix basse.

— Et si je vous disais qu'il y a deux choses dont on ne peut protéger ses proches, vous me croiriez ? Si je vous disais que des dangers qu'on n'imagine même pas sont déjà en embuscade dans notre vie, vous me croiriez ? Si je vous disais qu'il existe des forces maléfiques dans le monde, auxquelles on ne peut pas échapper, vous me croiriez ?

En d'autres circonstances, Gerber aurait catalogué ces propos comme relevant du délire ou de la divagation. Mais il était troublé par le fait que le point de départ de la conversation ait été une photo de sa famille.

— À quoi faites-vous allusion ? demanda-t-il.

Hanna Hall tenait sa tasse entre ses mains. Elle baissa les yeux sur le thé et dit :

— Croyez-vous aux spectres, aux morts qui ne meurent pas, aux sorcières ?

— Je n'y crois plus depuis longtemps, dédramatisa-t-il.

— C'est justement ça… Pourquoi y croyiez-vous quand vous étiez enfant ?

— Parce que j'étais naïf et que je n'avais pas les connaissances que j'ai acquises à l'âge adulte : l'expérience et la culture nous aident à dépasser nos superstitions.

— C'est la seule raison ? Vous ne vous souvenez pas d'un seul épisode de votre enfance où il s'est passé quelque chose d'inexplicable ? Quelque chose de mystérieux dont vous avez été le témoin ?

— Non, vraiment, rien de ce genre. J'ai peut-être eu une enfance banale, répondit le psychologue en souriant.

— Réfléchissez bien : il est impossible qu'il n'y ait rien.

— D'accord, lui accorda Gerber. Une fois, un patient âgé de huit ans m'a raconté une histoire : c'était l'été, il jouait avec son cousin dans une villa de bord de mer, à Porto Ercole. Ils étaient seuls et un orage a éclaté. Ils ont entendu la porte d'entrée claquer et ils sont allés voir, pensant que quelqu'un était entré. Sur l'escalier qui montait à l'étage, il y avait des empreintes de pieds mouillés.

— Et ?

Gerber secoua la tête.

— Les empreintes s'arrêtaient au milieu de la montée.

L'histoire était vraie, mais Gerber avait omis un détail : c'était lui le protagoniste. Il se rappelait nettement ce qu'il avait ressenti à l'époque en voyant les empreintes : un goût amer dans la bouche et un chatouillement obscur dans le ventre.

— Je parie que ces enfants n'ont rien raconté à leurs parents.

En effet. Son cousin et lui n'avaient pas eu le courage d'en parler, par peur qu'on ne les croie pas ou, pire, qu'on se moque d'eux.

Hanna était dans ses pensées.

— Pourriez-vous me donner une page de votre carnet et me prêter un instant votre stylo ?

Cette requête insolite le troubla : seules deux personnes avaient tenu ce stylo en main. La femme aperçut son hésitation mais, avant qu'elle l'interroge sur la raison, il arracha une feuille et retira le capuchon du stylo.

En les lui tendant, il lui frôla la main.

Hanna n'y prêta pas attention. Elle écrivit quelque chose sur la feuille mais gribouilla immédiatement par-dessus, comme si elle avait changé d'avis. Elle plia le papier et le rangea dans son sac.

Puis elle lui rendit son stylo.

— Merci. Pour revenir à votre histoire, demandez à qui vous voulez : chaque adulte se souvient d'un événement inexplicable dans son enfance, affirma-t-elle avec certitude. Mais en tant qu'adultes, on relègue ces épisodes au rang de fruits de notre imagination, parce que quand ils sont arrivés on était trop petits pour les rationaliser.

C'était d'ailleurs ce qu'il avait fait.

— Et si les enfants possédaient un talent spécial pour voir les choses impossibles ? Si, dans les toutes premières années de notre vie, on avait la capacité de regarder au-delà de la réalité, d'interagir avec des mondes invisibles, et qu'on perdait cette capacité en devenant adultes ?

Le psychologue laissa échapper un petit rire nerveux, mais c'était pour sauver les apparences : en réalité, ces paroles l'inquiétèrent.

Hanna Hall tendit sa main froide pour lui serrer le bras, puis parla d'une voix qui lui glaça le cœur :

— Quand Ado venait me voir la nuit, dans la maison des voix, il se cachait toujours sous mon lit… Mais ce n'est pas lui qui m'a appelée par mon prénom cette fois-là… Ce sont les étrangers, déclara-t-elle avant de conclure : Règle numéro deux : les étrangers sont le danger.

5

— Tu ne m'avais jamais raconté cette histoire qui vous est arrivée dans votre maison à la mer, remarqua Silvia, assise sur le canapé du salon, avant de siroter une gorgée de chardonnay.

— Parce que je l'avais refoulée, pas parce que j'avais honte.

Les manches relevées, un torchon sur l'épaule, Pietro rinça la dernière casserole avant de la placer dans le lave-vaisselle.

Sa femme avait préparé le dîner, c'était donc à lui de ranger la cuisine.

— Mais ça t'a tout de même terrorisé d'évoquer le souvenir des empreintes mouillées dans l'escalier, n'est-ce pas ?

— Bien sûr que ça m'a terrorisé !

— Et maintenant, en y repensant, tu crois qu'il s'agissait d'un fantôme ?

— Si à l'époque j'avais été seul, aujourd'hui je me dirais que j'ai tout imaginé… Mais Iscio était avec moi.

Depuis l'enfance, Maurizio était surnommé Iscio. Un destin classique : la petite sœur se trompait en prononçant un prénom, tout le monde trouvait cela adorable et le grand frère se retrouvait affublé de ce sobriquet incompréhensible toute sa vie.

— Tu devrais peut-être téléphoner à Iscio.

— Ce n'est pas drôle…

— Non, attends, cette Hanna Hall pourrait avoir des facultés paranormales et essayer de te révéler quelque chose, un secret… C'est peut-être comme dans le film *Sixième sens*, avec Bruce Willis, quand il voit les gens morts…

— Ce film est le cauchemar des psychologues pour enfants, ne plaisante pas avec ça, répondit Gerber en entrant dans son jeu.

Il referma le lave-vaisselle et lança le programme éco. Il s'essuya les mains, jeta le torchon sur la table et récupéra son verre de vin pour rejoindre Silvia.

Après avoir baissé les lumières, il s'assit à l'autre bout du canapé. Elle allongea les jambes et posa ses pieds sur ses genoux pour qu'il les lui réchauffe. Marco dormait et Gerber avait envie de prendre soin de sa femme. Il avait eu une semaine difficile. D'abord Emilian – l'enfant spectre – et son récit d'orgie familiale avec masques d'animaux en compagnie d'un curé, puis les élucubrations d'Hanna Hall.

— Sérieusement, dit-il à Silvia. Cette femme affirme qu'on a tous, enfants, vécu un épisode qui n'a pas d'explication rationnelle. Toi, par exemple, ça t'est arrivé ?

— J'avais six ans. La nuit où ma grand-mère est morte, à la même heure, mon réveil a sonné et j'ai eu l'impression que quelqu'un s'asseyait sur mon lit.

— Putain, Silvia ! Je crois que je ne dormirai plus jamais.

Ils éclatèrent de rire. Il était heureux de l'avoir épousée, mais aussi qu'elle soit psychologue : il pouvait parler librement de ses patients avec elle. Toutefois, Silvia avait eu le bon sens de choisir une carrière de conseillère matrimoniale. C'était bien moins stressant que de s'occuper d'enfants à problèmes, et aussi plus lucratif.

Il n'y a pas meilleur remède pour l'humeur que de rire avec ceux qu'on aime. À la différence de tant d'autres femmes, et surtout d'Hanna Hall, Silvia trouvait ses blagues amusantes. Pietro Gerber se sentit donc soulagé. Mais cela ne dura pas.

— La psychologue Theresa Walker m'a dit qu'Hanna s'accusait elle-même d'avoir tué un enfant prénommé Ado quand elle était toute petite, expliqua-t-il en s'assombrissant. Hanna a vécu en Toscane avec sa famille d'origine jusqu'à ses dix ans, puis elle a déménagé à Adélaïde où elle a vécu avec une autre famille. Elle soutient qu'elle a refoulé le souvenir de l'homicide jusqu'à maintenant et qu'elle est revenue en Italie pour comprendre s'il est vrai ou non.

Quand Ado venait me voir la nuit, dans la maison des voix, il se cachait toujours sous mon lit... Mais ce n'est pas lui qui m'a appelée par mon prénom cette fois-là... Ce sont les étrangers.

— Règle numéro deux : les étrangers sont le danger, répéta Gerber.

— C'est quoi, cette maison des voix ?

— Aucune idée.

— Elle est mignonne ? demanda ensuite Silvia sur un ton malicieux.

Il prit un air scandalisé.

— Qui ? demanda-t-il d'un air faussement outré.

— La patiente…

— Elle a trois ans de moins que moi… donc un de plus que toi. Blonde, yeux bleus.

— Un vrai canon, donc. Tu t'es renseigné sur cette Theresa Walker, au moins ?

Gerber avait contrôlé les références et la fiche personnelle de sa collègue sur le site de la Fédération mondiale pour la santé mentale, celui où elle-même avait trouvé ses coordonnées. Il avait vu la photo d'une femme gracieuse de soixante ans, le visage encadré d'une chevelure rousse vaporeuse, ainsi qu'un CV tout à fait respectable.

— Oui, rien à signaler sur la thérapeute, confirma-t-il.

Silvia se redressa et prit le visage de Pietro entre ses mains pour qu'il la regarde dans les yeux.

— Mon chéri, dit-elle, cette Hanna Hall n'a aucun sens de l'humour. Tu m'as dit toi-même qu'elle ne comprenait pas tes blagues.

— Et alors ?

— L'incapacité à élaborer l'ironie peut faire penser à une schizophrénie. En plus on a la paranoïa, les délires et les visions.

— Donc tu supposes que je n'ai pas fait le bon diagnostic.

Monsieur B. aurait compris, lui.

— Mais c'est normal. Tu t'occupes d'enfants, au maximum de préadolescents. Tu n'es pas habitué à reconnaître certains symptômes parce qu'ils apparaissent généralement plus tard, l'excusa sa femme.

— Oui, tu as raison, admit Gerber, même si une partie de lui pensait que Silvia se trompait.

Les schizophrènes racontent leurs paranoïas, leurs délires et leurs visions. En lui faisant évoquer son souvenir à la maison du bord de mer, Hanna Hall avait voulu lui faire ressentir la même chose qu'elle. Et elle avait quasiment réussi.

Et si je vous disais qu'il y a deux choses dont on ne peut protéger ses proches, vous me croiriez ? Si je vous disais que des dangers qu'on n'imagine même pas sont déjà en embuscade dans notre vie, vous me croiriez ? Si je vous disais qu'il existe des forces maléfiques dans le monde, auxquelles on ne peut pas échapper, vous me croiriez ?

Le dimanche, ils allèrent comme prévu déjeuner chez leurs amis de Lucques. Ils étaient une vingtaine de personnes, aussi Pietro Gerber put se fondre dans les conversations et les rires des autres. Personne ne s'aperçut qu'il était taciturne, ce jour-là.

Une idée lui trottait dans la tête.

Les enfants ont un esprit plastique, se répétait-il en repensant à ce qu'il avait dit à la juge Baldi au sujet d'Emilian. Parfois, ils se créent de faux souvenirs et ils se convainquent qu'ils les ont réellement vécus. Leur imagination est si fertile qu'ils pensent vraies des choses qui sont fausses, mais également pas assez mûre pour leur permettre de faire la différence entre ce qui est réel et ce qui ne l'est pas.

Tout cela valait aussi pour Pietro Gerber enfant.

Avant de se mettre à table, le psychologue s'isola dans la véranda pour passer un appel. Si Silvia lui avait demandé quoi que ce soit, il aurait dit que cela concernait un jeune patient.

— Allô, Iscio, c'est Pietro.

— Hé, comment ça va ? Comment vont Silvia et Marco ? lança son cousin, surpris.

— Bien, merci, et vous, ça va ?

Iscio avait un an de plus que lui, il vivait à Milan, travaillait dans la finance et avait fait carrière dans une banque d'affaires. Ils ne s'étaient pas vus depuis l'enterrement de monsieur B., trois ans auparavant, et ils ne s'appelaient que pour se souhaiter la bonne année.

— Hier, on a parlé de toi avec Silvia.

— Vraiment ? demanda son cousin, qui s'interrogeait sur la raison de son appel. À quel sujet ?

— Tu sais, je pense rouvrir la villa de Porto Ercole l'été prochain et je voulais vous y inviter, toi, Grazia et les filles.

Ce n'était pas vrai. Il détestait cette maison, pleine de souvenirs inutiles. D'ailleurs, pourquoi n'était-elle pas encore en vente ?

— C'est un peu tôt pour te répondre, lui fit remarquer Iscio.

— Je voudrais réunir toute la famille, tenta de se justifier Gerber pour que ça n'ait pas l'air trop bizarre. Nous n'avons jamais l'occasion de passer du temps ensemble.

— Pietro, tout va bien ? demanda son cousin sur un ton vaguement inquiet.

— Bien sûr, mentit Pietro. Tu te rappelles quand on s'est fait prendre en train de fumer la pipe de papi dans la remise des bateaux ?

— Je me souviens surtout de ce qu'on s'est pris, confirma Iscio, amusé.

— C'est vrai, on a été punis pour toute la semaine… Et la fois où on a cru qu'un fantôme était entré dans la maison, pendant l'orage ? lança-t-il avec nonchalance, comme s'il s'agissait d'un banal souvenir.

— Comment pourrais-je avoir oublié ? s'exclama son cousin en éclatant de rire. Aujourd'hui encore, je suis terrorisé.

Gerber fut déçu. Au fond de lui, il espérait qu'Iscio démente la véracité de cet épisode. Il aurait été soulagé de découvrir qu'il s'agissait d'un faux souvenir.

— Vingt-cinq ans plus tard, comment tu l'expliques ?

— Je ne sais pas. C'est toi le psychologue, c'est toi qui devrais me le dire.

— On s'est peut-être mutuellement influencés.

Après quelques phrases de convenance, ils raccrochèrent.

Pourquoi avait-il passé cet appel ? Que lui arrivait-il ?

En fin d'après-midi, sur la route du retour, alors que Marco dormait sur son siège et que Silvia lisait les dernières informations sur sa tablette, Gerber se demanda s'il était pertinent de prendre Hanna Hall en thérapie.

Il craignait de ne pas pouvoir l'aider.

La veille, à la fin de leur bref entretien, il lui avait donné rendez-vous le lundi. En réalité, quand la femme lui avait attrapé le bras, il avait trouvé un prétexte pour clore la séance. Hanna avait été déboussolée par cette fin rapide.

Gerber sentait encore les doigts glacés de la femme sur lui. Il avait omis de raconter ce détail à Silvia parce qu'il savait ce qu'elle lui aurait dit : elle lui aurait sagement conseillé de contacter le Dr Walker pour l'informer qu'il mettait fin à toute relation avec Hanna.

La distance entre le thérapeute et son patient doit toujours être infranchissable, comme un champ de forces ou une barrière invisible. Si l'un des deux la franchit, ne serait-ce qu'un instant, cela agit comme une sorte de contamination de la thérapie, qui est immédiatement compromise.

Le psychologue observe, disait toujours monsieur B. De même que le documentariste n'intervient pas pour sauver le bébé gazelle des griffes du lion, le thérapeute n'interfère pas avec la psyché du patient.

Pietro Gerber se demandait si c'était lui qui avait encouragé le geste de la patiente. Et comment.

Si c'était le cas, ce serait très grave.

Une fois chez eux, pendant que Silvia préparait le dîner de Marco, il inventa une excuse pour passer à son cabinet, mais promit qu'il reviendrait vite.

Arrivé à l'appartement de la via dei Cerchi, il entra dans son bureau.

Il alluma la lumière et revécut la scène à laquelle il avait essayé d'échapper en vain toute la journée. Le fauteuil où s'était assise Hanna Hall était toujours à sa place et, sur la table en cerisier, les deux tasses de thé traînaient à côté du métronome. On sentait encore l'odeur de tabac froid des cigarettes de la femme.

Gerber se dirigea vers la bibliothèque. Il ouvrit un tiroir, en sortit un ordinateur portable, s'assit dans son fauteuil et le posa sur ses genoux.

Il ouvrit le programme de vidéosurveillance.

Le cabinet était contrôlé par un système de dix mini-caméras cachées dans des objets anodins – un robot sur une étagère, la couverture d'un livre, une lampe en forme de licorne, des tableaux et bibelots variés.

Gerber avait l'habitude de filmer les séances, qu'il conservait dans ses archives. Il le faisait par précaution, parce qu'il travaillait avec des mineurs et qu'il ne voulait pas devenir le protagoniste de leurs élucubrations. Mais cela lui servait aussi à mieux étudier ses petits patients, voire à corriger sa stratégie thérapeutique.

La veille, en préparant le thé, il avait actionné le système sans qu'elle puisse s'en apercevoir.

Il ouvrit le fichier correspondant et observa les images de leur première rencontre. Une partie l'intéressait plus que les autres.

Vous pourriez me donner une feuille de votre carnet et me prêter un instant votre stylo ?

Cette requête insolite l'avait déboussolé, surtout à cause du stylo.

Il avait appartenu à monsieur B. et, hormis Pietro Gerber, personne ne l'avait jamais utilisé. En vérité, il n'était écrit nulle part que c'était interdit. Simplement, Pietro évitait que cela arrive.

Alors, comment avait-il pu le prêter à une étrangère ? Il aurait pu refuser, inventer une excuse. Pourquoi ne l'avait-il pas fait ?

La réponse arriva quand apparut à l'écran l'image de lui-même tendant le papier et le stylo à la patiente. C'était comme il se le rappelait.

Il lui avait frôlé la main.

S'était-il agi d'un geste intentionnel ou d'un hasard ? Hanna s'en était-elle rendu compte ? Était-ce à cause de cette petite familiarité qu'elle s'était sentie autorisée à lui attraper le bras par la suite ?

L'esprit encombré de questions, il revit la scène où la femme notait quelque chose avant de gribouiller par-dessus. On apercevait Hanna qui, après avoir replié la feuille, la rangeait dans son sac et lui rendait le stylo.

Gerber mit sur pause et chercha un meilleur point de vue, une caméra mieux placée que les autres.

L'une d'elles se trouvait dans le mur derrière la patiente.

Le psychologue lança la vidéo et, au moment dit, essaya de lire ce qu'elle avait noté.

Il n'y avait qu'un mot.

Toutefois, elle avait été très rapide pour le rayer. Gerber ralentit le visionnement, en vain.

Il ne s'avoua pas vaincu. Il revint en arrière, arrêta la vidéo juste avant qu'Hanna gribouille le mot et tenta d'agrandir.

Il n'avait jamais utilisé le zoom auparavant, mais à la troisième tentative il parvint à focaliser l'objectif sur la feuille de papier.

Impossible de faire le point sur les quelques lettres. Il approcha son visage de l'écran, se sentant un peu ridicule. Cet effort paya : il lut enfin le mot mystérieux.

Pietro Gerber se leva d'un bond. L'ordinateur portable tomba à ses pieds, il le fixa sans bouger, incrédule.

Sur le papier, Hanna avait écrit « ISCIO ».

Pourtant, il ne lui avait jamais révélé le surnom de son cousin.

6

Il n'avait pas dormi de la nuit.

Il s'était retourné dans son lit, cherchant une explication. Mais celles qu'il envisageait ne lui procuraient aucun soulagement.

Hanna Hall connaissait l'histoire du fantôme de la villa de Porto Ercole, pourtant elle avait fait semblant de croire qu'elle avait été racontée à Pietro par un patient de huit ans. Comment était-elle au courant ? S'était-elle renseignée sur lui ? Comment aurait-elle pu, vu le peu de temps dont elle avait disposé avant qu'ils se rencontrent pour la première fois ? Et même si Hanna avait su qui était son cousin, Iscio était un surnom utilisé exclusivement en famille : comment pouvait-elle connaître un détail aussi intime ? Et quand ils avaient parlé d'épisodes étranges remontant à l'enfance, comment savait-elle que Gerber allait justement raconter l'anecdote du fantôme de Porto Ercole, dans la mesure où il ne l'avait même jamais mentionnée à Silvia ?

Le psychologue prit une décision : appeler le Dr Walker pour lui dire qu'il était désolé, mais qu'il renonçait. Oui, c'était sage. Pourtant, à l'aube, il avait encore les idées confuses. Il ne pourrait sans doute pas avancer sans comprendre la clé du mystère et, surtout, il ne pouvait se débarrasser de cette affaire sans savoir s'il se trompait.

Il partit très tôt, après avoir salué Silvia d'un baiser rapide. Il sentit le regard de sa femme l'accompagner jusqu'à la porte, mais heureusement elle ne lui posa aucune question.

Au cabinet, il n'y avait que l'homme de ménage. Gerber s'enferma dans son bureau pour étudier à nouveau la vidéo de la première consultation avec Hanna Hall. Beaucoup de choses changent radicalement quand on les observe avec les yeux du matin, disait monsieur B. pour lui donner envie de se lever tôt pour réviser les matières sur lesquelles il serait interrogé à l'école. Il avait raison et, en effet, Pietro avait appris à prendre toutes les décisions fondamentales de sa vie pendant les premières heures de la journée.

Il était certain qu'en visionnant une nouvelle fois l'enregistrement, il changerait d'avis sur ce qu'il avait vu quelques heures auparavant.

Pourtant, quand il arriva au moment crucial, au lieu de s'éclaircir, les choses s'embrouillèrent. La veille, il avait agrandi l'image et distingué le mot, là, il n'était plus capable de répéter cet enchaînement de gestes.

Il n'avait plus la certitude que la femme avait écrit « ISCIO » en majuscules. Il soupira de frustration.

D'ici une heure, Hanna Hall sonnerait à l'interphone, et il n'avait pas encore de stratégie pour l'affronter. En plus, il était impliqué personnellement et émotivement. La situation était encore loin de celles où la distance thérapeutique avec le patient n'est plus respectée, mais Pietro Gerber n'était plus convaincu d'être suffisamment objectif.

Il lui restait très peu de temps pour prendre une décision.

Sur l'enseigne à l'extérieur du café Rivoire, piazza della Signoria, était écrit en lettres dorées MAISON DU CHOCOLAT CHAUD À LA VAPEUR. Le bar historique, situé au rez-de-chaussée du Palazzo Lavison, avait été ouvert en 1872.

Il constituait un refuge pour échapper au froid de ce triste hiver, et aussi un enchantement pour les narines.

Pietro Gerber, debout, une tasse de café à la main, se laissait bercer par les odeurs des pâtisseries sortant du four.

C'est alors que par la vitre il aperçut Hanna, qui prit la via Vacchereccia. Une tache noire derrière un groupe de touristes qui se ruaient vers le musée des Offices. Elle portait les mêmes vêtements noirs que le samedi : pull, jean, bottines et petit sac. Ses cheveux étaient toujours relevés et elle n'était vraiment pas équipée contre le froid.

De là où il était, Gerber pouvait l'observer sans être vu. Il imagina le bruit de ses talons sur le pavé luisant de pluie, là où autrefois tout était dallé de terre cuite florentine, pour alléger les pas des dames.

Elle entra dans un bureau de tabac et se mit dans la file. Quand son tour arriva, elle indiqua un paquet parmi ceux exposés derrière la caisse, puis elle fouilla dans son sac et en sortit des billets froissés et des pièces qu'elle posa devant le vendeur pour qu'il l'aide à compter cette monnaie avec laquelle elle n'était pas familière.

Ces petits gestes maladroits, qui exprimaient de l'insécurité, mais aussi une incapacité à prendre part au difficile jeu de la vie, convainquirent Pietro Gerber de lui accorder une deuxième chance.

Elle n'était pas comme les autres joueurs. Elle partait avec un handicap.

Peut-être que cette femme n'était pas aussi diabolique qu'il l'avait pensé. Et si elle avait vraiment besoin de quelqu'un qui l'écoute ? Dans le cas contraire, elle n'aurait pas traversé la planète pour découvrir si un événement tragique, l'assassinat d'un enfant prénommé Ado, était réellement arrivé. Et surtout si elle en était responsable.

— Quelles cigarettes fumez-vous ? demanda-t-il au moment où Hanna en allumait une, assise dans le petit fauteuil.

— Des Winnie, répondit-elle en levant les yeux avant de sortir un paquet de Winfield de son sac. Elles sont australiennes, chez nous on les appelle comme ça.

Gerber aperçut dans son sac le papier sur lequel elle avait noté le surnom d'Iscio.

— Vous aimez fumer ? reprit-il avant qu'elle remarque qu'il furetait du regard.

— Oui, mais je dois faire attention. Pas pour ma santé, mais parce que chez moi c'est un vice qui coûte cher : presque vingt euros le paquet, et le gouvernement veut doubler le prix dans les prochaines années pour faire arrêter les gens.

— Donc, en Italie, vous pouvez vous en donner à cœur joie.

La femme lui lança un drôle de regard. Gerber avait oublié qu'elle n'avait pas le sens de l'humour, ce qui confirmait le diagnostic de schizophrénie.

Le psychologue lui remit une sorte de petite assiette en pâte à sel qu'une patiente de cinq ans avait réalisée pour lui. L'objet, à la forme irrégulière, richement décoré de couleurs brillantes, était censé être un cendrier.

Hanna était moins nerveuse que la fois précédente et l'atmosphère était plus détendue. Le psychologue avait recréé les mêmes conditions que la première fois : cheminée allumée, tasses de thé, personne pour les déranger.

— Je croyais que vous ne vouliez pas me revoir, affirma Hanna de but en blanc.

— Qu'est-ce qui vous a fait penser ça ?

— Je ne sais pas… peut-être votre réaction à la fin de notre entretien de samedi.

— Je suis désolé que vous en ayez tiré cette conclusion.

Il regrettait qu'elle ait compris.

Hanna battit les paupières.

— Alors, vous allez m'aider, pas vrai ?

— Pour autant que ce sera possible, oui.

Il avait longuement réfléchi à la manière d'approcher cette femme. Comme décidé avec son homologue australienne, il lui faudrait oublier l'adulte et parler à l'enfant. Or il y avait une chose qui fonctionnait bien avec ses jeunes patients et qui les aidait à reconstruire plus facilement ce qui s'était passé.

Les enfants aimaient être écoutés.

Quand un adulte se souvenait exactement de ce qu'ils avaient dit auparavant, ils se sentaient récompensés et ils trouvaient en eux la confiance nécessaire pour poursuivre leur récit.

— L'autre fois, vous avez dit quelque chose, à la fin… « Quand Ado venait me voir la nuit, dans la maison des voix, il se cachait toujours sous mon lit… Mais ce n'est pas lui qui m'a appelée par mon prénom cette fois-là… Ce sont les étrangers », répéta Gerber le plus fidèlement possible, se fiant à ses notes. Mais comment Ado aurait-il pu vous appeler par votre prénom, s'il était mort ?

— Ado parlait peu, précisa Hanna. Je savais juste quand il était avec moi ou non.

— Et comment le saviez-vous : vous le voyiez ?

— Je le savais.

Gerber n'insista pas.

— Vous vous rappelez beaucoup de choses de votre enfance, mais pas comment Ado a été tué. C'est exact ?

— C'est exact.

Aucun des deux ne fit allusion au fait qu'Hanna pensait être la meurtrière de l'enfant.

— En réalité, vous avez probablement refoulé une série de souvenirs, pas uniquement celui-ci.

— Comment pouvez-vous affirmer une chose pareille ?

— Ces événements constituent le parcours mental qui conduit à la mémoire de ce fait précis.

Comme les morceaux de pain du Petit Poucet. C'était ainsi qu'il aimait l'expliquer à ses jeunes patients. Les oiseaux de la forêt avaient mangé le pain, empêchant le pauvre protagoniste de retrouver le chemin de chez lui.

— Nous devons reconstruire le parcours, et nous le ferons grâce à l'hypnose.

— Alors, vous êtes prête ?

Il l'avait installée dans le fauteuil à bascule, puis il lui avait demandé de fermer les yeux et de se bercer au rythme du métronome qui se trouvait sur la table en cerisier.

Quarante pulsations par minute.

— Que se passera-t-il si je n'arrive pas à me réveiller ?

Il avait entendu cette question mille fois dans la bouche de ses jeunes patients. Et cette peur était également commune chez les adultes.

— Personne ne reste sous hypnose, à moins qu'il le veuille, répondit-il comme toujours.

Contrairement à ce qu'on montrait dans les films, un hypnotiseur n'avait pas le pouvoir de garder le sujet prisonnier de son esprit.

— Alors, qu'en dites-vous : on commence ?

— Je suis prête.

Les mini-caméras cachées dans la pièce filmaient la première séance d'hypnose. Pietro Gerber relut ses notes pour décider par où commencer.

— Je vous explique comment cela fonctionne. L'hypnose est comme une machine à remonter le temps, mais vous n'aurez pas besoin de raconter les faits selon un ordre chronologique. Nous ferons des allers-retours, toujours durant vos dix premières années de vie. Nous partirons de la première image qui vous viendra, ou bien d'une sensation. En général, on commence par ce qui nous touche le plus.

Hanna Hall s'agrippait encore à son sac, toujours posé sur ses genoux, mais Gerber remarqua que le tremblement de ses doigts se calmait, signe qu'elle se détendait.

— Jusqu'à l'âge de dix ans, je n'ai jamais su le vrai prénom de mes parents, ni le mien, affirma Hanna, pêchant cet étrange détail dans un recoin obscur de son esprit.

— Comment est-ce possible ?

— Je connaissais bien mes parents, mais je ne savais pas comment ils s'appelaient.

— C'est de là que vous voulez commencer à raconter cette histoire ?

— Oui, répondit Hanna Hall.

7

Je ne vois rien. La première sensation est l'appel d'une cloche, de celles qu'on accroche au cou des chats – une clochette. Mais elle n'est pas au cou d'un chat, elle est accrochée à moi, à ma cheville de fillette, avec un ruban en satin rouge.

Je ne sais pas ce qui est arrivé à Ado mais, d'une certaine façon, ce bruit a un rapport avec ce qui s'est passé. Bien que j'en ignore encore la raison, il me renvoie en arrière dans le temps. À papa et maman.

Ma famille tient à moi. Ma famille m'aime.

Donc, je trouve normal que mes parents aient accroché un ruban à ma cheville pour me ramener de la terre des morts.

Je suis une enfant. Aussi, pour moi, cette bizarrerie et toutes les autres constituent la règle.

Maman dit qu'un peu de magie se cache en chaque chose et, quand je n'obéis pas ou que je fais une bêtise, au lieu de me punir, la clochette nettoie mon aura. Chaque soir, papa se glisse dans mon lit pour me raconter une histoire : je ne sais pas pourquoi, mais il aime celles avec des géants. Papa me protégera toujours.

Ma famille est heureuse.

Mes parents ne sont pas comme les autres parents, mais ça, je le découvrirai la nuit de l'incendie, quand tout changera. Là, nous n'en sommes qu'au début, je ne peux pas encore le savoir.

Je ne me rappelle pas à quoi ressemblaient mes parents, mais certains détails me sont restés. Pour beaucoup de gens, ces petites choses sembleraient insignifiantes, mais pas pour moi. Parce qu'elles m'appartiennent, personne d'autre ne peut les posséder. Je ne sais pas si mon père est grand ou petit, maigre ou gros. Je ne suis pas en mesure de décrire ses yeux ni son nez. De toute façon, quel sens cela aurait-il pour moi de parler de la couleur de ses cheveux ? Ce qui compte, ce sont ses boucles fournies, indomptables. Une fois, il s'est coincé un peigne dans les cheveux et maman a dû y aller au ciseau pour le dégager.

Les mains de mon père sont calleuses et, quand il prend mon visage, elles sentent le foin. Personne d'autre ne connaît ce détail. Et c'est cela qui fait de lui mon père. C'est à cause de ce détail insignifiant qu'il ne sera jamais le père de quelqu'un d'autre. Et que moi je serai toujours sa fille.

Maman a une tache de naissance rose sur la cheville gauche.

Minuscule, elle n'est pas très visible : une petite chose précieuse. Il faut être très attentif, et surtout regarder de très près, pour la remarquer. Donc, à moins d'être sa fille ou l'homme qui l'aime, on ne peut pas la voir.

Je ne sais pas d'où viennent mes parents, ni quel est leur passé. Ils ne me parlent jamais de mes grands-parents et ils ne m'ont jamais dit si, quelque part, ils ont des frères et sœurs. On dirait qu'on est ensemble depuis la naissance. Je veux dire que c'était aussi comme ça dans nos vies précédentes.

Juste nous trois.

Maman est convaincue qu'on peut se réincarner et que transiter d'une existence à l'autre est aussi simple que de changer de pièce. Nous, on ne change jamais, c'est l'environnement qui change. Alors, bien sûr, il ne peut exister un avant et un après.

Nous sommes nous-mêmes, pour toujours.

Pourtant, parfois, quelqu'un reste coincé sur le seuil. Et c'est cela la terre des morts, où le temps s'arrête.

Ma famille est un lieu. Oui, un lieu. Peut-être que pour la majorité des gens il est normal de connaître sa terre d'origine, là d'où ils proviennent. Pour moi, ça ne l'est pas

Cette terre, pour moi, c'est ma mère et mon père. Le fait est qu'on n'habite jamais assez longtemps au même endroit pour se sentir vraiment chez nous. Nous ne restons jamais plus d'une année.

Avec papa et maman, on repère un point sur la carte – au hasard, en suivant notre instinct – et on y va. C'est généralement un endroit dans la partie colorée de vert, parfois de marron, ou près d'une tache bleue. Mais toujours loin des lignes noires ou des points rouges – il faut rester loin des lignes noires et des points rouges !

On voyage, le plus souvent à pied, dans les prés, sur les collines, en empruntant toujours des routes secondaires. Ou bien on entre dans une gare et on monte dans un train de marchandises, la nuit, quand ils sont vides.

Le voyage est la plus belle partie, ma préférée. On passe nos journées à découvrir le monde. Et les nuits sous les étoiles : on allume un feu, papa prend sa vieille guitare et maman chante les mélodies douces et mélancoliques avec lesquelles je m'endors depuis que je suis née.

Notre voyage finit toujours sur la promesse de recommencer à voyager. Mais quand on arrive à destination, une autre vie débute. D'abord, on explore les environs à la recherche d'une maison abandonnée. Comme personne ne veut plus de ces habitations, elles deviennent à nous. Même pour pas longtemps.

Chaque fois que nous arrivons quelque part, nous changeons de prénoms.

Chacun s'en choisit un nouveau et les autres ne doivent faire aucune objection. C'est comme ça qu'on doit s'appeler à partir de là. On trouve souvent nos prénoms dans les livres.

Je ne suis pas Hanna, pas encore. Je suis Blanche-Neige, Aurore, Cendrillon, Belle, Shéhérazade… Quelle enfant peut affirmer avoir toujours été une princesse ? Hormis les vraies princesses, évidemment.

Papa et maman choisissent des prénoms plus simples. De toute façon, pour moi, ça ne fait aucune différence, ils restent toujours « papa » et « maman ».

Pourtant, il y a une condition. Ces prénoms ne doivent pas sortir de la famille. Et surtout on ne doit jamais, jamais, les révéler à personne d'autre.

Règle numéro trois : ne jamais dire son prénom aux étrangers.

Après, maman nous fait suivre le rituel pour purifier notre nouvelle demeure. Cela consiste à courir dans les pièces en criant nos nouveaux prénoms. Nous crions de toutes nos forces, avec tout l'air de nos poumons. En nous appelant les uns les autres, ces sons deviennent familiers. Nous apprenons à faire confiance à ces noms. Et à être différents, bien qu'en restant nous-mêmes.

Voilà pourquoi chaque nouvelle maison devient pour moi la maison des voix.

Notre vie n'est pas facile, mais papa et maman me la présentent comme un grand jeu. Ils transforment n'importe quelle adversité en divertissement. Quand on manque de nourriture, pour tromper la faim, papa prend sa guitare, on se met tous les trois dans le grand lit et on passe la journée au chaud à se raconter des histoires. Quand il pleut à travers le toit, on se promène dans la maison avec des parapluies ouverts et on dispose des poêles et des casseroles pour faire résonner les gouttes et inventer des chansons. Juste nous trois. Il n'y a ni autres mamans et papas, ni autres enfants. Je ne soupçonne même pas qu'il existe d'autres enfants.

Pour ce que j'en sais, je suis la seule sur Terre.

Nous ne possédons ni biens de valeur ni argent. N'ayant de contact avec personne, nous n'en avons pas besoin.

Maman cultive un potager et fait pousser de splendides légumes en toute saison. Et parfois, papa part à la chasse avec son arc.

Nous avons souvent des animaux dans la cour : poulets, dindes, oies et, une fois, une chèvre pour le lait. Nous avons aussi eu une quarantaine de lapins, mais uniquement parce que nous avions perdu le contrôle de la situation. Il s'agit toujours de bêtes échappées d'une ferme, que personne ne réclame jamais.

Nous avons toujours plusieurs chiens de garde.

Ils ne nous suivent pas quand nous nous déplaçons, donc je ne dois pas trop m'y attacher.

Bien sûr, quand nous voyageons, nous emportons l'essentiel. Une fois installés, nous trouvons tout ce dont nous avons besoin – vêtements, casseroles, couvertures. En général, ce sont des choses que des gens ont jetées ou oubliées quelque part.

Nous choisissons toujours des zones de campagne abandonnées par les paysans qui sont partis chercher fortune ailleurs. On peut récupérer plein d'outils utiles, dans les maisons en ruine. Une fois, on a trouvé un tas de tissu et une vieille machine à coudre – une Singer à pédales – et maman a passé l'été à nous confectionner une magnifique garde-robe pour l'hiver.

Nous n'avons pas besoin du progrès. Bien sûr, je sais que le téléphone, la télé, le cinéma, l'électricité ou les réfrigérateurs existent, mais nous n'avons jamais rien eu de tout ça, à part les torches électriques que nous conservons pour les cas d'urgence.

Malgré tout, je connais le monde et je suis instruite. Je ne vais pas à l'école, maman m'apprend à lire et à écrire et papa me donne des leçons de mathématiques et de géométrie.

Le reste, je le trouve dans les livres.

On en récupère quand l'occasion se présente et chaque nouveau livre est une fête.

Le monde dans les pages des livres est à la fois fascinant et menaçant, comme un tigre en cage. On en admire la beauté, la grâce, la puissance… mais on sait que si on tend le bras entre les barreaux pour le caresser, il n'hésitera pas à nous l'arracher. Du moins, c'est ce qu'on m'a expliqué.

On reste à l'écart du monde, en espérant que le monde reste à l'écart de nous.

Grâce à mes parents, mon enfance est une sorte d'aventure. Je me demande pourquoi nous vivons ainsi. Ce que je sais, c'est que, quand on se lasse d'un endroit, on fait nos bagages et on repart. Pourtant, même si je suis petite, j'ai compris quelque chose. La cause de nos déplacements permanents est liée à un objet qu'on emporte toujours avec nous.

Une petite caisse en bois, longue comme trois fois la paume de la main.

Dessus, papa a gravé quelque chose avec la pointe chauffée d'un scalpel. Quand on arrive dans un nouvel endroit, il creuse un trou profond et il l'enterre. On la déterre quand on doit repartir.

Je n'ai jamais vu ce qu'il y a dans cette caisse, je ne sais pas pourquoi elle est scellée avec du goudron. Je sais juste que ce qu'elle contient est le seul élément de la famille qui ne change jamais de prénom : c'est marqué au feu sur le couvercle.

Pour papa et maman, Ado sera toujours Ado.

8

Hanna se tut. Cela suffisait, pour le moment.

Pietro Gerber était déboussolé. Il ne savait pas ce qu'il devait croire. En même temps, il y avait aussi du positif : en écoutant la patiente, il avait pu entendre la voix de la fillette qui sommeillait en elle et autour de qui, couche après couche, s'était sédimentée la femme de trente ans qui se trouvait devant lui.

— D'accord : maintenant, je veux que vous comptiez à l'envers avec moi, puis que vous ouvriez les yeux.

Il partit de dix, comme toujours. Hanna l'imita, puis écarquilla ses incroyables yeux bleus dans la pénombre du cabinet.

Gerber tendit la main pour arrêter le balancement du fauteuil.

— Attendez avant de vous lever, lui recommanda-t-il.

— Je dois prendre de grandes respirations, c'est bien ça ? s'enquit-elle en se fiant aux indications de sa première hypnotiseuse, Theresa Walker.

— Exact.

Hanna inspira et expira profondément.

— Vous ne vous souvenez pas des vrais noms de vos parents biologiques, n'est-ce pas ? demanda Gerber pour s'assurer qu'il avait bien compris.

Hanna secoua la tête.

Il était normal que les enfants adoptés ne conservent pas de mémoire de leur famille d'origine. Toutefois, Hanna avait déménagé en Australie à l'âge de dix ans, elle était suffisamment âgée pour se rappeler le prénom de ses parents.

— Moi, je suis devenue Hanna Hall à mon arrivée à Adélaïde, précisa la femme.

— Et quand vous viviez en Toscane, vous bougiez sans cesse.

La femme acquiesça.

— Je peux utiliser les toilettes ?

— Bien sûr. C'est la deuxième porte à gauche.

La femme se leva mais, avant de partir, elle retira son sac en bandoulière et l'accrocha au dossier du fauteuil à bascule.

Ce geste n'échappa pas à Pietro Gerber.

Quand Hanna quitta la pièce, il fixa l'objet en similicuir noir qui se balançait devant lui tel un pendule. Il contenait la feuille de son carnet qu'il avait passée à Hanna Hall durant leur premier rendez-vous, sur laquelle elle avait peut-être écrit « Iscio ». Elle ne pouvait pas connaître le surnom de mon cousin, se répéta-t-il. Cette pensée devenait obsédante. Mais pour découvrir la vérité, il lui fallait violer la vie privée de la patiente, fouiller dans ses affaires, trahir sa confiance.

Monsieur B. ne l'aurait jamais fait. Il aurait même désapprouvé le simple fait d'y avoir pensé.

Les secondes passaient et Pietro Gerber n'arrivait pas à se décider. La vérité était à portée de la main. En même temps, saisir le papier et le lire signifiait s'impliquer encore plus dans cette étrange relation. Il était déjà suffisamment insolite qu'Hanna Hall fasse partie de ses patients.

Quand la femme revint des toilettes, il fixait toujours le fauteuil à bascule.

— Excusez-moi, je crois qu'il n'y a plus de savon.

— Je suis désolé, je vais dire au monsieur qui fait le ménage de s'en occuper.

Hanna remit son sac en bandoulière. Elle prit son paquet de Winnie, en alluma une et resta debout pour la fumer.

— Vous avez dit tout à l'heure que vos parents vous avaient accroché une clochette à la cheville pour venir vous chercher sur la terre des morts, cita quasiment mot pour mot Gerber. J'ai bien compris ?

— Oui, confirma l'autre. De celles qu'on met habituellement au cou des chats. La mienne avait un beau ruban en satin rouge.

— Et c'est arrivé ? demanda-t-il en la regardant dans les yeux. C'est arrivé que vous mouriez et qu'ils viennent vous chercher ?

— Petite, je suis morte plusieurs fois, affirma-t-elle en soutenant son regard.

— Ado aussi avait une clochette comme la vôtre ?

— Non… Ado n'en avait pas, c'est pour ça qu'il est resté là-bas.

Hanna lisait sans doute sur son visage son scepticisme, ses soupçons et sa méfiance. Peut-être se sentait-elle incomprise, mais Gerber n'avait pas d'autres instruments pour l'aider à distinguer le réel de ce qui ne l'était pas. C'était la seule façon de la libérer : lui prouver que ses démons n'existaient pas.

— Les enfants savent-ils des choses que les adultes ignorent, Hanna ? Par exemple comment revenir du monde des morts ?

— Oui, en effet : cela fait partie des choses que les adultes ont oubliées.

Les yeux d'Hanna se remplirent d'une étrange nostalgie. Gerber entendait sa voix intérieure : elle aurait voulu pleurer de rage et crier sa déception, parce qu'il refusait d'admettre la possibilité qu'il existe des forces obscures qui évoluent autour de nous. Parce qu'il était comme les autres : il s'obstinait à être obtus.

À la place, la femme tira longuement sur sa cigarette et dit :

— Votre fils vous appelle-t-il en pleine nuit parce qu'il y a un monstre sous son lit ?

Pietro Gerber ne tolérait pas que sa famille soit à nouveau mise en cause, néanmoins il acquiesça pour être conciliant.

— Pour le rassurer, en bon papa, vous vous penchez pour vérifier et lui montrer qu'il n'y a aucune raison d'avoir peur. Mais au moment où vous soulevez les couvertures, vous frissonnez vous aussi en secret, envisageant un instant que ce soit vrai… Vous pourriez le nier ?

Pietro était un homme extrêmement rationnel, pourtant il ne pouvait pas.

— D'accord. C'est terminé pour aujourd'hui, annonça-t-il. Nous reprendrons demain à la même heure, si cela vous convient.

Hanna ne dit rien mais, avant de prendre congé, avec un geste de fumeuse, elle lécha rapidement son pouce et son index et écrasa du bout des doigts la pointe de sa Winnie, comme si elle pressait la tête d'un insecte. La cigarette dégagea un peu de fumée. Quand elle fut sûre de l'avoir éteinte, au lieu de la mettre dans le cendrier en pâte à modeler, elle prit la feuille qu'elle avait pliée dans son sac, y roula le mégot et le lança dans la corbeille située dans un coin de la pièce.

Pietro Gerber suivit des yeux la parabole de la boule de papier, qui atterrit avec les autres déchets.

Hanna sembla s'en apercevoir, mais se tut. C'était peut-être justement ce qu'elle voulait : attiser sa curiosité.

— Alors, bonne journée, lança-t-elle avant de quitter le cabinet.

Gerber attendit le bruit de la porte d'entrée qui se refermait. Il se sentait stupide. *Il est incroyable que je sois tombé dans un piège aussi banal*, se dit-il. Il secoua la tête et rit de lui-même, mais cela ne servit qu'à dissimuler sa frustration. Puis il se leva et se dirigea tranquillement vers la corbeille. Il s'attendit même à ne rien y trouver, comme s'il était la victime crédule d'un jeu de prestidigitation.

Mais la boule de papier était bien là.

Il se baissa, la saisit et l'ouvrit, certain que ce geste allait changer beaucoup de choses.

Pourtant, il fallait qu'il sache.

Seulement, le mot noté sur le papier n'était pas « ISCIO ».

Mais « ADO ».

9

— Alors, comment vous l'avez trouvée ?

— Son allure est négligée, elle fume beaucoup et j'ai remarqué que ses mains tremblaient, mais je ne lui ai pas demandé si elle suivait un traitement.

— Je sais que pendant un temps elle a pris du Zoloft, mais elle a arrêté à cause des effets secondaires, l'informa Theresa Walker.

Il était 9 h 30 à Adélaïde, minuit à Florence. Silvia et Marco dormaient et Pietro, dans la cuisine, parlait tout bas pour ne pas les réveiller.

— Elle vous a dit où elle logeait et combien de temps elle comptait rester à Florence ?

— Vous avez raison, j'aurais dû me renseigner. Je vais m'en occuper.

Le psychologue passa un quart d'heure à résumer en anglais l'étrange récit d'Hanna Hall sur son enfance.

— Qu'est-ce qui vous a le plus marqué, docteur Gerber ?

— Hanna a parlé deux ou trois fois d'un incendie, se rappela-t-il en changeant le téléphone d'oreille. Pendant la séance, elle a évoqué une « nuit de l'incendie ».

La nuit de l'incendie, maman m'a fait boire l'eau de l'oubli, c'est pour ça que j'ai tout oublié…

— Ça ne me dit rien. Elle ne l'a pas mentionné avec moi.

— Bizarre, parce qu'elle m'a dit avoir cherché des réponses dans l'hypnose justement à partir de ce rêve récurrent.

— Le rêve pourrait être relié à un événement du passé : quelque chose qui l'a marquée.

En effet, Gerber avait pensé à une césure entre un avant et un après.

— La femme se réfère à son enfance comme si c'était un bloc séparé du reste de son existence… Par ailleurs, « Hanna Hall » est son identité depuis ses dix ans. Comme si l'adulte et l'enfant étaient deux individus différents.

— Pendant qu'elle approfondit sur son passé en Toscane, je devrais peut-être enquêter sur son présent en Australie, proposa Theresa Walker.

— C'est une excellente idée.

En effet, excepté le fait qu'elle gagnait de l'argent en travaillant parfois comme traductrice, ils ne savaient rien de la patiente.

— Je connais un détective privé. Je lui demanderai s'il peut faire quelques recherches.

— Il faudrait que j'essaie d'entrer en contact avec les parents biologiques de la femme, affirma Gerber.

— S'ils sont encore vivants, bien sûr.

— Je suppose qu'il ne sera pas simple de remonter à eux, vingt ans plus tard.

— Oui, vous avez raison.

Gerber se demanda où ils étaient. Il repensa à cette vie solitaire dans des lieux isolés, à ces déménagements permanents et à cette précarité.

On reste à l'écart du monde, en espérant que le monde reste à l'écart de nous.

— Ils choisissaient un endroit sur la carte et ils s'y rendaient, en restant loin « des lignes noires et des points rouges ».

— Les routes principales et les centres habités, traduisit sa collègue. Pourquoi ?

— Je n'en ai pas la moindre idée, mais Hanna est convaincue d'avoir vécu une sorte d'aventure, et que ses parents allégeaient le poids des privations en transformant les difficultés en un jeu inventé pour elle… Le tout dominé par une sorte d'esprit *new age* : le père chassait à l'arc et la mère proposait d'étranges rituels, nettoyage de l'aura et autres choses du genre.

— C'était dans les années quatre-vingt-dix : c'est un peu anachronique, réfléchit Theresa Walker, sceptique.

— Pendant notre premier entretien, Hanna a fait allusion à des fantômes, des sorcières et des morts qui ne meurent pas : elle a l'air convaincue que tout cela est vrai.

Donc pour moi il est normal que mes parents m'aient accroché une clochette à la cheville pour me ramener de la terre des morts.

— Je ne m'occuperais pas trop de sa famille loufoque ou de ses superstitions, soutint la psychologue. Ce qui prête le plus à réflexion, ce sont les prénoms.

Theresa Walker avait raison : le fait qu'Hanna Hall ait changé plusieurs fois de prénom au cours de son enfance questionnait également Gerber.

L'identité d'un individu se forme dans les premières années de sa vie. Le prénom non seulement en fait partie, mais encore il en constitue la clé de voûte. Il devient l'aimant autour duquel se rassemblent toutes les particularités qui définissent qui nous sommes et qui nous rendent uniques. L'aspect, les signes distinctifs, les goûts, le caractère, les qualités et les défauts. L'identité est fondamentale pour définir la personnalité. La transformation de la première risque de faire basculer la seconde vers quelque chose de dangereusement indéfini.

Substituer un prénom à un autre, ne serait-ce qu'une fois dans la vie, est déstabilisant et provoque de graves troubles de l'estime de soi. C'est pour cette raison que la procédure de changement d'identité est rendue extrêmement complexe par la loi. Pietro Gerber se demanda quels effets ce processus de métamorphose permanente avait eus sur Hanna Hall.

Je suis Blanche-Neige, Aurore, Cendrillon, Belle, Shéhérazade... Quelle enfant peut affirmer avoir toujours été une princesse ?

En entendant la voix de sa patiente dans sa tête, Gerber ouvrit le bocal où Silvia rangeait les biscuits et y plongea la main pour en attraper un au chocolat. Il mordit distraitement dedans.

— Hanna a répété que sa famille était une famille heureuse, dit-il en ouvrant le frigo pour en sortir le lait.

— Et vous pensez que c'est faux ?

Gerber repensa à Emilian, l'enfant spectre.

— En même temps que cette patiente, je m'occupe d'un enfant biélorusse de six ans qui dit avoir vu ses parents adoptifs s'adonner à une sorte de rite orgiaque impliquant également ses grands-parents et un curé… Il soutient qu'ils portaient des masques d'animaux : un chat, un mouton, un cochon et un loup, précisa-t-il. Le tribunal m'a confié la mission d'établir s'il mentait, mais la question est plus complexe… Pour un enfant, la famille est l'endroit le plus sûr au monde, ou alors le plus dangereux : les psychologues pour enfants le savent bien. C'est juste qu'un enfant ne fait pas la différence.

Theresa Walker réfléchit.

— Vous pensez qu'Hanna, petite, n'était pas en sécurité ?

— Il y a l'histoire des règles, répondit-il. Elle en a cité deux : « Les étrangers sont le danger » et « Ne jamais dire son prénom aux étrangers ».

— Peut-être que pour comprendre ces règles, combien il y en avait et, surtout, à quoi elles servaient, vous devriez d'abord approfondir la question des « étrangers », suggéra l'Australienne.

— En effet, c'est ce que je pensais.

— Il y a autre chose ?

— Ado, répondit le psychologue.

Il fouilla dans la poche où il avait rangé la feuille du carnet avec le mot écrit par la femme.

ADO.

— Hanna m'a emprunté un papier et un stylo pour noter un nom. Je me suis demandé pourquoi elle avait eu l'impulsion de faire une chose pareille.

— Qu'en avez-vous conclu ?

— Elle a peut-être simplement voulu attirer mon attention.

Theresa Walker évalua cette information.

— Vous enregistrez les consultations avec les enfants, n'est-ce pas ?

— Oui, admit Gerber. Je conserve les vidéos de toutes les consultations.

Sa collègue faisait probablement la même chose. À ce moment-là, il aurait dû lui raconter l'histoire d'Iscio et l'illusion d'avoir vu le nom de son cousin noté par la patiente, mais il ne voulait pas donner l'impression de s'être laissé influencer par Hanna Hall.

— Et puis, je crois qu'à la fin elle a jeté intentionnellement ce papier dans la corbeille afin que je le trouve, dit-il à la place.

— Continuez d'enregistrer les séances avec Hanna, recommanda sa collègue.

— Bien sûr, comptez sur moi.

— Je suis sérieuse, insista l'autre. Je suis plus âgée que vous, je sais de quoi je parle.

— Vous pouvez me faire confiance.

— Excusez-moi, je fais parfois trop de zèle avec mes collègues plus jeunes.

La psychologue semblait réellement inquiète, même si pour l'instant elle ne voulait pas expliquer pourquoi.

— Il serait peut-être utile que vous m'envoyiez la vidéo de la première séance d'hypnose d'Hanna avec vous à Adélaïde.

— Je ne suis pas aussi avancée que vous, je procède encore à l'ancienne, avoua la femme.

— Vous voulez dire que vous notez tout ?

— Non, non ! J'ai un enregistreur digital : je vous ferai parvenir l'audio de la séance à votre adresse mail.

— Parfait, merci.

Theresa Walker avait l'air contente qu'il ait accepté de poursuivre la thérapie.

— Quant à vos honoraires…

— Ce n'est pas un problème, la devança Gerber.

Hanna Hall ne pouvait rien payer, c'était évident pour tous les deux.

— Ces appels internationaux vont nous coûter une fortune, plaisanta Theresa Walker.

— En tout cas, vous aviez raison : cette femme a besoin d'aide et, au vu de son récit pendant la première séance d'hypnose, je pense qu'il y a encore beaucoup à explorer dans sa mémoire.

— Quel effet vous fait Hanna ? demanda soudain sa collègue.

Troublé, Gerber ne sut que répondre. Il se tut une seconde de trop.

— Soyez prudent, lui conseilla Theresa.

— Je le serai.

Après avoir raccroché, il resta un moment dans la cuisine pour réfléchir. Il sirota un verre de lait et mangea encore quelques biscuits dans la pénombre, éclairé par la lumière du réfrigérateur ouvert.

Il se demanda quel effet Hanna Hall lui faisait, s'il n'avait même pas pu répondre à la question de sa collègue.

Tout patient se reflète dans son thérapeute. Mais parfois, inévitablement, c'est le contraire. Souvent, quand il s'agit d'enfants. Bien qu'un psychologue fasse tout pour rester détaché, il est impossible de ne pas se laisser impliquer émotionnellement par certains récits d'horreur.

Monsieur B. lui avait enseigné plusieurs moyens pour y survivre. Des méthodes permettant de créer une sorte de carapace invisible, sans perdre l'empathie nécessaire.

« Parce que, si l'horreur te suit jusque chez toi, tu ne peux plus te sauver », disait-il toujours.

Gerber se leva, posa son verre dans l'évier et referma le réfrigérateur. Il se dirigea, pieds nus, vers la chambre à coucher.

Silvia était recroquevillée sous les couvertures, les mains jointes entre sa joue et l'oreiller. Le psychologue la regarda et se sentit coupable. Quelque chose le rapprochait d'Hanna Hall, c'était pour cela qu'il était aussi attentif et prévenant avec elle. Et qu'il se sentait obligé de l'aider.

Moi non plus, je ne sais plus qui je suis, se dit-il. C'était le secret qui le tourmentait depuis des années et qu'il ne parvenait pas à confier à Silvia.

Avant de se glisser à côté de sa femme, il alla jeter un coup d'œil à Marco, qui dormait sereinement dans son petit lit, dans la même position que sa mère, protégé par une veilleuse en forme de cactus. Il lui ressemblait aussi sur ce point, se dit-il. Cette pensée le consola.

Il se pencha vers son fils et déposa un baiser sur son front. L'enfant protesta dans son sommeil mais ne se réveilla pas. Il était bien au chaud, mais son père savait que d'ici quelques heures il chasserait ses couvertures et qu'il lui faudrait venir le recouvrir. Il fit mine d'aller se coucher, mais s'arrêta un instant à la porte.

Votre fils vous appelle-t-il en pleine nuit parce qu'il y a un monstre sous son lit ?

La voix d'Hanna Hall s'insinua à nouveau dans ses pensées. Il secoua la tête, se dit qu'il était facile de se laisser impressionner, à cette heure tardive. Mais il ne bougea pas.

Il fixait la fente sombre sous le lit de Marco.

Il fit un pas en avant, puis deux. Quand il atteignit le lit, il se pencha en se traitant d'idiot et en se répétant qu'il n'avait rien à craindre. Mais son cœur n'était pas d'accord : il battait plus vite que d'habitude.

Au moment où vous soulevez les couvertures, vous frissonnez vous aussi en secret, envisageant un instant que ce soit vrai…

Gerber se laissa convaincre par la petite voix qui l'invitait à aller voir quel secret se cachait dans l'obscurité tapie sous le lit de son fils. Il attrapa un pan du couvre-lit et le souleva. La lueur verdâtre de la veilleuse cactus le précéda dans la pénombre. Pietro Gerber balaya l'espace du regard.

Aucun monstre, uniquement quelques jouets arrivés là par hasard.

Il lâcha le couvre-lit et se sentit soulagé, mais aussi en colère contre lui-même : il avait cédé à une peur injustifiée. Il soupira et s'apprêta à aller enfin se coucher. Il fit quelques pas, Marco bougea dans son lit et Gerber entendit…

Un bruit métallique, argentin.

Le psychologue se retourna, pétrifié. Il pria et supplia pour que ce bruit ait résonné uniquement dans sa tête. Mais le son se répéta. Il provenait de sous les couvertures de Marco. C'était un appel. Qui lui était adressé.

Il s'approcha du lit et, d'un geste, découvrit l'enfant.

Ce n'était pas une hallucination. Tandis que sa rationalité l'abandonnait, il regarda, impuissant, l'objet tout droit sorti de l'enfer d'Hanna Hall.

Quelqu'un avait noué un ruban en satin rouge à la cheville de son fils. Et une clochette y était accrochée.

10

Ils avaient pris rendez-vous à 7 h 30, afin qu'Hanna ne croise pas les autres patients, qui arrivaient vers 9 heures.

Gerber partit de chez lui vers 7 heures. Cette fois encore, il avait peu dormi. Mais là, c'était pour des raisons sérieuses. En parcourant les rues du centre historique à pas rapides, il entendait le bruit de la clochette dans la poche de sa veste.

Un appel de la terre des morts.

Il ne savait pas comment ce ruban de satin rouge s'était retrouvé noué à la cheville de son fils. Il était terrorisé à l'idée qu'Hanna se soit approchée autant de sa famille. Et il ne comprenait pas son véritable but.

Une question le torturait : quand pouvait avoir eu lieu la rencontre entre Marco et Hanna Hall ?

La veille, l'enfant n'était sorti que pour aller à la crèche, sa nounou l'avait ramené dans l'après-midi. Ils n'étaient pas allés au parc à cause du mauvais temps. Pas de fête d'anniversaire à la ludothèque, rien de particulier. La seule possibilité était que le contact ait eu lieu sur le trajet entre la crèche et la maison, mais pas le matin, puisque Hanna se trouvait à son cabinet.

Gerber n'avait rien dit à Silvia de sa découverte de la nuit pour ne pas l'affoler, mais cela le gênait de lui taire un tel événement. Même si le secret qu'il lui cachait depuis trois ans était sans doute pire que celui-ci, il se rassura en se répétant qu'il agissait ainsi pour la protéger.

— Accompagne Marco à la crèche aujourd'hui, j'irai le chercher, lui avait-il proposé avant de partir.

Silvia, qui était en train de donner le biberon à son fils, lui avait demandé la raison de cette requête insolite. Mais il avait fait semblant de ne pas l'entendre.

Il ne pouvait réclamer aucune explication à Hanna Hall, qui aurait très certainement nié être impliquée. Il ne pouvait pas non plus interrompre brusquement la relation avec elle parce que, n'ayant pas de preuve, il aurait pu être taxé de négligence envers une patiente. Enfin, quelque chose lui déconseillait d'adopter des solutions drastiques, parce qu'il était impossible de savoir comment la femme réagirait si elle se sentait repoussée.

Il se demanda ce qu'aurait fait monsieur B. à sa place. Ce salaud ne se serait sans doute pas laissé impliquer à ce point.

Quinze minutes plus tard, Gerber arriva au cabinet et se trouva nez à nez avec l'homme de ménage.

— Bonjour, le salua-t-il distraitement.

Mais l'homme le fixa, mal à l'aise.

— Que se passe-t-il ?

— Je lui ai dit de vous attendre dehors, mais elle m'a expliqué que vous l'aviez autorisée à entrer et je n'ai pas su quoi faire, hésita l'homme.

Gerber sentit l'odeur des Winnie d'Hanna. Elle aussi était en avance.

— Ne vous en faites pas, il n'y a aucun problème, dit-il pour le rassurer, même si en fait il y en avait un, et de taille.

Il emprunta le couloir vers la grande pièce mansardée. Il s'attendait à la trouver dans son bureau, mais à mi-chemin il remarqua une porte ouverte. Il accéléra, dans l'impossible tentative d'empêcher ce qui était déjà arrivé, mû par la colère plus que par l'urgence. Cette femme avait outrepassé son interdiction. Elle savait que cette pièce était défendue.

Monsieur B. n'aurait pas voulu qu'une inconnue y entre.

Toutefois, quand il arriva devant la partie du cabinet où personne n'avait mis les pieds depuis trois ans, il s'arrêta net.

Hanna était de dos, debout au milieu de la pièce, la main tenant la cigarette élégamment appuyée sur sa hanche. Elle fumait et regardait autour d'elle. Alors qu'il allait prononcer son prénom, elle se retourna. Elle portait toujours les mêmes vêtements et il remarqua à ses pieds un sachet en papier d'où dépassait un paquet-cadeau. Gerber ne lui demanda pas de quoi il s'agissait : il était trop en colère.

— Qu'est-ce que c'est, cet endroit ? s'enquit-elle innocemment en indiquant la moquette vert prairie, le plafond bleu ciel parsemé de délicats nuages blancs et de petites étoiles phosphorescentes et les arbres en carton-pâte reliés entre eux par de longues lianes en corde.

Au moment où il foula la forêt de son père, les intentions belliqueuses de Gerber s'évanouirent malgré lui et cédèrent la place à une vague de nostalgie.

C'était l'effet que produisait cet endroit sur tous les enfants.

Pour répondre à la question d'Hanna, le psychologue se tourna vers un tourne-disque posé sur une petite table. Un vinyle poussiéreux se trouvait dedans. Gerber actionna le levier et le bras automatique se posa délicatement sur le socle. Après quelques tours à vide, une petite chanson joyeuse se lança.

— Ce sont l'ours et Mowgli, affirma Hanna Hall au bout de quelques secondes, reconnaissant les voix. Il faut se satisfaire du nécessaire. *Le Livre de la jungle.*

Le classique de Kipling animé par Disney.

— Ceci était le bureau de mon père, lui expliqua Gerber, étonné lui-même de cette confidence. Il y recevait ses jeunes patients.

C'est lui qui m'a appris tout ce que je sais, pensa-t-il. Mais il ne le dit pas.

— Ceci était le bureau de M. Gerber senior, constata Hanna, enregistrant l'information.

— Mais les enfants l'appelaient M. Baloo.

Il avait refermé la porte, encore un peu secoué. Dans son bureau, Hanna fumait dans le fauteuil à bascule comme si de rien n'était, le sachet contenant le paquet-cadeau posé par terre, prête pour une nouvelle séance d'hypnose.

La femme ne se rendait pas compte qu'elle avait envahi un espace privé et, surtout, qu'elle avait rouvert de vieilles blessures. C'était comme si elle était dispensée du monde des autres, incapable de se connecter à leurs émotions. Elle semblait ignorer la bienséance élémentaire de la cohabitation. Peut-être à cause de l'isolement subi dans son enfance : elle restait une petite fille qui avait beaucoup à apprendre de la vie.

Theresa avait raison : Hanna Hall représentait un danger. Non qu'elle soit potentiellement violente, mais à cause de son innocence. Le bébé tigre joue avec le bébé humain, toutefois il ne sait pas qu'il peut le tuer. Et l'autre ne sait pas qu'il peut être tué, disait toujours son père. La relation entre Hanna et lui pouvait se résumer à ce parallèle, donc il devait rester sur ses gardes.

Gerber glissa une main dans sa poche et tâta la clochette, en guise de mémento. Puis il s'assit dans son fauteuil et fit semblant de pianoter sur son téléphone avant de l'éteindre pour la séance. Il voulait qu'elle perçoive sa déception.

— C'est vrai qu'on ne peut pas interrompre brusquement une thérapie par l'hypnose parce qu'il peut y avoir de graves conséquences pour le patient ? questionna Hanna avec candeur, pour briser le silence pesant.

— Oui, c'est vrai.

Son attitude était infantile, mais sa question avait un double sens subliminal. Hanna voulait savoir s'il était fâché contre elle et elle demandait à être rassurée. En plus, elle affirmait ainsi l'existence d'un lien entre eux, qui serait difficile à rompre.

— J'ai réfléchi à ce que vous m'avez raconté la dernière fois, reprit Gerber pour changer de sujet. Vous avez décrit vos parents avec quelques détails : la tache de naissance sur la cheville de votre mère, les cheveux indomptables de votre père.

— Et vous, comment décririez-vous les vôtres ? demanda Hanna, envahissant une nouvelle fois son espace personnel.

— Nous ne sommes pas en train de parler de moi.

Il s'efforça de garder son calme. S'il avait dû répondre, il aurait dit que sa mère était immobile, muette et souriante. Parce que, depuis qu'il avait plus ou moins l'âge de Marco, son seul souvenir d'elle était une photo de famille collée dans un album à la couverture en cuir. Quant à son père, il aurait dit que monsieur B. était l'homme le plus prévenant du monde avec les enfants.

— Vous avez remarqué que, quand on demande à un adulte de décrire ses parents, il ne dit jamais comment ils étaient dans leur jeunesse, mais il parle plutôt d'eux déjà vieux ? J'ai souvent pensé à ça, à mon avis, c'est parce que, quand on vient au monde, eux y sont déjà. En grandissant, on ne peut plus imaginer que nos parents ont eu vingt ans, même si on était déjà dans leur vie à ce moment-là.

Gerber eut l'impression qu'Hanna essayait de le mettre sur une fausse piste. Parler de ses parents en reléguant le récit à son enfance était peut-être une façon de ne pas affronter une réalité douloureuse. Peut-être que les siens étaient morts, ou qu'ils avaient continué sans elle leur existence d'ermites. Dans tous les cas, il était inutile de lui poser la question : il savait qu'elle lui répondrait d'elle-même au moment voulu.

— Vos parents avaient choisi une existence nomade…

— Petite, j'ai vécu dans plusieurs endroits de la Toscane : l'Arétin, le Casentin, la Garfagnana, les Apennins, la Lunigiana et la Maremme, confirma Hanna. Mais je ne l'ai découvert qu'après. Je n'ai appris que plus tard comment s'appelaient ces endroits. Si à l'époque on m'avait demandé où je me trouvais, je n'aurais pas su quoi répondre.

— À la fin de la dernière séance, vous avez mentionné que la cause de ces déplacements fréquents pouvait être liée à Ado, lui rappela Gerber. À la petite caisse avec son nom gravé sur le couvercle que vous emportiez partout.

— Ado était enterré à côté de la maison des voix, confirma Hanna.

— Pour comprendre la relation entre vous et Ado, il faut procéder par étapes.

— D'accord.

— Les étrangers, dit le psychologue.

— Que voulez-vous savoir ?

Gerber lut ce qu'il avait noté la fois précédente :

— Vous m'avez parlé de règles, vous en avez cité deux.

— Règle numéro cinq : si un étranger t'appelle par ton prénom, prends la fuite. Règle numéro quatre : ne jamais s'approcher des étrangers et ne pas se laisser approcher par eux. Règle numéro trois : ne jamais dire son prénom aux étrangers. Règle numéro deux : les étrangers sont le danger. Règle numéro un : se fier uniquement à papa et maman.

— Il me semble que ces cinq règles ont déterminé votre rapport avec le reste de l'humanité, déduisit le psychologue. Tout individu, en dehors de vos parents, était considéré comme une menace potentielle : le monde était peuplé exclusivement d'êtres maléfiques.

— Pas tous, précisa Hanna. Je n'ai jamais dit ça.

— Alors, expliquez-moi, s'il vous plaît…

— Les étrangers se cachaient parmi les gens communs.

Gerber repensa à un très vieux film où les extraterrestres se substituaient à certains individus pendant leur sommeil, puis vivaient tranquillement au milieu des gens sans que personne s'en aperçoive.

— Si les étrangers n'étaient pas différents des autres, comment faisiez-vous pour les reconnaître ?

— Nous ne pouvions pas, répondit Hanna en écarquillant ses yeux bleus et en le regardant comme si c'était une évidence.

— Alors, vous restiez loin des autres, tous les autres. Vous ne trouvez pas ça un peu excessif ?

— Que savez-vous des serpents ? demanda alors la femme de façon inattendue.

— Rien.

— Quand vous en voyez un, êtes-vous capable de distinguer s'il est venimeux ou non ?

— Non, admit le psychologue.

— Alors, que faites-vous pour éviter le risque ?

— Je les évite tous, constata Gerber après une courte pause.

Il était gêné. Le raisonnement d'Hanna ne souffrait aucune objection.

— Pourquoi aviez-vous peur des étrangers ?

La femme se perdit un instant dans des pensées obscures.

— Les étrangers prenaient les gens, les arrachaient à leurs proches. Personne ne savait où ils allaient, ni ce qui leur arrivait. Ou peut-être que, comme j'étais trop petite, personne n'a voulu me le raconter… Tout ce que je savais, c'était que les gens ne revenaient plus jamais. Plus jamais.

Sans ajouter un mot, Gerber lança le métronome. À ce signal, Hanna ferma les yeux et se balança dans le fauteuil.

11

La première fois que je perçois la présence des étrangers, j'ai environ sept ans.

Jusque-là, il n'y a eu que nous et les autres.

Au cours de ma brève existence, je n'ai pas rencontré grand monde. Les autres sont toujours minuscules et distants, ils passent à l'horizon, on peut en mesurer la hauteur entre le pouce et l'index. Mais je sais qu'ils existent. Je sais qu'ils vivent tous ensemble, généralement dans de grandes villes. Et je sais aussi que certains d'entre eux sont comme nous. Ils se déplacent d'un endroit à un autre, invisibles. Chacun a ses raisons pour s'éloigner du monde. Certains fuient une guerre ou quelque chose de moche qui leur est arrivé, d'autres se sont perdus, ils sont partis et ne veulent pas revenir, et d'autres encore, simplement, sont seuls parce qu'ils n'acceptent pas qu'on leur dise quoi faire.

Nous, la catégorie des vagabonds, nous sommes une sorte de communauté. Nous ne nous sommes jamais retrouvés tous ensemble au même endroit, pourtant, nous nous laissons des signes que nous seuls pouvons interpréter. Mon père peut. Un symbole précis gravé dans l'écorce d'un arbre, des pierres disposées d'une certaine façon au croisement de deux routes. Ils indiquent une piste à suivre ou signalent un danger à éviter. Ils nous disent où nous trouverons de la nourriture et à boire. Où les gens pourraient nous remarquer et où nous passerons inaperçus.

Nous aussi, on fait notre part. Chaque fois qu'on repart d'une maison des voix, on a le devoir de la préparer pour ceux qui arriveront après. Papa appelle ça « le code du voyageur ». Il énonce des préceptes comme : ne pas polluer l'eau, toujours laisser les choses mieux que quand on est arrivés, ne pas retirer aux autres la possibilité d'habiter là.

Grâce à ces enseignements, j'ai une vision positive des êtres humains en général, bien qu'on n'en rencontre jamais.

Mais tout ça a pris fin à la ferme des Ström.

Le secteur est abandonné sur des kilomètres. Nous avons planté une tente au bord d'une grande forêt. Papa n'a pas enterré la caisse d'Ado parce que c'est une installation provisoire. La caisse est avec nous dans la tente. Nous sommes ici depuis environ une semaine.

Cette fois, le voyage jusqu'à l'endroit que nous avons choisi a duré plus longtemps que prévu, presque un mois. Nous sommes fin novembre et il commence à faire froid. Pour nous réchauffer, nous n'avons qu'un sac de couchage et quelques couvertures. Le matin tôt, maman allume un feu pour préparer à manger et papa s'en va, sac sur le dos, pour inspecter les environs. Il revient à la nuit tombée.

Un soir, alors que je suis en train de m'endormir dans la tente, j'entends mes parents qui discutent près du feu.

— Si on ne trouve pas de maison, il va falloir passer l'hiver ici, dit papa.

Je n'aime pas le ton de sa voix. Il n'est pas joyeux, comme d'habitude, mais inquiet.

— On ne peut pas revenir là où on était ? propose maman.

— Non, on ne peut pas, répond-il d'une voix sans concession.

— Nos provisions touchent à leur fin.

— D'après la carte, autrefois, il y avait une mine de charbon près d'ici. À côté, ils avaient construit un village pour les mineurs et leurs familles : il n'est plus habité.

— On pourrait s'y arrêter. Je dois faire le potager, il n'y a plus le temps que pour une seule récolte.

— Je ne sais pas si c'est une bonne idée, affirme papa. La zone est assez isolée, sans doute que personne n'y vient pendant l'hiver… Mais un village, ça comporte trop de pièges et c'est difficile à surveiller.

— Alors, comment on va faire ? C'est de la folie de rester ici, tu le sais aussi bien que moi.

— À partir de demain, je ne reviendrai pas au crépuscule, comme j'ai fait jusqu'ici. Je pousserai le plus loin possible, jusqu'à ce que je trouve quelque chose.

Depuis mon sac de couchage, j'entends maman qui sanglote. Papa la prend dans ses bras, je vois son ombre sur la toile de tente.

— Tout ira bien, la rassure-t-il.

Moi aussi, j'ai envie de pleurer.

Papa est parti le matin tôt, ça fait deux jours. Maman est triste, taciturne, mais elle essaie de ne pas me le montrer.

À l'aube du troisième jour, alors que nous ramassons le petit bois pour le feu, nous voyons papa sortir de la forêt. Il sourit, d'une drôle de façon.

— J'ai trouvé un endroit, annonce-t-il en posant son sac à dos.

Il l'ouvre et nous invite à regarder à l'intérieur.

Des boîtes de conserve : haricots, viande et thon.

— Où as-tu trouvé tout ça ? demande maman qui n'en croit pas ses yeux.

— Il y a une ferme à deux jours de marche. Mais pour y arriver, il faut traverser un fleuve.

Ils m'observent. Papa m'a appris à nager très tôt, mais là, vu le courant, il faut beaucoup de force dans les bras.

— Je peux le faire, dis-je.

Quand le moment arrive, j'ai peur de regarder ce fleuve en colère, mais je ne le montre pas. Papa m'a attaché une corde autour de la taille, qu'il noue à ses épaules. Il y a deux mètres entre nous. Maman fait pareil avec la caisse d'Ado.

— Ne t'accroche pas à la corde, elle est juste là en cas de problème, m'explique papa. Tu dois nager.

Nous nous jetons à l'eau. Au début, j'ai tellement peur de ne pas y arriver que je n'ai même pas froid. Je nage. Toutefois, au bout d'une dizaine de mètres, je sens mes forces m'abandonner. Mes bras moulinent, mais je n'avance plus. Le fleuve me prend, me tire par les jambes. Je me débats. Je cherche la corde, en vain. Je finis sous l'eau. Une fois, deux fois, trois fois. Même si je sais que je ne devrais pas, la quatrième fois, j'ouvre la bouche pour crier. Papa me l'a expliqué quand il m'a appris à nager : « Si tu sens que tu te noies, la dernière chose à faire est de demander de l'aide. » En effet, l'eau glacée entre dans ma bouche. Elle coule dans ma gorge, descend dans mon estomac et envahit mes poumons, à la place de l'air.

Puis tout devient noir.

Un poids s'abat sur mon sternum, un flot sort soudain de ma bouche et me tombe dessus. Je rouvre les yeux. Je sens les cailloux lisses sous mon dos et je comprends que je suis allongée sur la grève – je ne sais pas comment je suis arrivée là. Le ciel est blanc, le soleil, une sphère froide et opaque. Mon père est au-dessus de moi, maman derrière lui : il me regarde tout en appuyant à nouveau sur mon thorax des deux mains. Il est terrifié. Un autre jet d'eau sort de mes poumons.

— Respire ! me crie papa.

J'essaie d'inspirer, mais je n'absorbe qu'un filet d'oxygène. Papa répète l'opération plusieurs fois. J'ai l'impression d'être une pompe à vélo. Je sens une brûlure intense dans ma poitrine. Je ne le sais pas encore, mais papa vient de me fêler une côte.

Pourtant, je suis revenue de la terre des morts. Enfin je respire. Faiblement, mais je respire.

Mon père me redresse et me donne de grandes tapes dans le dos pour me faire tousser. Je regarde vers le bas : l'eau sortie de mes poumons forme de petits ruisseaux qui retournent au fleuve. Je me dis que le fleuve se retire de moi, comme un démon vaincu qui doit renoncer à une âme et revenir en enfer, humilié.

Maman me serre contre elle, papa nous enlace toutes les deux. Nous restons là, à genoux, remerciant Ado de ne pas m'avoir prise avec lui.

Papa allume un feu pour me sécher. Je tremble de froid. Maman me déshabille et, après avoir arraché des bandes de la toile de tente, me les noue autour du torse, à la hauteur d'un bleu qui grandit à vue d'œil et prend mille couleurs différentes.

— Tu peux marcher ? me demande-t-elle.

— Oui, ça va aller.

Les broussailles sont épaisses. Papa ouvre le chemin dans un enchevêtrement de branches qui, sans qu'on s'en aperçoive, nous griffent la peau des bras, des mollets, des genoux et du visage. Le soleil disparaît pendant de longues minutes, occulté par les feuilles des arbres. Puis il réapparaît furtivement. Autour, tout est humide, nous sommes à nouveau mouillés.

Au lieu de deux jours de marche, il nous en faut quatre.

Nous apercevons enfin la petite vallée, lointaine mais proche. Au milieu coule un torrent, une ruine se dresse à côté.

La ferme des Ström.

Ce nom est gravé sur une pierre grise à côté de la maison. Il y a même une date de construction : 1897. Nous entrons. La maison est grande, mais la plupart des pièces sont vides et seules celles du rez-de-chaussée sont habitables.

Nous pourrons cuisiner sur le grand poêle en fonte. Il y a des meubles. Une table encore dressée avec des bols vernis. Un buffet avec poêles et casseroles. Dans le garde-manger sont entassées toutes sortes de provisions – bocaux de riz et de biscuits, farine, sucre, conserves, lait en poudre et concentré, fromage, boîtes de haricots, de thon et de viande, et même du sirop de framboise. Des couvertures et des draps sont rangés dans les armoires. Il y a des vêtements. Les lits sont faits.

Une fine couche de poussière recouvre le tout. Ma première impression est que le temps s'est arrêté. Les habitants ont quitté les lieux depuis un bon moment, mais quelqu'un est arrivé après. Il a installé ses affaires, réparé le toit et la pompe à eau, ameubli la terre pour planter un potager. Ensuite, il est reparti et a laissé les vivres, les bibelots et les vêtements pour les suivants, respectant à la lettre le « code des voyageurs ».

Quelqu'un comme nous.

D'abord, papa creuse un trou à côté d'un châtaignier à l'écart du bois. Il y dépose la caisse et la recouvre de terre fraîche. Ado sera en sécurité, protégé par le grand arbre noueux.

Maman allume de l'encens pour s'attirer les bonnes grâces de la vieille maison. Puis elle chante pour elle et chasse les énergies négatives. Ensuite, nous choisissons nos nouveaux prénoms. Cela fait longtemps que j'ai décidé du mien : j'ai hâte de m'appeler Cendrillon. Comme toujours, nous nous séparons et nous faisons le tour des pièces en les criant. Nous sommes heureux. Aucun de nous ne le dit ouvertement, mais la conscience d'avoir échappé aux ennuis décuple notre joie. Nous aurions pu passer l'hiver sous une tente, dans le froid et sans nourriture. Le fleuve colérique a essayé de nous séparer pour toujours. Je monte les marches quatre à quatre, ma côte fêlée ne me fait plus mal. Quand j'arrive au grenier, je découvre quelque chose auquel je ne m'attendais pas. Quelque chose qui risque de troubler notre bonheur, je le comprends immédiatement.

C'est le premier signe.

Quelqu'un l'a tracé par terre à la craie. Trois silhouettes stylisées, enfantines. Un homme, une femme et une fillette. Le soleil filtre à travers les poutres du toit et éclaire la pénombre poussiéreuse. Je regarde ces êtres filiformes.

Je les connais. Cette famille, c'est nous.

Je ne dis rien à papa et maman. Je ne veux pas gâcher leur bonheur. J'efface les dessins en frottant avec la semelle de mes chaussures.

Nous allumons le poêle en fonte et maman prépare une soupe chaude pour le dîner. Papa a trouvé une bouteille de vin rouge dans le garde-manger, il dit qu'il y en a d'autres. J'ai le droit d'en boire un doigt, dilué dans de l'eau du puits. À table, je me tais, le vin me fait voyager. Je pense au dessin. Ces personnes sont-elles vraiment nous ? Comment est-ce possible ? Je me demande si nous sommes déjà venus ici. Mais quand ? Et pourquoi l'avons-nous oublié ?

Maman a promis que, dès qu'elle aura le temps, elle me coudra une poupée.

Le lendemain, un événement étrange se produit. Je suis en train d'aider maman à étendre les draps à l'arrière, mais elle s'arrête et elle met la main sur son front pour se protéger du soleil. Elle a vu quelque chose. Elle regarde l'étable abandonnée, à une centaine de mètres d'ici.

Des nuages de mouches entrent et sortent par une des fenêtres.

Nous appelons papa, qui coupe du bois de l'autre côté de la maison. Il observe la scène avec nous.

— Je vais voir, dit-il.

Quand il sort de l'étable, se couvrant la bouche et le nez avec la manche de sa chemise, il se penche pour cracher, puis fait signe à maman de venir.

— Attends ici, m'ordonne-t-elle avant de le rejoindre.

Quand papa va chercher la hache et des sacs de chaux, je comprends que les animaux qui appartenaient aux anciens habitants sont tous morts. Mais c'est la façon dont ils sont morts qui bouleverse mes parents. Ce soir-là, pendant que je joue dans le salon, ils chuchotent à la table de la cuisine. Je saisis que les vaches sont devenues folles parce qu'elles n'avaient plus à manger.

Le « code du voyageur » prévoit que, quand on repart d'un endroit, les animaux doivent être libérés.

Mais ces pauvres vaches sont restées prisonnières.

Les journées se suivent et sont de plus en plus courtes. L'hiver approche. Tous les matins, je cueille des fleurs des champs et je les dépose sous le châtaignier. Je les laisse là pour Ado. Je m'attarde un moment pour discuter avec lui de ce qui se passe ici, que je ne comprends qu'à moitié.

Les signes.

À part les vaches mortes et le dessin par terre, la nuit, les portes claquent. Mais uniquement à l'étage, où il n'y a personne. Papa dit que c'est normal, que la ferme est pleine de courants d'air. Mais alors pourquoi ça n'arrive jamais pendant la journée ? Personne ne me répond.

Maman ne m'a pas encore cousu ma poupée, elle dit qu'il y a trop de choses à faire et qu'il va bientôt neiger. Elle a refait le rite de purification de la maison. Maman dit toujours que les maisons vides se souviennent des voix de ceux qui les ont habitées, elles veillent sur elles. La nuit, j'essaie de les écouter, mais elles parlent une langue que je ne comprends pas, faite de murmures qui me font peur. Alors, pour faire taire les voix, je mets ma tête sous les couvertures.

Il fait jour. Je porte une jupe longue en velours qui me descend jusqu'aux chevilles, un gilet à losanges colorés, un col roulé, des chaussettes en laine et des chaussures. Maman m'a dit que quand je sors de la maison je dois aussi mettre une écharpe. Je m'amuse à chasser les feuilles qui recouvrent le pré devant la ferme, j'aime leur bruit. Le vent tourne et soudain l'atmosphère se refroidit. Des nuages noirs survolent notre petite vallée. L'herbe du pré est sèche, et c'est alors que je remarque quelque chose qui dépasse du sol. Un morceau de tissu. Je m'approche, intriguée. Je me mets à genoux pour comprendre ce qui a été enterré. Je tends la main, effleure le tissu coloré. Puis je creuse autour. C'est un petit bras. Il est doux. Puis j'en déterre un autre, et aussi des jambes, mais sans pieds. Enfin la tête, grosse par rapport au reste du corps. La poupée de chiffon m'observe de son unique œil. Je retire la terre de ses cheveux de laine. Je suis heureuse de ce cadeau inattendu. Je ne me demande pas comment elle a fini là-dessous, ni qui l'a enterrée. Je ne me demande même pas qui est la fillette pour qui elle a été cousue. Maintenant, elle est à moi, elle le sera pour toujours.

En réalité, la poupée est un autre signe.

Enfin arrive l'hiver tant attendu et craint. Il neige beaucoup, pendant des jours entiers, sans discontinuer.

Puis cela s'arrête, mais nous savons que la trêve ne durera pas, le ciel reste blanc et lourd.

Je suis lasse d'être enfermée à la maison. Papa aussi, mais il ne le dit pas pour ne pas fâcher maman, qui affirme qu'en cette saison on doit rester au chaud. Un matin, pendant le petit déjeuner, papa nous annonce qu'il part chasser avec son arc. Il a remarqué les traces d'un beau sanglier qui tourne dans les environs, ce serait dommage de le laisser échapper. Nous pourrions avoir de la viande fraîche pour longtemps et ne pas être obligés de manger des boîtes de conserve. Maman l'écoute avec sa patience habituelle, mais elle n'est pas convaincue. Je me demande comment cela va se terminer. Papa expose une série de bonnes raisons, qui relèvent du bon sens. Maman le laisse parler, elle sait que de toute façon elle aura le dernier mot. J'espère qu'elle va accepter, comme cela au moins on aura quelque chose à faire : couper et conserver la viande, tanner la peau. Et peut-être que papa accrochera la tête du sanglier dans la maison pour nous porter bonheur. Maman finit par se prononcer, mais nous surprend tous :

— D'accord, mais on y va ensemble.

La joie explose dans mon ventre et fait briller mes yeux.

Maman et moi préparons des sandwichs, du lait concentré et une gourde d'eau agrémentée de sirop de framboise. Nous glissons le tout dans un sac à dos en toile. Papa oint la corde de son arc, enfile en bandoulière son carquois qui contient une trentaine de flèches pointues. Nous laissons le poêle allumé pour que la maison soit chaude à notre retour. Nous enfilons des manteaux et des bonnets de laine, ainsi que de grosses chaussures.

Nos pas s'enfoncent dans la neige haute. Le bois est paisible, comme si tous les bruits étaient absorbés par la terre. Même le plus faible rebondit contre les parois invisibles de l'écho avant de se perdre au loin.

Papa a trouvé les traces du sanglier et nous précède de quelques mètres, pour surprendre sa proie. Je tiens la main de maman et je sais que je ne dois pas faire de bruit. J'observe la scène, excitée. Et puis, je ne sais pas pourquoi, je lève les yeux vers le ciel. Je me bloque. Comme je ne peux pas parler, je lève la main et j'indique à maman ce que j'ai vu. Elle se couvre la bouche pour ne pas crier. Papa entend quand même sa plainte étouffée, il revient vers nous pour comprendre ce qui se passe. Quand il voit à son tour, il est paralysé.

Sur la branche d'un arbre, très haut, sont accrochées trois paires de tennis. Deux pour adultes, une pour enfant. Elles se balancent telles des pendules, lentement, bercées par la brise glaciale du bois.

Je pense aux précédents habitants de la ferme des Ström. Ceux qui sont partis avant qu'on arrive. Comment peut-on quitter un endroit sans chaussures ? La réponse est que ces personnes ne sont jamais parties. Soit elles sont toujours ici, soit quelqu'un les a emmenées.

Alors, je comprends que soit elles sont mortes, soit celui qui les a prises est encore proche. Et je ne sais pas ce qui me fait le plus peur.

— Maman, qu'est-ce qui est arrivé à ces gens ?

Elle se tait, essaie de me rassurer, mais l'angoisse est trop forte : elle plie les lèvres d'une façon bizarre et tente de transformer sa grimace en sourire.

C'est le soir. Le feu crépite dans la cheminée. Papa, dehors, fait le tour de la maison pour vérifier je ne sais pas bien quoi. Finalement, nous n'avons chassé aucun sanglier. Nous sommes rentrés, laissant les chaussures se balancer dans l'arbre.

— Tu veux qu'on couse un autre œil à ta poupée ? propose maman pour me distraire.

— Non, merci, réponds-je poliment. Ma poupée est bien comme ça. Elle n'a qu'un œil, mais il lui permet de voir des choses que nous ne pouvons pas voir. Des choses invisibles.

Maman frissonne. Est-ce que ma poupée lui fait peur ?

Pendant que je dors, ma poupée de chiffon voit papa et maman discuter dans la cuisine.

— Il faut partir d'ici immédiatement, dit maman au bord des larmes.

— On ne peut pas bouger avant le printemps, tu le sais : il faut attendre que la neige fonde, lui répond papa en essayant de la calmer.

— Et s'ils viennent nous chercher, nous aussi ? lui demande-t-elle, désespérée.

Ma poupée ne comprend pas qui sont ces personnes qui peuvent arriver d'un moment à l'autre.

— Toi aussi, tu as vu les chaussures dans l'arbre et les vaches dans l'étable, poursuit maman. Et on ne s'est jamais demandé d'où venait tout ce qu'il y avait dans la maison et pourquoi ça a été laissé ici.

— C'est vrai. On ne s'est jamais posé la question. Mais cet endroit était providentiel, dehors nous n'aurions pas survécu.

Maman attrape papa par la chemise, le tire vers elle.

— S'ils viennent, ils nous la prendront et on ne la reverra jamais… Les étrangers ne s'intéressent pas à nous, ils veulent juste nous faire du mal.

La poupée entend ce mot. Étrangers. Elle me le répète. C'est la première fois que je l'entends. Et c'est aussi la première fois que j'ai l'impression que notre vie nomade n'est pas un choix. Nous fuyons quelque chose, même si je ne sais pas quoi.

L'hiver est long et, en attendant le printemps, nous faisons bien attention à cacher notre présence. Par exemple, nous n'allumons le feu dans le poêle ou la cheminée que quand il fait noir et que la fumée ne pourra pas être remarquée.

Les mois passent et la neige fond enfin autour de la ferme des Ström. Pas assez pour nous permettre de partir, toutefois. Maman est plus agitée que d'habitude, et papa n'arrive pas à la calmer. Elle est convaincue que les étrangers peuvent arriver et qu'on doit faire quelque chose pour éviter le pire. Moi, je ne sais pas en quoi consiste le pire dont parle maman, mais j'ai peur quand même.

Un après-midi, je la trouve en train de coudre quelque chose à côté de sa chambre, là où il y a le plus de lumière. Je ne comprends pas de quoi il s'agit, mais elle a ôté le bord en satin d'une vieille robe de fête et elle a retiré quelque chose d'argenté d'une cocarde qu'on a trouvée dans une malle. Papa est enfermé dans l'étable, il a emporté des planches de bois, j'entends des coups de marteau.

Après le dîner, avant de nous coucher, papa s'assied dans un vieux fauteuil et me prend sur ses genoux. Maman s'accroupit à côté de nous, sur le tapis. Ils ont quelque chose pour moi. Un cadeau. Mes yeux brillent de joie. J'ouvre sans attendre le paquet marron au ruban en raphia.

Il contient un bracelet rouge avec une clochette.

Maman le noue à ma cheville et dit :

— Demain, on fera un jeu.

J'ai du mal à m'endormir, tellement je suis excitée. Quand je me réveille, je me lève précipitamment pour découvrir ce jeu mystérieux. Grâce à la clochette, mes pas tintent dans la maison. Mes parents sont devant la cheminée, ils me sourient et font un pas de côté. Sur le tapis, il y a une caisse en bois comme celle d'Ado. Mais un peu plus grande.

— Le jeu consiste à tenir le plus longtemps possible là-dedans, m'explique papa. Allez, on essaie.

Je suis perplexe. Je ne veux pas entrer dans cette caisse. Qu'est-ce que c'est que ce jeu ? Mais ils ont l'air tellement contents que je ne veux pas les décevoir, alors j'obéis. Je m'allonge et je les observe se pencher sur moi en souriant.

— Maintenant, on va mettre le couvercle, dit papa. Mais rassure-toi, je ne fais que le poser, pour l'instant.

Ce « pour l'instant » ne me plaît pas, mais je me tais. Nous faisons l'essai, ils comptent le temps qui passe, je me demande comment je pourrais gagner.

— Après le petit déjeuner, on fermera le couvercle, m'annonce maman. Tu vas voir, ça va être amusant.

Ce n'est pas du tout amusant. Ce jeu me fait peur. Quand papa cloue le couvercle, les coups de marteau résonnent dans ma tête. À chaque coup, je sursaute. Je ferme les yeux. Ce n'est pas vrai, c'est juste un mauvais rêve. Je me mets à pleurer.

— Ne pleure pas, me dit maman sur un ton plus sévère.

Il fait noir et c'est serré, là-dedans : je ne peux pas bouger les bras.

— Quand tu n'en peux plus, agite ta jambe où il y a la clochette : on t'entendra et on rouvrira la caisse, m'explique papa.

— Mais tu dois résister le plus longtemps possible, insiste maman avant de recommencer à compter.

Les premières fois, je fais sonner la clochette avant qu'ils arrivent à cent. Je voudrais arrêter de jouer, mais ils disent que c'est important. Je ne comprends pas pourquoi, mais je ne peux pas me rebeller. Ce n'est pas permis. Nous poursuivons ainsi toute la journée.

Parfois, je pleure tellement qu'ils souffrent, je le vois bien. Alors, on arrête un moment, avant de tout recommencer depuis le début.

Le soir, je suis si fatiguée que je n'arrive même pas à manger. Papa et maman me portent jusqu'à mon lit et me caressent les mains jusqu'à ce que je m'endorme. Ils m'embrassent et me demandent pardon. Enfin, ils pleurent à leur tour.

Le lendemain matin, maman vient me réveiller. Elle me dit de m'habiller et nous sortons. Papa est debout sous le vieux châtaignier, une pelle à la main. Il a creusé un trou à côté de celui où est enterré Ado. À ses pieds, ma caisse. Les larmes coulent toutes seules.

Pourquoi vous me faites ça ? J'ai tellement peur. Papa et maman ne m'ont jamais fait de mal, pour moi cette peur est nouvelle, et donc encore plus terrifiante.

Maman s'agenouille devant moi.

— On va mettre la caisse dans le trou. On va y aller progressivement, jusqu'au moment où papa jettera de la terre dessus.

— Je ne veux pas, dis-je entre deux sanglots.

Mais le regard dur de maman ne laisse aucune place à la compassion.

— Quand tu sentiras que tu manques d'air, tu sonneras la clochette et on te sortira.

— Je ne veux pas, je répète, bouleversée.

— Écoute : tu es une petite fille spéciale.

Une petite fille spéciale ? Je ne savais pas. Qu'est-ce que ça signifie ?

— C'est pour cela que papa et moi devons te protéger des étrangers. Les étrangers te cherchent. Si tu veux vivre, tu dois apprendre à mourir.

Après plusieurs tentatives arrive le moment de l'épreuve finale. Papa a déjà cloué la caisse. Au bout d'un moment, je sens la terre pleuvoir par pelletées sur le couvercle. Un bruit violent. Au fur et à mesure que la couche s'épaissit au-dessus de moi, les bruits s'atténuent. J'entends encore la pelle qui se plante dans le terrain, à un rythme régulier.

Ma respiration s'accélère. Puis il ne me reste plus que son bruit et celui de mon cœur qui bat dans mes oreilles. Le silence est pire que l'obscurité. Je pense à Ado. Je ne me suis jamais demandé ce qu'il ressent, enfermé dans sa caisse sous terre. Maintenant, j'ai de la peine pour lui. Il n'a même pas de clochette attachée à sa cheville. Personne ne peut l'aider. Combien de temps a passé ? J'ai oublié de compter. Je commence à avoir du mal à respirer. Je ne vais pas tenir longtemps. J'agite la jambe, le bruit de la clochette est assourdissant, il me dérange. Pourtant je continue. Je ne veux plus rester là-dessous. Je ne veux pas mourir. Mais il ne se passe rien. Pourquoi je n'entends plus la pelle qui se plante dans le terrain ? Je suis saisie d'un doute terrible. Et si papa et maman ne pouvaient pas m'entendre ? S'ils s'étaient trompés ? Je crie. Je sais que je ne devrais pas, c'est comme quand j'allais mourir dans le fleuve. « Si tu sens que tu te noies, la dernière chose à faire est de demander de l'aide. » L'air s'épuise rapidement et je me sens comme une bougie dans un verre retourné. Ma respiration est plus lente, ma voix s'éteint : je n'arrive plus à émettre aucun son. Mes yeux se ferment, je suffoque et je tremble. Je me débats violemment dans cet espace restreint, en proie à des spasmes et à des convulsions. Je ne peux plus m'arrêter.

Une main invisible se pose sur ma bouche. Je suis morte.

12

Hanna émergea soudain et se pencha en avant, les yeux écarquillés. Mais elle suffoquait toujours.

— … quatre, trois…

Pietro Gerber accéléra le compte à rebours pour l'aider à reprendre contact avec la réalité.

— … deux, un : respirez ! ordonna-t-il. Courage : respirez.

Elle se tenait aux accoudoirs du fauteuil à bascule. Et elle se débattait.

— Vous n'êtes plus dans la caisse, tenta de la convaincre l'hypnotiseur en lui prenant la main.

Gerber était tellement pris par son récit qu'il n'était plus sûr non plus de se trouver dans son bureau. Il sentait la clochette dans sa poche et il était aussi terrorisé qu'Hanna Hall. En plus, il l'avait à nouveau touchée. Il se rassura : c'était à cause de la panique. Et du souvenir de son fils qui dormait, ce maudit ruban rouge à la cheville.

La femme reprit enfin contact avec le monde qui l'entourait. Sa respiration se fit plus régulière.

— Oui, comme ça, c'est bien, l'encouragea-t-il à nouveau en sortant la main de sa poche.

Hanna regardait toujours autour d'elle avec méfiance. Gerber se dirigea vers la bibliothèque, ouvrit une porte, sortit une bouteille d'eau, servit un verre, le tendit à sa patiente et s'aperçut qu'il tremblait. Il fallait qu'il se calme. Il craignait qu'elle ne le remarque.

— Je suis morte, répéta Hanna à la place, en le fixant de ses yeux épouvantés. Je suis morte.

— Non, vous n'êtes pas morte.

— Comment le savez-vous ? l'implora-t-elle.

Le psychologue revint s'asseoir.

— Si c'était arrivé, vous ne seriez pas ici, fut la réponse la plus évidente qui lui vint à l'esprit : après tout, il ne fallait pas oublier que cette femme souffrait de paranoïa aiguë.

Souligner l'évidence ne pouvait faire changer d'avis une personne qui vivait dans la peur.

— J'avais oublié la ferme des Ström.

— Je suis désolé que le souvenir soit revenu brusquement, et surtout que votre réveil de l'hypnose ait été traumatique.

Toutefois, Hanna se remit très vite du choc. L'expression de son visage changea, retrouva son habituel côté aseptisé. Elle sortit une Winnie et un briquet de son sac, comme s'il ne s'était rien passé.

Gerber fut surpris de ce revirement de situation. C'était comme si deux personnalités distinctes cohabitaient en elle.

— Ils pouvaient m'entendre…

— Les étrangers ?

— Mes parents… D'en haut, ils entendaient distinctement le bruit de la clochette, ils me l'ont révélé après. Mais ils ne m'ont pas déterrée tout de suite, déclara Hanna en observant la réaction de Gerber et en tirant sur sa cigarette. Ils savaient que je m'évanouirais, mais ils voulaient vérifier combien de temps je pouvais tenir là-dessous. La clochette servait à me faire croire que je pouvais appeler à l'aide, mais ce n'était qu'un leurre pour me rassurer.

— Vous pensez qu'ils ont bien fait ?

— Les étrangers ne sont pas venus à la ferme des Ström et, à l'été, nous sommes partis.

— Ce n'était pas la question, insista le psychologue.

Hanna réfléchit.

— Le devoir d'un père et d'une mère est de protéger leurs enfants. La caisse était la meilleure cachette imaginable : les étrangers ne m'auraient pas trouvée. Mes parents devaient les en empêcher à tout prix… Dans le fond, j'étais une « petite fille spéciale », dit-elle avec un sourire amer.

— En quoi consiste ce « spéciale », à votre avis ?

Hanna se tut. Elle secoua sa cigarette dans le cendrier en pâte à sel et regarda l'heure.

— Les autres patients vont bientôt arriver, il vaut mieux que je parte.

Gerber n'eut rien à objecter. La femme ramassa le sachet contenant le cadeau.

— J'ai acheté ça pour votre fils.

Le psychologue découvrit qu'il s'agissait d'un livre.

— Je ne peux pas l'accepter, dit-il en essayant de ne pas être impoli.

— Je ne voulais pas vous offenser, répondit la femme, déçue. Je ne pensais pas que c'était mal.

— Ce n'est pas « mal », c'est inapproprié.

Hanna réfléchit, comme si elle ne comprenait pas.

— Je vous en prie, je ne veux pas rentrer à mon hôtel avec ça, affirma-t-elle en lui tendant à nouveau le paquet.

Tu es entrée sans permission dans le bureau de mon père. Tu t'es approchée de ma famille. Je ne sais pas comment, mais tu as attaché une clochette à la cheville de mon fils. Je ne te permettrai pas de faire encore intrusion dans ma vie.

— Ce n'est pas bon pour la thérapie, expliqua-t-il. Une distance de sécurité entre nous est nécessaire.

— Sécurité pour qui ?

— Pour tous les deux.

Pietro Gerber se rappela avoir promis à Theresa Walker de se renseigner sur là où logeait Hanna. Elle avait mentionné un hôtel, il en profita.

— Dans quel hôtel de Florence séjournez-vous ?

— Le Puccini : il est vieux et le petit déjeuner n'est pas inclus, mais je ne pouvais pas me permettre mieux.

Gerber mémorisa le nom. En cas de nécessité – ou de danger –, il saurait où la chercher.

La femme éteignit son mégot dans le cendrier, récupéra ses affaires et fit mine de s'en aller, mais elle se retourna.

— D'après vous, je devrais en vouloir à mes parents pour l'histoire de la caisse ?

— Qu'en pensez-vous ?

— Je ne sais pas... Chaque fois qu'on changeait de maison des voix, mes parents fomentaient un plan pour que je sois en sécurité. La caisse en faisait partie. Au fil des ans, il y a eu plusieurs cachettes : des fentes dans les murs, des meubles, une petite pièce secrète sous une cheminée, expliqua-t-elle avant de marquer une pause. Que seriez-vous prêt à faire pour défendre votre fils ?

— N'importe quoi, répondit immédiatement Gerber sur un ton appuyé, pour lui faire comprendre que l'avertissement la concernait, elle aussi.

Dès qu'Hanna Hall eut quitté le cabinet, Pietro Gerber se laissa aller à ses pensées angoissantes.

Si tu veux vivre, apprends à mourir.

Pour se calmer, il ressentit le besoin de vérifier la véracité de certains points du récit de la femme. Il disposait de peu d'éléments. Il commença par la ferme des Ström.

Hanna avait fait allusion à un village de mineurs abandonné et cela rappelait au psychologue un souvenir sur les collines métallifères, entre les provinces de Grosseto, Pise et Livourne.

La maison se trouvait sans doute dans les parages. Toutefois, Ström n'était pas un nom toscan.

En cherchant sur Internet, Gerber découvrit qu'en effet, à la fin du XIXe siècle, une famille d'origine danoise s'était installée dans la région pour se consacrer à l'élevage.

En ouvrant une carte satellitaire, il chercha le fleuve où Hanna avait risqué de se noyer. En en remontant le cours, il localisa une forêt plutôt dense. Il agrandit encore les images et repéra une ferme envahie par la végétation, à côté d'un ruisseau.

Donc, le bâtiment existait toujours. Avec l'étable et le châtaignier sous lequel Hanna Hall avait probablement été enterrée vivante.

Que seriez-vous prêt à faire pour défendre votre fils ? Pendant la journée, Pietro Gerber eut du mal à se concentrer sur ses jeunes patients. L'expérience du matin l'avait marqué. En plus, il était terrorisé par la dernière phrase d'Hanna Hall. Que voulait-elle dire ? Était-ce une menace ?

Il se trouvait dans la pire situation imaginable pour un thérapeute : le patient qui essaie de prendre le contrôle. C'était généralement une raison suffisante pour interrompre la relation. Il était bien conscient que c'était déconseillé dans les cures par hypnose, néanmoins il avait l'impression que cette thérapie lui échappait.

Avant midi, après une séance avec un enfant de neuf ans qui faisait beaucoup de cauchemars, il fit une pause et appela sa femme.

— Je te manquais ? demanda-t-elle gaiement, surprise. Tu ne m'appelles jamais le matin.

Silvia se plaignait souvent que son mari gérait mal le temps, mais cette fois cela sembla lui faire plaisir.

— J'avais envie de te parler, rien de plus, répondit-il, mal à l'aise.

— Mauvaise journée ? Ce matin, au petit déjeuner, je t'ai senti soucieux, dit la femme en se rappelant qu'il était parti à la hâte et le visage sombre.

— J'en ai connu de meilleures.

— Ne m'en parle pas ! Ce matin au cabinet, j'ai dû supporter un couple qui a développé un instinct meurtrier réciproque juste après leur lune de miel.

— Trois ans après, je suis enfin retourné dans la pièce fermée, l'interrompit Gerber, sans savoir pourquoi et sans raconter les détails de son entrée dans la forêt du *Livre de la jungle*.

Silvia se tut un long moment.

— Comment te sens-tu ?

— Désorienté…

Silvia et monsieur B. ne s'étaient pas connus. Et, bien sûr, son père n'avait pas eu le temps de voir son petit-fils. Pietro Gerber avait rencontré la femme de sa vie quelques mois après la mort de son père. Coup de foudre, auraient dit certains : ils s'étaient vite fiancés.

La vérité était qu'il avait besoin de se caser.

Il l'avait cherchée. Il s'était impliqué, pour cela. Il sentait le besoin de recréer une famille, car celle où il avait grandi n'était plus qu'un souvenir douloureux. Peut-être que son envie de se marier et d'avoir un enfant avait été hâtive. Silvia aurait sans doute eu besoin d'un peu plus de temps. L'insouciance du début leur avait manqué, cette période où l'on ne sait encore rien l'un de l'autre et où il est beau de s'ouvrir peu à peu. En effet, à un moment, leur décision de vivre ensemble avait compromis leur histoire. Et même si les choses étaient rentrées dans l'ordre, ils avaient encore tous les deux l'impression d'avoir raté un passage entre la rencontre et la promesse de passer le restant de leurs jours ensemble.

— Pourquoi tu ne me parles jamais de lui ?

Gerber serrait fort son téléphone, les jointures de ses doigts en étaient devenues blanches.

— Parce que je n'arrive même pas à parler de lui en disant « mon père »...

Elle s'en était aperçue, mais ils ne l'avaient jamais évoqué ouvertement. Gerber l'appelait monsieur B. en mimant le « M. Baloo » à qui s'adressaient les enfants qu'il avait en thérapie. C'était surtout une façon d'exprimer son mépris pour ce père qui n'était plus.

— Tu n'as jamais voulu me dire ce qui s'était passé entre vous deux, constata Silvia avec amertume.

Pietro n'avait pas la force de lui révéler son secret.

— On peut changer de sujet, s'il te plaît ? Je ne sais même pas pourquoi j'en ai parlé.

— Bien sûr. Juste une chose : si tu le détestes tant que ça, pourquoi tu fais le même métier que lui ?

— Parce que, quand j'ai découvert qui il était vraiment, c'était trop tard.

Silvia n'insista pas et il lui en fut reconnaissant. Peut-être un jour pourrait-il lui dire la vérité.

— Mon assistante a apporté un paquet tout à l'heure, dit-elle.

— Quel paquet?

— On dirait un livre : quelqu'un l'a laissé à mon cabinet pour Marco.

Il raccrocha rapidement, surtout pour ne pas effrayer Silvia. Puis il récupéra son imperméable, dévala l'escalier et héla un taxi.

Il était terrorisé : l'idée que son fils – son enfant – puisse être en danger par sa faute le rendait à la fois fragile et furieux. Il donna l'adresse de la crèche au taxi et le pria de faire le plus vite possible. Malgré les efforts de l'homme, le voyage lui parut interminable.

Que seriez-vous prêt à faire pour défendre votre fils ? Hanna Hall avait dit « défendre », pas « protéger ». Le mot avait-il été choisi au hasard ? Il avait l'impression que rien de ce qu'elle disait n'était choisi au hasard.

Arrivé à la crèche, il paya la course et se précipita à l'intérieur. Il s'arrêta dans l'entrée, perdu et surpris. Il se sentit impuissant.

Il entendait le bruit argentin de dizaines de clochettes.

Il avança jusqu'à la salle commune où se trouvaient un labyrinthe de tunnels, des toboggans et des matelas. Il fut accueilli par une des puéricultrices.

— Vous êtes le père de Marco, affirma-t-elle en le reconnaissant. Comment se fait-il que vous veniez le chercher si tôt ?

Gerber aperçut son fils qui jouait avec d'autres enfants à grimper sur la structure et à se glisser dans les tunnels. Ils portaient tous un ruban rouge à la cheville. Et à chaque ruban était accrochée une clochette.

Le psychologue fouilla dans sa poche et en sortit celui qu'il avait retiré de la petite jambe de son fils la nuit précédente. L'objet ensorcelé qui, dans l'histoire d'Hanna Hall, servait à revenir de la terre des morts.

— On fait ce jeu depuis quelques jours, expliqua la femme, anticipant sa question. Ça les amuse beaucoup.

Mais Pietro Gerber ne sut pas s'il devait ou non se sentir soulagé.

13

— Si Hanna Hall a pu voir la clochette à la cheville de Marco, cela signifie qu'elle a réussi à mentir sous hypnose.

— Le fait est que cette femme a vu notre fils, lui fit remarquer Silvia, irritée. Ce qui veut dire qu'elle nous observe à distance, peut-être même qu'elle nous suit.

— Pourquoi aurait-elle volontairement inséré un mensonge dans son récit, sachant que j'allais très probablement le découvrir ?

— Peut-être parce que c'est une psychopathe ? proposa sa femme.

Mais Pietro Gerber ne se résignait pas. C'était comme l'histoire de la feuille où elle avait noté « Ado ». Ces bizarreries épaississaient le mystère sur cette femme qui le rendait fou.

Silvia avait écouté avec impatience son mari lui résumer tout ce qui s'était passé avec Hanna Hall depuis le début. Comme il l'avait imaginé, elle était inquiète de la tournure que prenait cette histoire. Ils discutaient depuis une demi-heure dans le salon. Ils n'avaient pas dîné, car aucun des deux n'avait faim. Trop de tension. Il fallait trouver une solution rapidement, avant qu'il ne soit trop tard.

Assise sur le canapé, Silvia feuilletait le livre qu'Hanna avait offert à Marco.

Une ferme heureuse.

Heureuse, tu parles, avait pensé Pietro Gerber en faisant le rapprochement avec la ferme des Ström. Une fois encore, Hanna avait voulu lui envoyer un message codé inquiétant qui se prêtait à de nombreuses interprétations, souvent terrifiantes.

On aurait dit un cruel jeu d'énigmes : chaque fois que le psychologue tentait d'en résoudre une, il découvrait que la solution en cachait une autre, encore plus sibylline.

— Cette affaire ne me plaît pas, dit Silvia.

— Peut-être qu'elle essaie juste de me dire quelque chose et que c'est ma faute si je ne comprends pas.

Silvia bondit en jetant le livre par terre.

— Pourquoi prends-tu sa défense ? Tu ne peux vraiment pas accepter qu'elle te manipule ?

Elle était furieuse et Gerber ne pouvait lui en vouloir.

— Tu te demandes si elle t'a menti sur cette histoire de clochette, bien qu'étant sous hypnose, mais tu ne te demandes pas si elle pourrait avoir inventé toute l'histoire. C'est absurde.

— Ses souvenirs sont trop nets pour être le fruit de son imagination. Mon Dieu, je l'ai vue au bord de la suffocation, aujourd'hui, quand elle croyait être enfermée dans une caisse enterrée.

Gerber se rendit compte qu'il avait haussé le ton. Craignant de réveiller Marco, il se tut. Mais aucun bruit n'arriva de sa chambre.

— Écoute, dit-il en s'approchant de sa femme. Si c'est une affabulatrice, nous le saurons bientôt : sa psychologue en Australie a engagé un détective privé pour recueillir des informations sur elle.

Cela lui rappela que Theresa Walker ne lui avait pas envoyé l'enregistrement audio de sa première et unique séance avec Hanna.

— Et puis, il y a autre chose, ajouta-t-il. Au début, je pensais que l'histoire de l'enfant tué quand elle était petite était un faux souvenir créé par la psyché fragile et malade d'une femme ayant désespérément besoin d'attention… Maintenant, je suis convaincu qu'Hanna Hall a dit la vérité.

Silvia sembla se calmer.

— Si tu penses qu'elle n'a pas menti, alors que s'est-il vraiment passé, à ton avis ?

— Tu te souviens de l'affaire de cette mère condamnée pour l'assassinat de son fils, dans les années cinquante ?

— Oui, c'était au programme de l'examen de criminologie, à l'université.

— Tu te souviens aussi de ma théorie sur le sujet ?

— Que c'était l'aîné qui avait tué son petit frère et qu'elle avait endossé la faute pour le sauver.

Mieux vaut-il être considérée comme une mère assassine ou comme la mère d'un assassin ? s'était demandé Pietro Gerber en imaginant le doute qui avait rongé cette femme.

— Que veux-tu dire ?

— Hanna Hall soutient qu'elle a tué Ado quand elle était encore trop petite pour se rendre compte de la gravité de son geste… Moi, je pense qu'Ado était son frère.

Silvia commençait à comprendre.

— Tu penses que les parents ont caché l'homicide et que, pour empêcher que leur fille soit arrêtée, ils ont mené cette vie nomade ?

Il acquiesça.

— Ils changeaient constamment d'identité parce qu'ils étaient des fugitifs : ainsi, si un fouineur avait demandé à Hanna comment elle s'appelait, elle aurait donné le nom d'une princesse. Mais il y a autre chose. Comme tu sais, on ne peut pas effacer la mémoire, sinon par une lésion cérébrale. Plus que les autres événements de la vie, les traumatismes psychologiques laissent des cicatrices invisibles mais profondes : les souvenirs enterrés dans l'inconscient finissent par réaffleurer, parfois sous d'autres formes… La mère qui se sacrifie pour son fils, pensant ainsi le sauver, laisse un assassin en liberté. Lui-même a archivé le souvenir de son acte sans en élaborer la gravité et la signification, il peut donc le répéter à tout moment.

L'idée qu'Hanna puisse réitérer son crime le fit frissonner.

— Les parents d'Hanna savaient qu'il ne suffirait pas de fuir en emportant le cadavre pour effacer les traces…, conclut Silvia.

— Ils devaient cacher les faits, et surtout à leur fille, confirma le psychologue. C'est ainsi qu'est née l'histoire des étrangers, puis de la petite famille disparue dans la ferme des Ström.

— Une mise en scène.

— Une sorte de lavage de cerveau, la corrigea Gerber. L'enterrer vivante était une thérapie.

Pour la convaincre que c'était pour son bien, sa mère lui avait fait croire qu'elle était une « petite fille spéciale ».

Silvia se laissa tomber sur le canapé, bouleversée. Pietro était content qu'elle approuve son raisonnement, mais surtout il était heureux qu'elle soit à nouveau de son côté.

— Tu l'empêcheras de nous approcher, n'est-ce pas ?

— Bien sûr, la rassura-t-il.

Il n'avait aucune envie qu'Hanna interfère avec leur vie.

Silvia se calma. Alors, pour laisser la tension retomber, il ramassa *Une ferme heureuse* sur le sol. Le livre était tombé ouvert, couverture vers le haut. Avant de le ranger, il jeta distraitement un œil aux illustrations.

L'image le foudroya. Il se mit à feuilleter frénétiquement le cadeau d'Hanna Hall en se demandant quel était le sens de ce nouveau casse-tête absurde.

La seule chose qu'il parvint à dire fut :

— Mon Dieu…

14

Dans la salle de jeux du tribunal, les choses ne changeaient jamais. Il était indispensable que l'ambiance reste familière et imperturbable. Les jouets qui se détérioraient avec l'usage étaient immédiatement remplacés. Les livres de coloriage étaient toujours vierges, les crayons et les feutres neufs.

Après une séance, le passage du patient était effacé. Chaque enfant devait avoir l'impression que ce lieu avait été installé pour lui, comme un ventre maternel.

Pour fonctionner, l'hypnose avait besoin d'habitudes. Toute variation du statu quo constituait une distraction, potentiellement fatale pour la thérapie.

Le métronome scandait un temps qui n'existait qu'entre ces murs. Quarante battements par minute.

— Comment ça va, Emilian ? Bien ? demanda l'endormeur d'enfants quand il fut certain que le petit était entré dans une transe légère.

L'enfant achevait le dessin d'un train à vapeur. Il acquiesça.

Ils étaient tous les deux assis devant la table basse, face à une pile de feuilles et un stock de feutres de couleur parmi lesquels choisir.

Ce matin-là, l'enfant biélorusse portait un T-shirt qui mettait en évidence sa maigreur, due à l'anorexie. Gerber essaya de ne pas se laisser conditionner par son aspect : l'existence de cinq personnes était en jeu.

— Tu te rappelles ce que tu m'as dit la dernière fois ?

Emilian acquiesça à nouveau. Gerber n'en doutait pas.

— Tu peux me le répéter, s'il te plaît ?

Le petit réfléchit. L'hypnotiseur était certain qu'il avait compris la question, mais il ne savait pas s'il accepterait de réitérer son discours. Toutefois, il était important de reprendre là où ils s'étaient interrompus.

— Je dessinais, comme maintenant, et j'ai entendu la comptine de l'enfant curieux…, commença Emilian à voix basse, sans perdre sa concentration. Alors je suis allé à la cave… Il y avait papa et maman, papi, mamie et le père Luca. Mais ils avaient des masques sur la figure, des masques d'animaux. Un chat, un mouton, un cochon, un hibou et un loup.

— Tu les as tout de même reconnus, n'est-ce pas ?

Emilian confirma de deux petits sons.

— Et que faisaient-ils, tu t'en souviens ?

— Ils étaient nus et ils faisaient les choses d'Internet…

Gerber se rappela qu'Emilian avait choisi cette métonymie efficace pour décrire la scène de sexe. Le fait qu'il utilise plus ou moins les mêmes mots le confortait. Son souvenir était net, il n'avait pas été pollué par son imagination. Le psychologue leva un instant les yeux vers le miroir mural. Il ne pouvait voir l'expression d'Anita Baldi, mais il savait que la juge se demandait encore une fois si cette version des faits correspondait à la réalité. Il imagina aussi le visage tendu des accusés : que se passait-il à ce moment-là dans la tête des parents adoptifs d'Emilian, de ses grands-parents et du père Luca ? Leur vie dépendait des affirmations d'un enfant de six ans.

— Tu es retourné à la cave d'autres fois ?

Le petit secoua la tête, ne faisant preuve d'aucun intérêt. Alors Gerber se mit à chanter la comptine qu'Emilian avait entendue le soir des faits et qui l'avait conduit jusqu'au lieu incriminé.

— *C'est un enfant curieux – il joue dans un coin – dans le noir silencieux – il entend une voix – il y a un spectre taquin – son prénom il connaît – à l'enfant curieux – il veut donner un baiser.*

Emilian prit un crayon noir. Il modifia son propre dessin.

— Le goûter…, dit-il.

— Tu as faim ? Tu veux quelque chose à manger ?

Emilian ne répondit pas.

— C'est l'heure du goûter ? Je ne comprends pas…

Il était possible que l'enfant essaie de se dérober. Mais il leva les yeux vers lui, puis vers le miroir : Gerber eut l'impression que l'évocation du goûter visait à distraire ceux qui l'écoutaient de l'autre côté.

Emilian voulait son attention – mais uniquement la sienne. Aussi le psychologue se concentra-t-il sur le dessin. Ce qu'il vit ne lui plut pas.

Le train coloré se transformait en visage. Des yeux sans pupille, une bouche énorme et des dents aiguisées.

Dans ces traits vagues étaient réunies toutes les angoisses et les peurs de l'enfance. Les monstres sont évanescents, quand on est petit, se rappela Gerber. Mais ils existent. On les voit.

— Maci, dit l'enfant à voix basse quand il eut terminé.

Le moment était venu de libérer cet innocent de son cauchemar. Dans la salle de jeux où tout était identique, où rien ne changeait jamais, l'hypnotiseur introduisit une nouveauté inattendue. Il déplaça la feuille qui se trouvait devant Emilian et lui dévoila ce qu'il avait caché dessous avant le début de la séance. Le livre de contes qu'Hanna Hall avait offert à Marco : *Une ferme heureuse*.

— Tu as déjà vu ce livre ?

L'enfant l'observa sans rien dire. Le psychologue feuilleta l'album. Sur les dessins de la ferme, on retrouvait toujours les mêmes gentils protagonistes.

Un chat, un mouton, un cochon, un hibou et un loup.

Une heure plus tôt, sur les indications de Gerber, l'assistante sociale avait effectué une perquisition dans la chambre de l'enfant et en avait trouvé un exemplaire.

Les larmes coulèrent sur le visage d'Emilian.

— Tout va bien, le rassura Gerber.

Mais tout n'allait pas du tout bien : une émotion forte et nouvelle avait fait son entrée dans la quiétude de la salle de jeux. L'enfant spectre avait été démasqué et il se sentait humilié.

Alors, Emilian se pencha sur son propre dessin.

Tout doucement, il répéta :

— Mon goûter est toujours mauvais…

Le petit, confus, hésitait.

Gerber considéra que cela suffisait.

— Maintenant, je vais compter à l'envers en commençant à dix, puis tout sera terminé : je te le promets.

L'assistante sociale vint chercher Emilian dans la salle de jeux. Depuis la déposition qui avait enclenché le procès, l'enfant était hébergé dans un institut. Pietro Gerber ne savait plus quel serait son destin.

Ses parents adoptifs accepteraient-ils de s'en occuper, après qu'il les avait désignés comme des monstres ?

Le psychologue resta encore un moment dans la salle de jeux. Il se leva et alla arrêter le métronome. Il chercha du réconfort dans le silence ouaté de la salle, fixant son visage dans le miroir derrière lequel il n'y avait plus personne. Il était épuisé et se sentait coupable envers Emilian. Cela lui arrivait chaque fois qu'il démasquait le mensonge d'un enfant. Parce qu'il savait que derrière le pire des mensonges se dissimulait toujours une lueur de vérité. Et qu'un mensonge est fait de peur et d'abandon. Les parents adoptifs d'Emilian n'avaient rien fait de mal. Ce qui inquiétait Gerber, c'était que les véritables responsables en sortiraient indemnes. Ils ne se cachaient pas derrière des masques d'animaux. Malheureusement, ils avaient les traits de la mère et du père qui l'avaient mis au monde.

Le psychologue sortit dans le couloir avec le livre d'Hanna Hall et le remit au greffier pour qu'il soit rangé avec les preuves à décharge. Il se demanda comment sa patiente avait pu être au courant de l'affaire. À nouveau, il ne comprenait rien. Hanna était-elle dotée de pouvoirs surnaturels ou s'agissait-il d'une énième coïncidence ? Les deux solutions étaient aussi absurdes l'une que l'autre, il les exclut avec agacement.

Alors qu'il s'épuisait à trouver une explication plausible, il s'aperçut qu'un groupe s'était formé.

Les accusés s'entretenaient avec leurs avocats et certains membres de leur communauté religieuse venus les soutenir. Bien sûr, ils étaient soulagés. Le verdict n'avait pas encore été prononcé, mais l'issue était désormais certaine. Le mari et la femme, très jeunes, serraient des mains et remerciaient. Les grands-parents étaient visiblement émus. En toute probabilité, ces gens n'avaient jamais imaginé se retrouver un jour dans un palais de justice, contraints de se défendre d'une accusation infamante. Mais en assistant aux accolades, Gerber sentit tout de même de la peine pour le pauvre Emilian, qui avait perdu l'occasion d'avoir une famille.

— Quand penses-tu pouvoir me remettre ton rapport final ?

L'hypnotiseur se retourna et croisa le regard d'Anita Baldi.

— Dès que j'aurai décidé s'il vaut la peine ou non d'entendre à nouveau Emilian.

— Tu as l'intention de le revoir ? Pour quelle raison ?

— Il faudrait comprendre pourquoi il a raconté ce mensonge, non ?

— Malheureusement, on le sait déjà : la réponse se trouve dans le passé de violence et d'abus qu'il a subis en Biélorussie. Pour Emilian, il est plus facile de se retourner contre sa nouvelle famille. Tu l'as entendu, non ? « Mon goûter est toujours mauvais », répéta la juge.

— Vous croyez qu'il cherchait une excuse ?

Gerber avait du mal à le croire.

— Les menteurs démasqués ont tendance à faire porter leur faute à d'autres, même à six ans… « Je n'aimais pas mon goûter, voilà pourquoi j'ai inventé cette histoire de la cave. »

— Alors, vous pensez que cet enfant est un sadique.

— Non. Je pense simplement que c'est un enfant.

Ils se turent, parce que le père Luca attira l'attention de ses acolytes : il leur demanda de se réunir et de prier pour Emilian. Puis ils se mirent en cercle, baissèrent la tête et se prirent la main, les yeux fermés.

C'est alors que Gerber remarqua quelque chose d'anormal. Alors que personne ne pouvait la voir, un sourire se forma sur le visage de la mère adoptive d'Emilian – une femme assez plaisante. Il n'exprimait ni soulagement ni gratitude, mais plutôt de la satisfaction. Il s'éteignit dès qu'elle rouvrit les yeux avec les autres.

Gerber allait le faire remarquer à la juge quand son portable vibra dans sa poche. Il lut sur l'écran un numéro qui lui était désormais familier. Il était midi à Florence, donc plus ou moins 21 h 30 à Adélaïde.

— Docteur Walker, on n'était pas censés s'appeler hier ? Vous deviez m'envoyer par mail l'enregistrement audio de la première séance d'hypnose d'Hanna, vous vous souvenez ?

— Vous avez raison, excusez-moi, répondit-elle sur un ton agité.

— Que se passe-t-il ? demanda Gerber, pressentant que quelque chose n'allait pas.

— Je suis désolée, je suis désolée, répéta plusieurs fois sa collègue. Je suis désolée de vous avoir impliqué dans cette histoire…

15

Qu'essayait-elle de lui dire ? De quoi Theresa Walker aurait-elle dû être désolée ? De quelle implication parlait-elle ? Gerber eut la sensation d'avoir été berné.

Il sortit du tribunal et se retrouva dans la rue, comme la première fois qu'il avait parlé à la psychologue australienne. Un déjà-vu inquiétant, sans compter qu'un vent glacial s'engouffrait entre les immeubles et lui fouettait le visage ; cette fois encore, il allait pleuvoir.

— Je vous en prie, calmez-vous et essayez de m'expliquer.

— J'aurais dû vous en parler tout de suite, mais j'ai eu peur… Puis vous m'avez demandé de vous envoyer l'enregistrement de la première séance d'Hanna, alors j'ai compris que j'avais fait une erreur.

Gerber était confus.

— Vous avez fait exprès de ne pas m'envoyer le fichier ? C'est ça que vous essayez de me dire ?

— Oui, avoua l'autre. Mais je l'ai fait de bonne foi… Quand vous l'aurez écouté, vous devrez m'appeler immédiatement : je vous expliquerai le reste de vive voix.

Que contenait cet enregistrement ? Quel secret lui cachait Theresa Walker ? Et surtout, pourquoi cela devenait-il un problème uniquement maintenant ? Gerber sentait qu'il y avait autre chose. Quelque chose de très grave. Il oublia l'enregistrement et se concentra sur son intuition.

— D'accord, l'interrompit-il. Mais pourquoi êtes-vous bouleversée ?

— Mon ami détective a fini son enquête sur notre patiente.

Gerber ne s'attendait pas à quoi que ce soit d'inquiétant. Apparemment, il se trompait.

— En Australie, six femmes s'appellent Hanna Hall, poursuivit sa collègue. Mais deux ont la trentaine... L'une est une biologiste marine de réputation internationale, j'ai exclu qu'elle soit la personne qui nous intéresse.

Gerber lui donna raison.

— Qui est l'autre ?

Theresa Walker marqua une pause et renifla. Elle était terrorisée.

— Il y a deux ans, l'autre a essayé d'enlever un enfant en plein jour. Elle l'a pris dans sa poussette, dans un jardin public.

Sans s'en apercevoir, l'hypnotiseur ralentit le pas et s'arrêta.

— Ça a raté parce que la mère de l'enfant s'est mise à hurler, et elle a pris la fuite.

Il n'en croyait pas ses oreilles.

— Docteur Gerber, vous êtes toujours là ?

— Oui, confirma-t-il, bien qu'il ne pût plus respirer. Il était certain que ce n'était pas tout.

— En quelques heures, la police est remontée à Hanna. Quand les agents sont allés chez elle pour l'arrêter, ils ont trouvé une pelle et une caisse en bois.

Gerber se sentit soudain épuisé. Il s'adossa au mur d'un immeuble et se pencha, frissonnant, en attendant le pire.

— Cela n'a pas été prouvé au procès, mais les policiers soupçonnent Hanna Hall d'avoir prévu d'enterrer le nourrisson, vivant.

7 juillet

Le jour qui changerait à jamais la vie de Pietro Gerber avait commencé par une aube limpide. Le ciel d'été à Florence était teinté de rose, mais dès qu'il se posait sur les toits des maisons il virait à l'ambre, surtout le matin.

À la fin de ses études, avec ses premiers revenus en tant que psychologue pour enfants, Pietro avait loué un appartement via della Canonica. Il était situé au dernier étage d'un vieil immeuble sans ascenseur, et pour y accéder il fallait monter huit volées de marches. Appartement, c'était un bien grand mot : il était constitué d'une petite pièce où tenait difficilement un lit à une place et demie. Il n'y avait pas d'armoire, les vêtements étaient pendus à une corde tirée entre deux murs. Il était doté d'un coin cuisine et les toilettes étaient cachées derrière un paravent : quand il hébergeait quelqu'un pour la nuit, il fallait que l'un des deux attende sur le palier pendant que l'autre les utilisait.

Pourtant, ce petit endroit représentait son indépendance. Il appréciait de vivre chez son père, mais, à trente ans, il trouvait important d'avoir un lieu à lui et d'assumer de petites charges, comme payer ses factures ou se nourrir.

Un autre avantage était de ne pas avoir à aller à l'hôtel avec ses conquêtes – au final, son mini-appartement lui revenait moins cher. En effet, une chose était certaine : Pietro aimait les femmes.

Elles disaient du jeune Gerber qu'il était bel homme. Il remerciait Dieu de n'avoir pas hérité du nez de son père, ni de ses atroces oreilles décollées. Ce qui plaisait généralement aux filles était son sourire, qu'elles qualifiaient de « magnétique ». Le pouvoir des trois fossettes, déclarait-il en soulignant leur asymétrie inhabituelle. À la différence de beaucoup d'hommes de son âge, Pietro n'avait jamais envisagé de fonder une famille. Il ne s'imaginait pas passer toute sa vie avec la même personne et il ne voulait pas d'enfants. Il les aimait, sinon il n'aurait pas choisi la profession de son père. Il les trouvait magiquement complexes, ce qui les rendait plus intéressants que les adultes. Malgré cela, il ne se voyait pas devenir père.

Ce matin de juillet, Pietro Gerber se réveilla à 6 h 40. Le soleil qui filtrait par les volets caressait doucement le dos nu de la charmante Brittany comme un suaire doré, soulignant la courbe parfaite de ses épaules. Pietro se tourna sur le côté pour profiter du spectacle exclusif de la créature endormie à plat ventre à côté de lui. Ses longs cheveux châtains laissaient découverte une alléchante partie de son cou, ses bras croisés sous l'oreiller lui donnaient des airs de Vénus dansante et le drap, qui l'enveloppait jusqu'à la taille, laissait entrevoir ses fesses sculptées.

Ils s'étaient rencontrés la veille et le soir même ils se diraient au revoir avant qu'un avion la ramène au Canada. Pietro voulait rendre ses dernières heures à Florence inoubliables.

Il avait préparé un programme de rêve. Il l'emmènerait petit-déjeuner au café Gilli, dont les viennoiseries étaient célèbres, puis acheter de l'eau de Cologne et des produits de beauté à l'Officina Profumo-Farmaceutica, près de la gare de Santa Maria Novella. Il ne pouvait pas se tromper : les filles raffolaient de cet endroit. Ensuite, après une promenade ponctuée de lieux secrets introuvables dans les guides, ils s'offriraient une balade en Duetto Alfa Romeo jusqu'à Forte dei Marmi, pour y manger les fameux spaghettis *alla versiliese* de Lorenzo. En attendant que sa jeune amie se réveille, Pietro pensa à son père. Il lui avait transmis sa passion.

M. Baloo aimait sa ville.

Dès qu'il pouvait, il allait flâner pour profiter des lieux, des odeurs et des habitants de Florence. Tout le monde le connaissait, tout le monde le saluait. Un type dégingandé, avec son immanquable Burberry et son chapeau de pluie à large bord, même quand il y avait du soleil. L'été, il portait un bermuda confortable et une chemise à fleurs, mais aussi d'horribles sandales en cuir. Il ne passait jamais inaperçu. Avant de sortir de chez lui, il remplissait ses poches de petits ballons colorés et de bonbons Rossana qu'il offrait à tous, grands et petits.

Quand Pietro était petit, son père le prenait par la main, l'emmenait se promener dans la ville et lui montrait les trésors qui constitueraient par la suite son répertoire pour épater les filles. Par exemple le visage sculpté sur un mur extérieur du Palazzo Vecchio, dont on disait qu'il était celui d'un condamné à mort, gravé par Michel-Ange, qui passait par là par hasard au moment où l'homme était conduit à l'échafaud. Ou l'autoportrait de Benvenuto Cellini, caché sur la nuque de son Persée, qu'on ne voyait qu'en montant dans la Loggia dei Lanzi et en regardant la statue de dos. L'ovni qui apparaissait sur un tableau de la Vierge du XVe siècle. Ou encore les portraits d'enfants exposés dans le Corridoio Vasariano.

Pourtant, parmi toutes les curiosités et bizarreries, celle qui avait le plus frappé Pietro Gerber enfant était la « roue de l'abandon » postée à l'extérieur de l'hôpital des Innocents. Elle datait du XVe siècle. Il s'agissait d'un cylindre roulant sur lui-même, semblable à un berceau. Les parents qui ne pouvaient pas s'occuper de leur nouveau-né le déposaient à l'intérieur, puis tiraient une petite corde reliée à une cloche qui prévenait les sœurs à l'intérieur du couvent. Le cylindre était tourné pour récupérer l'enfant, qui ne restait donc pas longtemps dehors. L'invention avait surtout l'avantage de préserver l'anonymat des parents. Les jours suivants, les enfants étaient exposés au public, au cas où un bienfaiteur voudrait les prendre en charge, ou pour donner la possibilité aux parents biologiques rongés par le remords de les reprendre.

D'habitude, les petites amies de Pietro s'émouvaient en écoutant cette histoire. Cela était pour lui le signe que, tôt ou tard, il les attirerait dans son lit. Il n'avait jamais fait confiance aux sentiments, il l'admettait facilement. Il ne savait pas tomber amoureux, aussi, il ne pensait pas qu'une femme puisse l'aimer. Peut-être parce qu'il avait grandi sans figure féminine de référence : son père s'était retrouvé veuf très tôt.

M. Baloo avait fait de son mieux. Il avait refoulé sa douleur pour élever seul un enfant d'à peine deux ans qui n'aurait aucun souvenir de sa mère.

Jusqu'à l'école primaire, Pietro n'avait pas posé de questions sur elle ni ressenti son manque. Il ne pouvait pas être triste pour quelqu'un qu'il n'avait jamais connu. Sa maman était la belle femme qui apparaissait sur les photos de famille rassemblées dans un vieil album en cuir, rien de plus.

Mais entre six et huit ans, il bombarda son père de questions : il voulait tout savoir. Comment était sa voix, quel était son parfum de glace préféré, quand elle avait appris à faire du vélo ou comment s'appelait sa poupée quand elle était petite. Malheureusement, son père, ne possédant pas toutes les réponses, dut souvent improviser. Toutefois, après cette période, sa curiosité s'évanouit sans raison. Il ne demanda plus rien et, les rares fois où le sujet était évoqué, il était vite abandonné. Pourtant, son père répétait souvent une phrase :

« Ta mère a tellement eu envie de t'avoir. »

Comme si cela l'excusait d'être morte vingt et un mois après sa naissance.

Pendant une longue période, Pietro n'avait jamais vu M. Baloo avec une autre femme. Et il ne s'était jamais demandé pourquoi. Pourtant, quand il avait presque neuf ans, il s'était passé quelque chose. Un dimanche, son père l'avait emmené manger une glace chez Vivoli. Une sortie comme une autre, où il lui avait raconté que cette friandise avait été inventée à Florence et avait fait sa première apparition à la cour des Médicis. Alors qu'ils étaient assis en terrasse, une gracieuse demoiselle s'était approchée et son père la lui avait présentée comme « une amie ». Le jeune Pietro avait compris que la rencontre n'était pas fortuite, comme on souhaitait le lui faire croire. Elle avait été fomentée dans un autre but. Quel qu'il fût, il ne voulait pas le savoir. Pour clarifier ses intentions, il ne goûta même pas une cuillerée de sa coupe chocolat gianduja. Il laissa la glace fondre devant leurs yeux muets, avec la férocité dont seul un enfant est capable. Il n'avait jamais eu de mère officielle et ne voulait pas de mère de rechange. Il n'avait jamais revu cette femme.

Des années plus tard, cette matinée de juillet, la charmante Brittany bougea dans le lit, sinueuse, annonçant son réveil. Elle se tourna vers Pietro, ouvrit ses yeux verts et lui offrit le plus radieux des sourires.

— Bonjour, splendide jeune fille du Canada oriental : bienvenue dans la douce matinée florentine, la salua-t-il solennellement en lui donnant une tape sur les fesses et un léger baiser sur les lèvres. J'ai plein de surprises pour toi.

— Ah oui ?

— Je veux qu'il te soit impossible de m'oublier : dans cinquante ans, tu parleras de moi à tes petits-enfants, je te le garantis.

La jeune femme se rapprocha de lui et lui murmura à l'oreille :

— Prouve-le.

Alors Pietro glissa entre les draps.

Brittany le laissa faire : elle pencha la tête en arrière et ferma les yeux.

À ce moment-là, son portable vibra. Il maudit la personne qui l'appelait à cette heure absurde, mais répondit au numéro inconnu.

— Monsieur Gerber ? demanda une voix féminine froide.

— Oui, qui est à l'appareil ?

— Hôpital Careggi, service de cardiologie : il faut que vous veniez immédiatement.

Les mots se décomposèrent et se recomposèrent plusieurs fois dans sa tête tandis qu'il essayait d'en saisir le sens.

— Que s'est-il passé ? parvint-il à articuler, tout en lisant la panique sur le visage de Brittany.

— C'est votre père.

Les mauvaises nouvelles ont le pouvoir de faire paraître soudain tout le reste comique et grotesque. À ce moment-là, la douce Brittany aux lèvres charnues et à la poitrine souple lui sembla absurde. Il se sentit ridicule.

Arrivé à l'hôpital, il se précipita aux soins intensifs. La nouvelle avait fait le tour de la famille : dans la salle d'attente, il retrouva ses oncles et tantes et son cousin Iscio. Il y avait aussi des connaissances de son père, venues prendre de ses nouvelles. M. Baloo était un homme populaire et très apprécié.

Tout le monde dévisagea Pietro. Il craignit qu'ils ne sentent sur lui l'odeur de Brittany, il se sentit frivole et terriblement décalé. Pendant que le cœur de l'homme qui l'avait élevé s'arrêtait de battre, il était en compagnie d'une fille. Aucun regard ne portait le moindre jugement, mais Pietro se sentait coupable.

La juge Baldi s'approcha et posa la main sur son bras.

— Tu dois être fort, Pietro.

Sa vieille amie lui annonça ce que tout le monde savait déjà. En regardant les autres, il aperçut un visage familier, bien qu'il ne l'ait vu qu'une fois, à l'âge de neuf ans. Dans un coin se tenait la femme que son père avait essayé de lui présenter un dimanche après-midi et qu'il avait refusée avec une coupe de glace. Elle pleurait à chaudes larmes et évitait son regard. Pietro comprit alors que son père n'était pas un veuf inconsolable, et qu'il n'avait jamais renoncé à créer une autre famille parce qu'il aimait encore une femme qui n'était plus.

Il l'avait fait pour lui.

Une digue se rompit dans son cœur et il fut envahi par les remords. Une infirmière vint à sa rencontre. Pietro imagina qu'elle voulait lui proposer de le saluer une dernière fois, n'était-ce pas la pratique ? Il s'apprêtait à refuser, parce qu'il ne supportait pas l'idée de l'avoir empêché d'être à nouveau heureux.

Mais elle dit :

— Il a demandé à vous voir. Venez, je vous prie, sinon il ne trouvera pas la paix.

Ils lui firent enfiler une blouse verte, puis l'introduisirent dans la pièce où son père était relié aux machines qui le maintenaient en vie. Le masque à oxygène lui couvrait le visage, on ne voyait que ses yeux, réduits à des fentes. Toutefois, il était encore lucide, parce qu'il le reconnut dès qu'il franchit le seuil. Il s'agita.

— Papa, je suis là.

Avec le peu de forces qu'il lui restait, son père leva le doigt pour le convoquer à côté de lui.

— Il ne faut pas te fatiguer, papa, dit-il en s'approchant du lit.

Il ne savait pas quoi dire d'autre. N'importe quelle phrase aurait été un mensonge. Il aurait été juste de lui dire qu'il l'aimait, alors il se pencha vers lui.

M. Baloo le précéda : il murmura quelque chose que le masque rendit incompréhensible pour Pietro. Il s'approcha encore, son père essaya de répéter.

La révélation s'abattit comme une pierre sur le cœur du jeune Gerber.

Incrédule et bouleversé, Pietro s'écarta de son père mourant. Il ne pouvait pas imaginer qu'il ait choisi ce moment pour lui avouer un secret aussi terrible. Cela lui sembla absurde, irrespectueux. Cruel.

Il fit quelques pas en arrière, vers la porte. Mais ce n'était pas lui qui reculait, c'était le lit de son père qui s'éloignait. Comme un bateau du rivage. Comme s'il voulait mettre une distance entre eux deux. Enfin libre.

Ce qu'il vit dans les yeux de M. Baloo pendant qu'ils se disaient adieu ne fut pas du regret, mais du soulagement. Un apaisement égoïste et sans pitié. Son père – l'homme le plus pacifiste qu'il connaissait – s'était débarrassé de la boule indigeste qu'il avait gardée en lui une grande partie de sa vie.

Maintenant, ce poids lui appartenait.

16

La pluie glissait en petits ruisseaux qui s'entrecroisaient sur les vitres et le pare-brise. Derrière cet écran liquide, tout semblait opaque et évanescent. Les lumières des autres voitures se confondaient, se dilataient, s'atténuaient pour disparaître et réapparaître tels des mirages.

Pietro Gerber était assis au volant de son break qui, depuis la naissance de Marco, avait tristement remplacé son Duetto Alfa Romeo flamboyant. Immobile, il avait les yeux rivés sur son smartphone.

Sur l'écran, un mail de Theresa Walker contenant un enregistrement audio.

Je suis désolée de vous avoir impliqué dans cette histoire…

La première séance d'hypnose d'Hanna Hall.

Quand vous l'aurez écouté, vous devrez m'appeler immédiatement : je vous expliquerai le reste de vive voix…

Quelques jours auparavant, lors de leur première conversation, l'Australienne lui avait raconté que la patiente s'était soudain mise à crier parce qu'elle avait retrouvé le souvenir de l'homicide, qui remontait à son enfance.

Qu'est-ce qui avait changé depuis ?

Qu'avait-elle omis de lui révéler ?

Gerber avait enfilé ses écouteurs, mais ne trouvait pas le courage d'écouter l'enregistrement. Theresa Walker lui avait menti. Il s'était passé autre chose, lors de cette séance. C'était pour cela qu'elle avait tardé à lui envoyer l'enregistrement : pour le lui cacher.

Oui. Mais je l'ai fait de bonne foi, croyez-moi…

C'était la découverte de son ami détective qui l'avait fait changer d'avis : la tentative d'Hanna d'enlever un très jeune enfant.

Cela n'a pas été prouvé au procès, mais les policiers soupçonnent Hanna Hall d'avoir prévu d'enterrer le nourrisson, vivant…

Pietro Gerber poussa un gros soupir : le parking d'un hypermarché constituait une parfaite cachette. En cette fin d'après-midi d'hiver, les gens se dépêchaient de faire leurs courses pour rentrer le plus vite possible. Enfermé dans son véhicule, sous l'orage, personne ne pouvait le voir. Pourtant, il ne se sentait pas en sécurité.

Quoi que contienne l'enregistrement, cela avait terrorisé sa collègue.

J'aurais dû vous en parler tout de suite, mais j'ai eu peur…

Quand il se sentit prêt, Gerber posa son pouce droit sur le téléphone. Ce geste simple, cette légère pression sur l'icône contenue dans le mail, ouvrit les portes de l'enfer.

Bruits de l'enregistreur. Installation du micro, qui frottait contre quelque chose.

— Vous êtes prête à commencer ? demanda Theresa Walker.

Pause.

— Oui, je suis prête, répondit Hanna Hall.

Bruit mécanique : une clé qui tournait dans un engrenage. Quand le mécanisme fut chargé, un petit air romantique et dissonant démarra.

Chaque hypnotiseur a sa propre méthode pour induire l'état de transe. Gerber préférait le métronome, c'était banal mais élégant. Monsieur B. utilisait la chanson d'un vieux dessin animé de Walt Disney. D'autres prononçaient simplement des phrases suggestives en modulant leur voix, ou se servaient de variations de lumière. L'idée de balancer un pendule ou une montre devant les yeux du patient était une invention du cinéma, de même que celle de lui faire fixer la rotation d'une spirale.

Theresa Walker utilisait une vieille boîte à musique. L'air dura une minute et demie puis ralentit – en même temps qu'augmentait l'état de transe de la patiente, imagina Gerber.

— Hanna, je voudrais que tu reviennes en arrière dans le temps… On va commencer par ton enfance…

— D'accord.

La voix de Theresa Walker était bienveillante, rassurante. À ce moment-là, il s'agissait pour elle du début d'une thérapie pour mettre de l'ordre dans la mémoire d'une patiente : tout ce qu'il y avait de plus normal. Rien ne laissait présager un épilogue choquant.

— Je t'explique ce qu'on va faire… D'abord, on va partir à la recherche d'un souvenir heureux : on l'utilisera comme une sorte de guide pour ton inconscient. Chaque fois que quelque chose te troublera ou te semblera bizarre, on reviendra à ce souvenir et tu pourras te sentir bien à nouveau…

— D'accord.

Longue pause.

— Alors, tu as trouvé quelque chose ?

Hanna inspira et expira.

— Le jardin.

17

Papa sait parfaitement quand commencera la prochaine saison. Il lui suffit de regarder les racines des plantes. Ou alors il sent l'odeur du vent et il prévoit quand l'été arrivera ou quand il neigera. Certaines nuits, il observe le ciel et, selon la position des étoiles, il indique à maman ce qu'il faut semer dans le potager.

Nous n'avons pas besoin de montre, ni de calendrier. C'est pour ça que je ne connais pas exactement mon âge. C'est moi qui décide quand c'est mon anniversaire : je choisis un jour. Maman prépare un gâteau au pain et au sucre et nous le fêtons.

C'est le printemps, nous sommes ici depuis peu. Je m'appelle Shéhérazade et la maison des voix se trouve à côté d'un verger abandonné.

Le jardin.

Au lieu de mourir du manque de soins, les arbres ont poussé librement, on aura des fruits tout l'été.

La maison est en haut d'une colline. Elle n'est pas grande mais on voit plein de choses, de là-haut. Les oiseaux qui s'envolent et planent en dansant à l'unisson. Les tourbillons de poussière qui se poursuivent. Parfois, la nuit, on aperçoit d'étranges lueurs au loin. Maman dit que ce sont des feux d'artifice, les gens les font exploser dans le ciel pour célébrer quelque chose. Je demande pourquoi nous ne sommes pas avec eux. Il n'y a pas de réponse.

Un cerisier a poussé en plein milieu de la maison. Il est devenu tellement haut qu'il a cassé le toit. Papa a décidé d'enterrer Ado dessous, comme ça les racines le protégeront. Mais je pense qu'en fait c'est pour une autre raison : de cette façon, Ado est plus près de nous. J'aime quand nous sommes tous ensemble, et papa et maman aussi sont plus contents.

Le printemps est une belle saison, mais je préfère l'été. J'ai hâte qu'il arrive. Les journées sont bizarres, en ce moment. Parfois il y a du soleil, parfois il pleut. Quand il pleut, en général je lis. Mais j'ai terminé tous mes livres. Je les ai relus plusieurs fois et j'en ai assez. Papa promet qu'il m'en trouvera d'autres, j'attends. Je m'ennuie. Alors, le soir, j'entre dans la cuisine et j'annonce solennellement à mes parents que demain c'est mon anniversaire. Ils me sourient et approuvent, comme toujours.

Le lendemain, tout est prêt. Maman a allumé le four à bois, elle a préparé le gâteau au pain et au sucre, mais aussi plein de bonnes choses. Le repas de ce soir va être sublime, quand papa sera revenu avec mon cadeau.

L'après-midi passe vite et je suis tellement heureuse que je n'oublierai jamais cette journée. Me préparer à la fête est ce que je préfère. Dans l'attente, tout semble plus beau. Le monde est contaminé par ma joie.

Pour l'occasion, maman a allumé plein de bougies autour du cerisier et elle a accroché des tissus colorés aux branches. Elle a étendu une couverture en guise de nappe, il y a aussi une carafe de limonade. Papa joue de la guitare et nous chantons nos chansons. Moi, je l'accompagne avec mon tambourin. Puis il lâche son instrument et je continue seule, il prend maman par la taille et la fait danser. Elle rit et se laisse aller. Lui seul sait la faire rire comme ça. Sa jupe se soulève, découvre ses chevilles, ses pieds nus sur la terre sont magnifiques. Elle plante ses yeux dans les siens et papa ne peut détacher son regard. Elle seule le fait se sentir ainsi. Je suis tellement heureuse que j'ai envie de pleurer.

Puis arrive le moment du cadeau. Je ne tiens plus en place. Généralement, ce que je reçois n'est pas grand-chose, parce qu'il faut qu'on puisse l'emporter quand on partira. Papa me construit un lance-pierre ou me sculpte un objet en bois : une fois, j'ai eu un superbe castor. Mais cette fois, c'est différent. Papa sort de la maison et revient avec un vélo.

Je n'en crois pas mes yeux. Un vélo rien que pour moi.

Il n'est pas neuf, il est un peu rouillé et les deux roues ne sont pas les mêmes, mais qu'importe ? C'est mon premier vélo.

Je suis tellement contente que j'oublie que je ne sais pas en faire.

Je ne mets pas longtemps à apprendre. Papa m'a montré au début et, après quelques chutes, je ne m'arrête plus. Je roule à toute vitesse entre les rangées d'arbres, maman dit que la poussière que je soulève se voit depuis la maison. Nous avons conclu un pacte : je sais que je devrai laisser mon vélo ici quand je partirai, mais papa m'a promis que j'en aurai d'autres. Même si aucun ne sera comme celui-ci. Aucun vélo n'est comme le premier vélo.

Mes cheveux ont beaucoup poussé, ils m'arrivent en bas du dos. J'en suis très fière, ils sont aussi longs que ceux de maman. Elle dit que, si je ne veux pas les couper, je dois au moins les attacher. Elle m'a donné une de ses pinces, celle avec la fleur bleue qui plaît tant à papa. Je sais à quel point elle y tient, je ne l'abîmerais pour rien au monde.

Mais un soir, je rentre à la maison et la pince n'est plus sur ma tête.

Je suis tellement désolée que je n'en parle pas. Pendant le dîner papa et maman remarquent que je ne suis pas de bonne humeur, mais je ne donne aucune explication. Le lendemain, je ne trouve pas la pince. Pourtant, je fais le même parcours que la veille. Inlassablement, en avant, en arrière, en vain.

Le jardin est un labyrinthe. Il est facile de s'y perdre. Je me promets de le sillonner en entier, jusqu'à ce que je retrouve la pince de maman.

Le quatrième jour, alors que je suis en train de passer au crible une zone plus lointaine, un événement très bizarre se produit. Soudain, quelque chose me gifle. J'enfonce mes talons dans le gravier pour freiner et je me retourne.

Par terre, j'aperçois la broche à la fleur bleue. Comment a-t-elle pu arriver dans mon visage ? Ce n'est pas le vent : tout autour les arbres sont immobiles. J'en reste figée de stupeur. Je halète malgré moi.

Je reviens à la maison avec la pince, mais je ne raconte rien de ce qui s'est passé. Je veux d'abord trouver une explication et je me sens responsable. Je ne sais pas de quoi, exactement. Mais je le suis.

La nuit, je n'arrive pas à dormir. Je décide de retourner voir le lendemain. Je n'arrive pas à croire que ce soit vrai, que ça s'est vraiment passé de cette manière.

Après le petit déjeuner, je file. Je me rappelle bien où je l'ai retrouvée – par terre, on voit encore les traces de mon freinage aux talons. Il règne un silence étrange. Je n'entends ni insectes, ni oiseaux, ni animaux, comme si toutes les créatures vivantes avaient disparu. Je regarde autour de moi et je vois quelque chose qui n'était pas là la veille. Ou que je n'avais pas remarqué.

Sur l'écorce d'un arbre, quelqu'un a gravé une flèche.

Je suis confuse. Est-ce une blague ? Impossible. Règle numéro quatre : ne jamais s'approcher des étrangers et ne pas se laisser approcher par eux. Mais je ne suis pas sûre que ce soient eux. Une partie de moi me dit qu'ils n'y sont pour rien, cette fois. Et que je peux aller dans la direction indiquée par la flèche. Il n'y a rien de ce côté, juste des arbres. Je pose mon vélo par terre et je vais voir. Une dizaine de pas plus loin, j'en trouve une autre.

Cette fois, la flèche est gravée sur l'écorce d'un pêcher.

Je la suis jusqu'à une troisième, sur un amandier. Puis une quatrième, une cinquième, une sixième. C'est une chasse au trésor. Je suis tellement excitée que j'oublie que je devrais avoir peur. Je suis forte pour trouver les indices et, dans le fond, la récompense finale m'intéresse peu. Je n'y pense pas. Peut-être parce que c'est la première fois que je ne joue pas seule.

En effet, une chose est certaine : ceci est l'œuvre de quelqu'un.

J'arrive à une petite clairière. À ma grande surprise, la dernière flèche dessine un cercle.

Qu'est-ce que ça veut dire ? Où dois-je chercher ? D'un coup, je me sens stupide. On s'est moqué de moi. Ce n'est pas drôle. Pourtant, c'est étrange, j'ai la sensation de ne pas être seule. Quelqu'un m'observe. Je sens des yeux rivés sur moi.

— Hé ! je crie aux broussailles.

— Hé ! me répond l'écho.

— Sors !

— Sors !

— Tu es là ?

— Tu es là ?

— Où es-tu ?

— Où es-tu ?

— Je sais que tu es là…

— Je sais que tu es là…

Je sais que quelqu'un est là. La voix de l'écho ressemble à la mienne... mais ce n'est pas la mienne – j'en suis presque sûre. Je sens un drôle de frisson dans mon dos.

Je dois retourner à mon vélo. Je dois rentrer à la maison.

J'y réfléchis toute la soirée. En mangeant mes légumes, je dessine du doigt dans les miettes de pain la flèche circulaire du dernier arbre. Papa et maman ne s'en aperçoivent pas. Je rince la vaisselle du dîner, incapable de penser à autre chose qu'à ce signe. Je n'arrive pas à m'endormir.

Le lendemain, je retourne à la petite clairière. J'ai les mains moites et je suis inquiète. Mais je dois le faire, sinon ça va continuer de me troubler. J'ai pensé à une seule signification, pour le dernier signe. Je sais, c'est un peu stupide, mais je n'ai pas eu d'autre idée. Je respire un grand coup et j'écarte les bras, puis je tourne sur moi-même. Doucement, puis de plus en plus vite. Je tourne et je tourne en regardant autour de moi. Les arbres tourbillonnent comme un manège, de plus en plus vite, de plus en plus vite. Je fais attention à ne pas perdre l'équilibre. Mes cheveux volent dans le vent léger. Les arbres tournent avec moi. Soudain, j'aperçois un visage.

J'essaie de m'arrêter, mais je trébuche et je tombe à la renverse. Un rire de fillette. Mon cœur bat la chamade, je suis essoufflée par la fatigue et l'émotion. Malgré le soleil aveuglant, je distingue une ombre qui approche. Je me relève, j'ai encore le vertige. Enfin, je la vois.

— Salut, me dit-elle.

— Salut, lui dis-je.

Elle porte une robe avec des abeilles jaunes et des sandales blanches. Ses longs cheveux blonds sont mieux coiffés que les miens et sa peau est très blanche. La mienne est brunie par l'été. Je me suis toujours demandé à quoi ressemblaient les autres enfants. Maintenant que je le sais, je ne les trouve pas si différents de moi.

Je ne sais pas comment me comporter, dans cette situation.

— Comment t'appelles-tu ? me lance la fillette.

Règle numéro trois : ne jamais dire son prénom aux étrangers.

— Je ne peux pas te le dire…

— Pourquoi ?

— Parce que je ne peux pas.

J'ai déjà enfreint la quatrième règle, je vais éviter de m'attirer encore plus d'ennuis.

— D'accord, alors pas de prénoms.

— Et pas de questions, je renchéris, pour ne pas trop briser le pacte avec papa et maman.

— Pas de prénoms et pas de questions, accepte-t-elle. Tu veux que je te montre une chose fantastique ?

J'hésite, je n'ai pas confiance. Toutefois, je ressens quelque chose de nouveau : la peur des conséquences est moins forte que l'impulsion de la transgression. Alors je lui saisis la main et je la suis. Je n'ai jamais touché personne, à part papa et maman. Cette nouvelle sensation tactile est curieuse. Je pense que pour la fillette ça doit être normal, mais en fait je ne sais rien d'elle. Moi, je me sens déjà différente, changée.

Nous nous arrêtons et elle se tourne vers moi.

— Ferme les yeux.

Tant qu'à être arrivée jusqu'ici, autant aller au bout. J'obéis.

Elle me tire. Mes pieds avancent d'eux-mêmes. Je m'agrippe à la main de l'inconnue. Au bout d'un moment, nous nous arrêtons.

— Voilà, tu peux les rouvrir.

Devant nous, une étendue blanche. On dirait de la neige, mais ce sont de petites marguerites. Des milliers, des millions de fleurs. Je saisis tout de suite que cet endroit est précieux, parce que personne n'y est jamais venu avant. Et si ma nouvelle connaissance a voulu partager son secret avec moi, alors moi aussi je suis précieuse. Un mot me tourne dans la tête, mais je ne veux pas le prononcer. Ça me gêne. Alors, j'attends qu'elle le fasse.

— Nous sommes amies ? me demande-t-elle.

— Je crois que oui, je réponds en souriant.

Elle me rend mon sourire.

— Alors, on se voit demain…

Demain devient aussi après-demain et le jour suivant. En fait, nous nous voyons tout le temps. Nous nous retrouvons à l'arbre à la flèche circulaire ou au champ de marguerites. Nous marchons beaucoup et nous parlons de ce qui nous plaît. Comme convenu, nous ne posons aucune question personnelle. Elle ne me demande rien sur papa et maman et je ne veux pas savoir où est sa maison – d'ailleurs, je n'en ai remarqué aucune dans les alentours – ni pourquoi elle porte toujours la même robe avec des abeilles jaunes.

Ne pas savoir grand-chose sur l'autre n'est pas un problème, même s'il va falloir que je lui avoue que tôt ou tard je partirai d'ici. Et de même que je ne pourrai pas emporter mon premier vélo, il me faudra dire adieu à ma seule amie.

Un jour, alors que nous sommes assises au bord d'un étang et faisons des ricochets sur l'eau, j'ai la quasi-certitude que mon amie veut me dire quelque chose. Elle me regarde, puis baisse les yeux et fixe mon ventre.

— Qu'y a-t-il ?

Elle ne répond pas, elle soulève mon débardeur, puis elle pose sa main chaude juste au-dessous de mon nombril. Je la laisse faire, sa caresse est agréable, mais je sens qu'elle est perturbée.

— Ça ne va pas te plaire, me dit-elle.

— Quoi ?

— Mais c'est nécessaire.

— Quoi ? Je ne comprends pas…

Je me sens nerveuse. Pourquoi ne m'explique-t-elle pas ? Mais elle se tait. Elle retire sa main et saute sur ses pieds. Elle s'apprête à partir.

— On se voit demain ?

J'ai peur de l'avoir blessée, mais il ne me semble pas avoir fait ou dit quoi que ce soit d'offensif.

Elle me sourit comme toujours, mais me répond :

— Demain non.

C'est la nuit. Je dors. Je rêve et je me tourne dans mon lit. Mon amie pose la main sur mon ventre, mais cette fois c'est désagréable. Sa caresse me fait mal.

J'ouvre les yeux. Il fait encore noir. Mon amie a disparu, mais pas la douleur. Elle est toujours là, basse et profonde. Je suis en nage. J'ai de la fièvre, je le sens. Je me plains, papa et maman arrivent.

La fièvre a monté. J'ai chaud, puis froid, puis à nouveau chaud. Je ne comprends pas où je suis, de temps en temps je m'évanouis. Je suis dans la maison des voix sur la colline – je le sais, mais ensuite je ne le sais plus. Dehors, il y a la nuit et le jardin – le jardin est sombre, il n'y a même pas de lune. Je délire. J'appelle mon amie dont je ne connais pas le prénom. J'ai mal au ventre. Très mal. Je n'ai jamais ressenti autant de douleur. Pourquoi moi ? Qu'est-ce que j'ai fait pour mériter ça ? Maman, aide-moi, fais partir la douleur. Papa aide-moi, je ne veux plus me sentir comme ça.

Je les vois. Papa se tient au milieu de la chambre, les bras croisés : il se balance d'un pied sur l'autre et me regarde d'un air effrayé, il ne sait pas quoi faire. Maman est à genoux à côté de mon lit, une main posée sur mon ventre. Elle pleure, désespérée.

— Pardonne-moi, ma petite fille.

Je ne sais pas ce que je devrais lui pardonner, ce n'est pas elle qui me fait mal, mais quelque chose à l'intérieur de moi. On dirait qu'une sorte d'insecte se creuse une tanière dans mon ventre. Un insecte noir et vert, long et poilu. Avec ses petites pattes pointues, il coupe ma chair et suce mon sang.

Je vous en prie, papa et maman : faites-le partir.

À ce moment-là, je vois une ombre s'approcher. C'est mon amie, elle est venue me voir. Je reconnais sa robe avec les abeilles jaunes. Elle s'assied sur mon lit, elle dégage mon front des cheveux qui y sont collés.

— Je t'avais dit que ça ne te plairait pas, répète-t-elle. Mais c'est nécessaire.

Nécessaire pour quoi ? Je ne comprends pas. Puis elle se tourne vers papa et maman, et je m'aperçois qu'ils ne sont pas fâchés qu'elle soit venue.

— C'est nécessaire pour eux, affirme mon amie en les regardant avec compassion.

— Pourquoi ?

— Il existe un lieu appelé hôpital. Tu en as entendu parler dans les livres, non ?

Oui, c'est vrai : c'est là que vont les gens quand ils sont malades. Mais nous, on ne peut pas y aller à cause des étrangers. Règle numéro deux : les étrangers sont le danger.

— Tu es très malade et tu pourrais mourir, tu le sais ?

— Je ne veux pas mourir, dis-je, effrayée.

— C'est ce qui se passera si tu ne prends pas tout de suite un médicament.

— Je ne veux pas mourir, je répète en pleurnichant.

— Papa et maman le savent, c'est pour ça qu'il a peur et qu'elle te demande pardon… Ils ne peuvent pas t'emmener à l'hôpital, sinon c'est la fin.

Maman pleure et me supplie, comme si je pouvais faire quelque chose. Papa est différent, ce n'est pas mon papa habituel, l'homme auprès de qui je me sens toujours en confiance. On dirait qu'il a perdu sa force, il me regarde comme je le regarderais si je me sentais en danger.

— Je vais mourir ?

Mais je connais la réponse.

— Réfléchis : si tu meurs, on sera toujours ensemble, ici, au jardin.

— Pourquoi je dois mourir ?

Je sais qu'il y a une raison, qui n'a rien à voir avec ce maudit insecte qui me dévore de l'intérieur. C'est quelque chose qui s'est passé avant, il y a longtemps.

Mon amie penche la tête sur le côté, elle m'observe.

— Tu sais pourquoi… Tu as tué Ado et tu as pris sa place, c'est ta punition.

— Ce n'est pas vrai !

— Mais si. Et si tu ne meurs pas tout de suite, un jour vous mourrez tous.

18

Le cri désespéré d'Hanna :

— Ce n'est pas moi, ce n'est pas moi qui l'ai tué !

— D'accord, calme-toi maintenant. Il faut te calmer. Tu m'entends, Hanna ?

La voix de Theresa Walker couvre celle de la patiente. L'enregistrement s'interrompt d'un coup, avant que démarre le compte à rebours qui marque la fin de l'hypnose.

Pietro Gerber attendit quelques secondes avant de retirer ses écouteurs. L'écho des cris de la femme perdurait sous la forme d'acouphènes. Maintenant, le psychologue avait besoin de retrouver le silence. Il avait les bras raides et les doigts enfoncés dans ses genoux.

Il se répéta que tout avait commencé avec cette séance. Sous hypnose, Hanna Hall s'était convaincue d'avoir tué Ado. Elle n'avait pas de souvenirs directs de l'homicide : c'était une fillette imaginaire qui lui en avait parlé. Quel sens cela avait-il ? Il allait falloir creuser encore plus profondément dans l'esprit de sa patiente pour trouver le souvenir exact, s'il existait. Mais il n'était plus certain d'en avoir la force.

Il tourna la clé de contact en tremblant. Il ne démarra pas, il voulait juste baisser un peu la vitre.

L'air frais et chargé de pluie envahit l'habitacle, chassant l'odeur de la peur. Gerber inspira et expira lentement pour essayer de se reprendre. Puis il repensa aux paroles de Theresa Walker.

Quand vous l'aurez écouté, vous devrez m'appeler immédiatement : je vous expliquerai le reste de vive voix.

Il aurait voulu rentrer chez lui, retrouver Silvia et Marco. Il aurait voulu remonter le temps et dire non à la demande d'aide de sa collègue. Il se trouvait impliqué dans une histoire qu'il ne comprenait pas et, surtout, il se sentait en danger et ne savait pas pourquoi.

Il vérifia le niveau de batterie de son smartphone. L'enregistrement de la séance avait duré près de deux heures et il n'avait plus assez pour passer un appel long. Toutefois, il voulait connaître « le reste », comme l'avait défini Theresa Walker. Il sélectionna le numéro, désormais enregistré dans son répertoire.

— Alors, vous avez écouté ? demanda-t-elle de but en blanc.

— Oui.

— Qu'en pensez-vous ?

— La même chose qu'avant : Hanna Hall a tué son petit frère quand elle était très jeune. C'était peut-être involontaire, ou par accident : le fait est que ses parents ont cru qu'un tribunal leur retirerait leur fille. Alors, pour protéger Hanna de ce qu'elle avait fait, ils l'ont arrachée au monde. Elle ne devait jamais savoir la vérité. Dans ce but, ils ont créé un modèle de vie où les autres étaient ignorés ou tenus à distance et où ils n'avaient jamais besoin de personne… Mais tout cela avait un prix, évidemment : l'impossibilité de faire appel à un médecin, par exemple.

— Vous mettriez en danger la vie de votre fils sans raison valable ? lui demanda Theresa Walker sur un ton agité.

— Bien sûr que non. Qu'est-ce que c'est censé prouver ?

— Que seul le fait de vouloir échapper à un danger plus grave pouvait justifier le comportement des parents d'Hanna Hall face à la maladie de leur fille.

— Vous parlez des étrangers ? Les étrangers n'existent pas. Les parents d'Hanna se fuyaient eux-mêmes et fuyaient le jugement de la société. Avec un enfant, on peut se permettre n'importe quel égoïsme, il suffit d'appeler ça de l'amour.

Il le savait : il l'avait expérimenté avec son père.

— Et que pensez-vous de la fillette du jardin ? reprit Gerber.

— Depuis son enfance, Hanna entendait des voix.

— Comme tous les schizophrènes, malheureusement.

Il aurait dû écouter l'avertissement de Silvia : sa femme avait diagnostiqué avant eux la pathologie d'Hanna Hall. Maintenant, il se trouvait embarqué avec cette folle qu'il ne connaissait pas, sans savoir de quoi elle était réellement capable.

Cela n'a pas été prouvé au procès, mais les policiers soupçonnent qu'Hanna Hall avait prévu d'enterrer le nourrisson, vivant…

— Alors, à votre avis, il ne s'agit que d'une amie imaginaire ? objecta Theresa Walker, sceptique.

— La petite amie blonde aux sandales blanches et à la robe avec des abeilles jaunes était ce qu'Hanna aurait voulu être mais qu'elle n'était pas : une enfant comme les autres. Ce n'est qu'un expédient créé par sa psyché pour ne pas devoir affronter seule la réalité.

— C'est-à-dire ?

— Hanna a toujours su qu'elle était responsable de la mort d'Ado, mais parfois il vaut mieux que la vérité nous soit dévoilée par quelqu'un d'autre.

— Ce n'est pas Hanna Hall qui cherche des excuses pour ne pas accepter la réalité, docteur Gerber… mais vous.

— Je peux savoir ce qui vous fait aussi peur chez cette femme ? Pourquoi ne m'expliquez-vous pas, plutôt, pourquoi vous m'avez caché cet enregistrement jusqu'à aujourd'hui ?

— D'accord, dit Theresa Walker après une pause. J'avais une sœur jumelle, elle s'appelait Litz.

— Quel rapport ? Pourquoi avez-vous dit « j'avais » ?

— Parce qu'elle est morte à huit ans d'une crise d'appendicite aiguë.

— Vous pensez vraiment que…, intervint Pietro Gerber en riant malgré lui.

Sa collègue ne le laissa pas finir sa phrase

— C'était l'hiver, pourtant Litz a été ente

son vêtement préféré : une robe légère en co

de petites abeilles jaunes.

19

La juge Baldi portait une longue robe de chambre en velours et traînait ses pantoufles dans son appartement du deuxième étage d'un immeuble sur les berges de l'Arno, à la hauteur du Ponte Vecchio. La pièce avait des moulures carrées au plafond et son mobilier était fastueux : meubles d'antiquaire, tapis, tapisseries et rideaux. Les bibelots, surtout des statues et de l'argenterie, occupaient tout l'espace disponible.

Les Baldi, qui avaient fait fortune dans le commerce au XVIIe siècle, étaient rentiers depuis plusieurs générations. Pourtant, la dernière représentante de la lignée avait choisi d'exercer une profession dans le monde réel. Elle n'était pas faite pour l'oisiveté.

Avant de s'enfermer dans un tribunal pour mineurs, Anita Baldi avait été procureur. Elle était allée sur le terrain et s'était sali les mains pour se forger une expérience dans les investigations. Bien que vivant dans une demeure luxueuse, elle s'était retrouvée dans des appartements délabrés, des masures, des enfers domestiques et des endroits qu'il était impossible d'appeler

« maisons ». Toujours pour chercher des mineurs à mettre en sécurité.

Pietro Gerber regarda autour de lui. Il se demanda s'il avait bien fait de venir demander conseil à sa vieille amie à cette heure tardive. Il lui avait brièvement résumé les événements des derniers jours, sans nommer Hanna Hall. Assis dans un fauteuil damassé, il était trop nerveux pour s'appuyer contre le dossier.

Il était venu demander un service.

La magistrate lui tendit le verre d'eau qu'il avait réclamé.

— De toute évidence, ta collègue s'est laissé impressionner.

— Theresa Walker est une professionnelle reconnue, elle exerce ce métier depuis de nombreuses années, répondit-il pour se défendre lui-même. Avant d'accepter la patiente, j'ai vérifié ses références sur le site de la Fédération mondiale pour la santé mentale.

— Ça ne veut rien dire : tu m'as dit que c'était une femme d'un certain âge.

— La soixantaine.

— Elle est probablement arrivée à un moment de sa vie où elle a besoin d'entendre certaines choses... et la patiente en a profité.

Gerber n'avait pas considéré l'aspect émotionnel, peut-être parce qu'il avait trente-trois ans. Mais dans la mesure où Anita Baldi approchait les soixante-dix, l'explication était plausible.

— Si j'étais fragile et qu'on me disait qu'une personne que j'ai perdue il y a très longtemps était revenue sous les traits d'un fantôme, ça me consolerait, conclut la juge.

— Donc, vous pensez que Theresa Walker a été manipulée ?

— Ça t'étonne ? répondit son amie en allant s'asseoir sur un des canapés. C'est plein de charlatans, dehors : médiums, magiciens, occultistes… Ils sont très habiles pour trouver des informations sur les gens, même les détails les plus intimes, que l'on croit totalement confidentiels. Parfois, il suffit de fouiller dans leur poubelle. Ils s'en servent pour mettre au point des escroqueries fondées sur un présupposé assez simple : chacun croit ce qu'il a besoin de croire.

— Ces imposteurs en veulent généralement à l'argent, mais quel est le mobile de ma patiente ? Franchement, je ne vois pas…

— Cette femme est mentalement instable, tu l'as dit toi-même. À mon avis, elle a fomenté un plan pour obtenir de l'attention et se sentir accomplie… Dans le fond, manipuler quelqu'un procure un immense plaisir.

Pour atteindre son but, Hanna Hall insérait dans ses récits des détails de la vie privée de ses thérapeutes.

— De même qu'on l'écoute et qu'on l'observe, elle nous écoute et elle nous observe. Et surtout, elle apprend.

La sœur de Theresa Walker morte prématurément, son cousin Iscio et les clochettes à la cheville des enfants de la crèche de Marco. Pourtant, il restait un véritable mystère : le livre qui avait résolu l'affaire

Emilian. En effet, Gerber n'aurait jamais parlé de son patient à Hanna Hall.

Tout en réfléchissant à ce point, il sirota son verre d'eau et le posa sur la table basse en cristal qui se trouvait devant lui. C'est alors qu'il aperçut sur une étagère le dessin que l'enfant spectre avait fait dans la salle de jeux. Le train qui s'était transformé en visage maléfique. Le monstre « Maci », comme l'avait baptisé Emilian.

— J'ai parlé d'Emilian à Theresa Walker, se rappela-t-il soudain. Il est probable qu'elle l'ait ensuite évoqué à notre patiente.

Il fut soulagé d'avoir trouvé le lien. Mais cette possible explication des « pouvoirs » d'Hanna Hall ne résolvait pas son problème, au contraire, elle en créait d'autres.

— La patiente et Theresa Walker sont toujours en contact, mais ma collègue me l'a tu, s'assombrit-il. C'est la preuve que même une psychologue experte comme elle s'est fait manipuler.

— Qu'est-ce que je t'avais dit ? remarqua la juge.

Pietro était inquiet.

— Que dois-je faire ?

— Tu penses que la patiente représente un danger pour toi ou ta famille ?

— Je ne sais pas… Cette femme a essayé d'enlever un nourrisson, peut-être avec l'intention de l'enterrer vivant.

— Tu ne peux pas demander l'aide de la police parce que tu ne peux l'accuser de rien, sans compter que tu enfreindrais gravement le devoir de réserve du praticien de santé.

— Silvia pense qu'elle nous espionne.

— Ce n'est pas suffisant. Ce n'est pas un crime.

Malheureusement, il le savait.

— Je persiste à penser qu'il n'est pas conseillé d'arrêter brusquement une thérapie par l'hypnose, mais la vérité est que j'ai peur des conséquences.

— Quel genre de conséquences ?

— Je crains que cela provoque une réaction chez la patiente et qu'elle devienne une menace, avoua-t-il avant de s'interrompre un instant. Qu'aurait fait M. Baloo à ma place ?

— Ton père n'a rien à voir là-dedans, cette fois tu dois te débrouiller seul.

Le salaud lui manquait, ce qui le mettait encore plus en colère.

— Le détective ami de Theresa Walker dit qu'en Australie il y a deux femmes de trente ans qui s'appellent pareil… L'une d'elles est une biologiste marine de réputation internationale.

— Quel rapport ?

— Je pensais à ces deux êtres humains qui ont le même nom mais des destins si différents. Si je n'avais pas été le fils de mon père, je ne serais peut-être pas devenu psychologue et aujourd'hui je ne me retrouverais pas dans cette situation.

Anita quitta le canapé pour venir s'asseoir sur le bras du fauteuil.

— Aider cette inconnue ne réglera pas ton problème avec lui, quel qu'il soit.

Pietro Gerber leva les yeux vers elle.

— Jusqu'à l'âge de dix ans, ma patiente a vécu avec ses parents biologiques. Ils ont habité une foule d'endroits différents, changeant souvent d'identité. Puis il s'est passé quelque chose : la femme a parlé d'une « nuit de l'incendie », durant laquelle sa mère lui a fait boire « l'eau de l'oubli ». Cet événement a sans doute interrompu ses relations avec sa famille d'origine et elle est allée vivre en Australie, où pour tout le monde elle est devenue Hanna Hall.

En entendant ce nom pour la première fois, Anita Baldi se raidit. Gerber s'en aperçut.

— Qu'es-tu venu me demander ? fit-elle, soupçonneuse.

— Je suppose qu'il y a vingt ans Hanna a été retirée à ses parents biologiques, il existe peut-être un dossier qui explique pourquoi. Et peut-être aussi que quelqu'un s'est occupé de l'histoire de l'homicide du petit frère.

— Cette histoire est un bobard, explosa la juge. Réveille-toi, Pietro, il n'y a pas d'homicide : cette femme est en train de te faire perdre la tête.

Mais Gerber ne voulait pas se résigner. Il poursuivit :

— Ses parents biologiques la laissaient choisir son prénom, donc elle en a eu beaucoup, en Italie. Hanna Hall est l'identité qu'elle a reçue à son arrivée en Australie. Je suppose donc qu'à dix ans elle a été adoptée par une famille d'Adélaïde.

— Que fais-tu ici à cette heure ? l'interrompit la juge. Pourquoi n'es-tu pas chez toi avec ta femme et ton fils ?

Mais il ne l'écoutait pas.

— Évidemment, ce ne sont que des suppositions. Pour le savoir avec certitude, j'aurais besoin d'une autorisation pour consulter les dossiers confidentiels du tribunal des mineurs.

Il s'agissait des « modèles 23 », consacrés aux affaires d'adoption les plus délicates.

La juge soupira, puis se dirigea vers un secrétaire ancien. Elle prit un stylo et nota quelque chose sur un papier, qu'elle tendit à Gerber.

— Montre ceci à l'employé du greffe : il te laissera faire toutes les recherches que tu veux.

Le psychologue plia le papier et le glissa dans sa poche. Il prit congé en remerciant sa vieille amie d'un signe de tête, sans avoir le courage d'ajouter quoi que ce soit, ni de la regarder dans les yeux.

Quand il sortit de l'immeuble, il avait cessé de pleuvoir. Une petite brume glaciale montait de l'Arno et envahissait les rues désertes. On ne voyait pas à trois mètres.

Quelque part au-dessus de lui, la cloche de la Torre di Arnolfo sonna minuit. Les coups résonnèrent dans les rues de Florence avant de se perdre dans le silence.

Gerber traversa le Ponte Vecchio. Ses pas produisaient un écho métallique dans le calme ouaté. Les boutiques des orfèvres étaient fermées, les enseignes éteintes. Les lampadaires apparaissaient et disparaissaient comme d'opaques mirages de lumière – évoquant des âmes antiques et courtoises, seuls guides au milieu du vide blanc. L'endormeur d'enfants les suivait pour ne pas perdre l'orientation et fut même tenté de les remercier. Après le pont, il entra dans le dédale de ruelles du centre historique. L'humidité s'insinuait sous ses vêtements, glissait sur sa peau. Gerber se serra dans son Burberry pour se protéger du froid, en vain. Alors il accéléra le pas pour se réchauffer.

D'abord, les notes lui arrivèrent dans le désordre, de loin. Mais quand elles approchèrent, elles s'assemblèrent dans sa tête pour former une douce mélodie qu'il avait l'impression de connaître. Il ralentit : quelqu'un avait mis un vieux disque. La pointe glissait dans le sillon d'un vinyle. Pietro Gerber s'immobilisa. Maintenant, les notes arrivaient et disparaissaient par rafales. Avec elles, deux voix un peu distordues… mais familières.

L'ours Baloo et Mowgli entonnaient « Il faut se satisfaire du nécessaire ».

Une blague de mauvais goût. Ou une mauvaise blague. Tandis que le gel pénétrait son cœur, il réfléchit à qui pouvait en être l'auteur. Il scruta les alentours : l'individu qui se moquait de lui se cachait dans l'oubli laiteux. Il pensa à son père. Ses derniers mots ressurgirent des enfers – la régurgitation amère d'un moribond.

Mais avant qu'il puisse rationaliser ce qui se passait, la musique se tut. Pourtant, le silence ne fut pas libératoire, car Pietro Gerber craignit de ne l'avoir entendue que dans sa tête.

20

Il montait l'escalier du tribunal en se tenant à la rampe métallique, les jambes lourdes de fatigue après une énième nuit sans sommeil. Depuis quelques jours, il oubliait de se raser, mais il s'en était aperçu uniquement en voyant la grimace de son fils quand il avait voulu l'embrasser avant de partir. Silvia semblait de plus en plus inquiète. Le regard muet de sa femme était plus sincère que n'importe lequel des miroirs. Le matin, dans la salle de bains, il avait pris un comprimé de 10 mg de Ritalin dans l'espoir d'atténuer les effets de l'insomnie. Il avait maintenant l'impression de rêver les yeux ouverts.

Certains thérapeutes appelaient cela l'« effet zombie ». Arrivé au greffe du tribunal, il reconnut l'employée qui était généralement présente aux audiences de la juge Baldi : une femme d'une cinquantaine d'années, pas très grande, cheveux blonds parfaitement coiffés et lunettes de vue accrochées autour de son cou par une chaînette dorée.

Il lui montra le papier que la juge lui avait remis la veille.

— L'affaire remonte à une vingtaine d'années, expliqua-t-il. Une fillette de dix ans, sans nom, qui s'est ensuite appelée Hanna Hall. Elle a dû être adoptée par une famille d'Adélaïde, en Australie.

L'employée étudia la note de la juge, puis regarda le visage fatigué de Gerber, vaguement inquiète.

— Un modèle 23, dit-elle sur un ton soupçonneux.

— En effet.

— Je vérifie sur le terminal, affirma la femme avant de disparaître dans la pièce à côté, où étaient archivés les dossiers d'audience.

En attendant, Gerber s'assit à l'un des bureaux, se demandant combien de temps cela prendrait.

Il était venu tôt pour liquider l'affaire au plus vite.

La femme revint dix minutes plus tard, les mains vides.

— Pas de modèle 23 à ce nom, annonça-t-elle.

Pourtant, Gerber était convaincu qu'après la « nuit de l'incendie » Hanna avait été adoptée à l'étranger.

— Vous avez bien regardé ?

— Bien sûr, répondit l'employée, piquée au vif. Aucune enfant italienne n'a été confiée à une famille étrangère sous le nom d'Hanna Hall.

Pietro Gerber se sentit las. Sa visite nocturne à Anita Baldi avait été inutile. En plus, un nouveau nœud s'ajoutait à la toile de mystères qui entourait la patiente.

Le secret d'Hanna Hall semblait conservé uniquement dans sa mémoire. S'il voulait le débusquer, il devait à nouveau pénétrer l'obscurité de son esprit.

L'hypnotiseur quitta le tribunal et se dirigea vers son cabinet. Devant la porte, il s'arrêta net : quelqu'un l'attendait sur le palier, dans la pénombre. Il avança doucement et la vit. Hanna Hall était assise par terre, recroquevillée dans un coin à côté de la porte. Elle dormait, mais l'espace d'un instant il eut l'impression qu'elle était évanouie.

Il avait été trompé par le bleu qui lui couvrait le côté droit du visage, incluant l'œil, la tempe et une partie de la joue. La sangle de son sac était détachée, ses vêtements étaient lacérés et un talon de ses bottines était cassé.

— Hanna, l'appela-t-il tout bas en la secouant doucement.

Elle se réveilla en sursaut, écarquilla les yeux et recula, effrayée.

— N'ayez pas peur : c'est moi, tenta-t-il de la rassurer.

Il fallut un moment à la femme pour comprendre qu'elle n'était pas en danger.

— Excusez-moi, dit-elle en essayant de se reprendre, gênée d'avoir été surprise dans cet état.

Elle essuya du revers de la main le coin de sa bouche, où s'était formé un filet de salive, et elle arrangea ses cheveux qui tombaient sur son front, pour couvrir la partie tuméfiée de son visage.

— Que vous est-il arrivé ?

— Je ne sais pas. Je crois que j'ai été agressée.

Gerber, étonné, se demanda qui avait pu faire une chose pareille, et pourquoi.

— Ça vous est arrivé en venant ici ce matin ?

— Non, hier soir après 23 heures.

Gerber comprit que la femme avait passé la nuit là. Il ne se demanda pas pourquoi elle n'était pas retournée à son hôtel, parce qu'il repensa au vieux disque qui résonnait dans les rues désertes de la ville. *Il faut se satisfaire du nécessaire.*

— Vous voulez me raconter comment ça s'est passé ?

— Je suis sortie de l'hôtel Puccini pour chercher un distributeur automatique de cigarettes. Il y avait du brouillard, je pense que je me suis perdue. À un moment, j'ai entendu des pas. Quelqu'un m'a poussée et m'a fait tomber par terre. Ma figure a cogné contre le sol, je croyais qu'il voulait me dévaliser, mais il est parti en courant. Je ne me rappelle rien d'autre. Ah, si, quand je me suis relevée, j'avais ça à la main…, dit-elle en montrant un petit objet à Gerber.

Un bouton noir.

Le psychologue le prit pour l'examiner. Un fil noir en pendait.

— Il faut aller à la police, dit-il.

— Non, répondit promptement Hanna. Je ne veux pas, je vous en prie.

Gerber fut surpris de cette réaction.

— D'accord. Alors, entrons dans mon bureau : il faut faire quelque chose pour ce bleu.

Il l'aida à se relever, ouvrit la porte et la soutint dans le couloir. En plus de son coup à la tête, elle boitait et semblait en état de choc. Gerber la tenait par la taille et, si proche, il sentait l'odeur de son éternel pull noir. Ce n'était pas désagréable. Il y avait quelque chose de doux dans ce mélange de lessive bon marché, sueur et cigarette. Il l'installa dans le fauteuil à bascule.

— Vous avez la nausée, la migraine ?

— Non.

— Tant mieux. Je vais chercher quelque chose pour soigner cette contusion.

Il descendit au bar du coin et revint avec de la glace pilée enroulée dans une serviette en papier. Hanna avait allumé une Winnie. Quand elle la porta à ses lèvres, Gerber remarqua que sa main tremblait plus qu'avant.

— Je peux vous avoir une ordonnance, proposa-t-il, imaginant qu'elle était en manque de pilules.

— Pas besoin, répondit-elle poliment.

L'hypnotiseur n'insista pas. Il s'agenouilla devant elle et, sans lui demander la permission, il lui souleva le menton du bout des doigts et s'approcha pour examiner le bleu. Il lui caressait le visage en le faisant tourner à droite, puis à gauche. Hanna le laissait faire, tout en cherchant ses yeux. Il fit mine de ne pas s'en apercevoir, mais cette intimité soudaine le troublait. Il sentait son souffle sur son visage et il était certain qu'elle aussi. Il posa délicatement le paquet de glace à l'endroit exact. Hanna grimaça de douleur, mais ensuite ses traits se détendirent. Elle le fixa de ses yeux bleus mélancoliques, cherchant quelque chose dans son regard. Gerber la scruta à son tour, puis lui prit la main et la posa sur la glace à la place de la sienne.

— Tenez bien fort, lui recommanda-t-il en se relevant à la hâte, mettant ainsi fin à tout contact.

Mais Hanna s'accrocha à son bras.

— Ils sont revenus… Je ne sais pas comment, mais ils m'ont trouvée…

En observant son expression terrifiée, l'hypnotiseur se demanda une fois encore si elle était sincère ou s'il s'agissait de l'énième mise en scène d'une habile manipulatrice. Il choisit de ne pas l'affronter directement.

— Hanna, savez-vous qui vous a agressée cette nuit ?

La femme baissa la tête.

— Non… Je ne sais pas… Je ne suis pas sûre, hésita-t-elle.

— Vous avez dit « ils sont revenus ». Donc, ils étaient plusieurs ?

Elle se contenta de secouer la tête à la recherche d'une réponse.

— Que signifie qu'ils vous ont trouvée ? Quelqu'un vous cherchait ?

— Ils l'ont juré tous les trois…

Gerber essayait d'interpréter ses phrases décousues.

— Un serment ? Je ne comprends pas… Qui ? Les étrangers ?

— Non : le Noir, Luciole et le Veau.

Trois noms qui semblaient sortis d'un conte tragique.

— Vous avez déjà rencontré ces personnes dans le passé ?

— J'étais petite.

Gerber eut l'intuition que la rencontre remontait aux années toscanes d'Hanna.

— Je ne peux pas vous faire de séance aujourd'hui, dit-il sans hésiter. Pas après ce qui vous est arrivé cette nuit.

— Je vous en prie, le supplia la femme.

— Vous êtes très éprouvée, ce ne serait pas sûr.

— Je suis prête à courir le risque…

— Le risque est d'enterrer encore plus profondément le souvenir émotionnel de ce qui s'est passé.

— Peu importe.

— Je ne peux pas vous faire faire ce voyage seule avec ces trois…

— Je dois les trouver avant qu'ils me trouvent à nouveau.

Les paroles de la femme étaient si pressantes qu'il ne se sentit pas de refuser. Il fouilla dans sa poche et en sortit le bouton noir qu'Hanna avait arraché à son agresseur de la veille.

— D'accord, annonça Gerber en le lançant avant de le rattraper au vol.

21

C'est un été torride dans les marécages. Il fait tellement chaud pendant la journée qu'on ne peut pas rester dehors. Vers 2 heures de l'après-midi, tout devient silencieux. Même les cigales arrêtent de chanter. On n'entend plus que les plantes qui communiquent dans leur langue secrète, faite de bruissements. La nuit, on aperçoit une lueur verdâtre sur l'eau stagnante. Papa dit que c'est le méthane relâché par les racines immergées des arbres. Le méthane, c'est joli à regarder, mais ça sent très mauvais. On voit aussi monter des marais des nuages de moustiques, si on se fait prendre dedans on n'a pas d'issue. Et il y a des couleuvres qui glissent dans l'herbe et de très longs vers de terre qui creusent des tunnels.

Personne ne veut vivre dans les marécages. Sauf nous.

Je m'appelle Belle et cette fois la maison des voix est une église. Maman dit que les églises sont des endroits où les gens viennent chercher Dieu. Nous, depuis qu'on est arrivés, on ne l'a pas trouvé. Peut-être parce que notre église est abandonnée depuis très longtemps. Papa dit qu'elle existe depuis au moins cinq cents ans. Je sais que c'est beaucoup parce que personne d'entre nous ne vivra cinq cents ans. Du moins pas en une seule vie.

Quand nous sommes arrivés, l'église était pleine de boue. Nous avons mis un temps fou à la nettoyer. Mais ensuite, on a découvert que le sol était fait de petites pierres aux mille couleurs. C'étaient des portraits de personnes, comme des puzzles. Certaines avaient un cercle blanc sur la tête. Je me suis amusée à tout bien nettoyer parce que je voulais découvrir les autres signes qui se cachaient là-dessous. Papa m'a laissée faire, mais il m'a dit que c'était inutile, parce qu'à l'automne, les marécages reprendraient notre église et qu'elle se remplirait à nouveau d'eau et de boue.

À l'automne, nous serons déjà partis.

L'église a un clocher, mais nous ne pouvons pas sonner la petite cloche. Les étrangers nous entendraient et viendraient ici.

J'aime cet endroit et Ado aussi. À côté de l'église, il y a un petit cimetière avec beaucoup de croix en fer et même des pierres tombales, dont beaucoup, arrachées, gisent par terre. Maman, papa et moi avons choisi une tombe pour Ado, la plus belle. Je pense qu'il sera bien ici.

Il est veillé par un ange de pierre.

J'ai trouvé un livre dans l'église. Je ne l'avais jamais vu avant. Il s'appelle la Bible. Maman dit qu'il est très vieux. Il est plein d'histoires. Certaines sont intéressantes, d'autres étranges. Par exemple, la plus longue est celle de Jésus, dit le Christ. Et puis il y a un type qui a beaucoup d'enfants et ça raconte aussi comment le monde finira. Mais celle que je préfère parle d'une arche construite il y a très longtemps pour sauver tous les animaux quand le monde a été recouvert par les océans. Il y a beaucoup de règles dans le livre, mais les étrangers ne sont pas mentionnés. Une des règles que j'aime le plus est justement énoncée par Jésus-Christ :

« Aimez-vous les uns les autres comme je vous ai aimés. » Moi, j'aime maman, papa et Ado. Et ils m'aiment, c'est certain. Je n'ai pas compris à quoi servent les règles du livre. Mais c'est à cause d'elles que les choses ont empiré.

Je marche avec ma poupée de chiffon sur un sentier. Nous ramassons des mûres que nous mettons dans un panier. Maman préparera une tarte.

Mes doigts et mes lèvres sont rouges, parce que j'en ai mangé quelques-unes. Je suis tellement concentrée sur la cueillette que je ne m'aperçois de rien.

— Hé, petite fille.

La voix semble sortie d'un puits ou d'une caverne. Je me retourne et je vois un vieux, assis sur un muret en pierre, en train de rouler du tabac dans un papier. Papa fait la même chose de temps en temps. Le vieux a les cheveux gris et, à mon avis, il ne s'est pas lavé depuis un bon moment. Sa peau est fendillée, avec des taches rouges. Je n'ai jamais vu un vieux de près. Maman m'a expliqué ce qui arrive aux gens quand le temps passe, mais je n'avais pas imaginé qu'ils deviennent aussi fripés.

Le vieux porte un jean, des chaussures en cuir et une chemise à carreaux ouverte. Ses vêtements sont reprisés et tachés. Il y a une canne posée à côté de lui et ses yeux sont bizarres. Ses pupilles forment deux billes blanches.

— Hé, petite fille, répète-t-il. Tu sais où je peux trouver un peu d'eau ? S'il te plaît, j'ai très soif…

Je comprends qu'il ne peut pas me voir, juste m'entendre. Alors, je me tais, je reste immobile et j'espère qu'il pensera s'être trompé, qu'en fait il n'y a personne dans les parages.

— Je te parle, insiste-t-il. On t'a mangé la langue, peut-être ?

Il éclate de rire.

— Un aveugle et une muette : sacré tandem.

Je ne sais pas quoi faire. La quatrième règle dit que je ne devrais pas m'approcher des étrangers ni me laisser approcher par eux. Mais le vieux ne me paraît pas menaçant.

Il est juste moche, comme un vieux. Les crapauds des marécages aussi sont moches, mais ils sont amusants. Enfin, je ne devrais pas juger selon les apparences. Et puis, au besoin je peux toujours m'enfuir, il ne pourra pas me courir après.

— Tu es vrai ? je demande en gardant mes distances.

— Excuse-moi, mais je ne vois pas ce que tu veux dire…

— Tu es une vraie personne ou un spectre ?

J'ai déjà fait l'erreur avec mon amie du jardin, on ne m'y reprendra pas.

Le vieux fait une grimace, interdit.

— Un spectre ? Diable non !

Il éclate à nouveau de rire, mais son rire se transforme en toux. Pour arrêter, il crache par terre.

— Pourquoi crois-tu que je suis un spectre ?

— Depuis que je suis née, je n'ai pas vu beaucoup de personnes, en réalité.

— Tu habites près d'ici ? me demande-t-il après réflexion.

Je ne dis rien.

— Bravo, tu as raison de ne pas répondre. Je parie que tes parents t'ont appris à ne pas adresser la parole aux inconnus. Bien… Tu ne dois faire confiance qu'à papa et maman.

— Comment tu la connais ?

— Quoi donc ?

— La règle numéro un…

— En fait, je connais toutes les règles, affirme-t-il.

Mais je ne le crois pas.

— Alors, tu m'en dis une autre ?

— Voyons voir… Il y a aussi une règle qui dit que tu ne dois pas révéler ton prénom, pas vrai ?

Comment a-t-il fait ? Je suis stupéfaite. Alors, il est sincère.

— Je voudrais venir chez toi boire un peu d'eau, si ça ne te dérange pas.

— Je ne peux pas t'emmener chez moi, je réponds gentiment.

— Je marche depuis un jour entier et je n'ai rien bu.

Il sort un mouchoir sale de sa poche et le passe sur son cou moite.

— Si je ne bois pas, je vais mourir.

— Je suis désolée si tu meurs, mais je ne peux pas t'aider.

— La Bible dit qu'il faut donner à boire aux assoiffés, tu n'es jamais allée au catéchisme ?

Je n'en crois pas mes oreilles.

— Alors toi aussi tu as lu le livre ?

— Bien sûr que oui.

— Et tu sais à quoi il sert ?

— À aller au paradis, répond le vieux. Personne ne t'en a jamais parlé ?

J'ai un peu honte, mais c'est la vérité.

— Le paradis est un endroit magnifique où les personnes gentilles vont à la fin de leurs jours. Les méchants, eux, vont en enfer et brûlent pour l'éternité.

— Moi, je suis gentille.

— Si c'est vrai, alors tu dois me donner à boire.

Il me tend la main. Je ne sais pas comment me comporter. Je fais un pas vers lui, mais je change d'avis. Il le comprend.

— Voilà ce qu'on va faire, propose-t-il. Tu marches devant et moi je te suis.

— Mais comment c'est possible, si tu ne peux pas me voir ?

— Mes oreilles valent mieux que tes yeux, tu peux me croire.

Quand nous arrivons près de l'église, nos chiens se mettent à aboyer. Maman est en train de faire la lessive. Elle nous aperçoit de loin et s'arrête. Je n'arrive pas à déchiffrer son expression. Elle appelle papa, qui accourt et regarde dans notre direction. J'espère qu'ils ne sont pas fâchés contre moi.

— Bonjour, lance le vieux en souriant. J'ai rencontré cette charmante enfant et elle a eu la gentillesse de m'amener ici.

Je suis flattée qu'il me qualifie de « charmante ». Même si en fait il ne peut pas le savoir, parce qu'il ne voit pas. Eux aussi doivent être fiers de ce compliment. Mais je n'ai pas l'impression, en les regardant. Ils ont plutôt l'air inquiets.

— Que cherches-tu ? questionne papa sur un ton qui ne me plaît pas.

— Au départ, je voulais juste un verre d'eau, mais, maintenant que j'y pense, je vous demanderais bien la gentillesse de m'héberger pour la nuit. Je ne vous dérangerai pas, j'ai juste besoin d'un petit coin tranquille.

Papa et maman se regardent.

— Tu ne peux pas rester ici, dit maman. Tu dois partir.

Je suis déçue par cette réponse. Quel mal peut faire ce pauvre vieux ? Maman ne veut pas venir au paradis avec moi ?

— Je vous en prie, supplie le vieux. J'ai tant marché, j'ai besoin de me reposer…, dit-il en reniflant l'air comme un chien. Et puis, je sens qu'un orage arrive.

Peut-être que papa aussi a entendu la pluie dans le vent, qui sait.

— Demain, je repartirai très tôt, promet le vieux. Dans deux jours, je dois retrouver mes enfants, que je n'ai pas vus depuis longtemps.

Je me dis que c'est beau qu'il ait une famille.

Quand on a une famille, on ne peut pas être méchant. Pourtant, quand le vieux prononce ces mots, une ombre traverse le visage de papa.

— Il y a de la *panzanella*, de la soupe de pain, pour le dîner, annonce maman, mettant fin aux atermoiements.

— Ça sera parfait, merci, répond le vieux, sur un ton enjoué.

Maman et moi mettons la table au centre de l'autel. Quand la nuit tombe, nous répartissons presque toutes les bougies que nous avons trouvées dans la sacristie en arrivant. Ça crée une belle atmosphère, on dirait une fête. Nous n'avons jamais eu d'hôte à dîner et j'ai le cœur en émoi.

Le vieux s'est installé au fond de la nef pour fumer. Papa s'est approché pour lui parler, je ne sais pas ce qu'ils se sont dit. La crainte que j'ai lue plus tôt sur le visage de mes parents a disparu, mais ils sont tout de même sur leurs gardes.

Nous prenons place à table. Papa a débouché une bouteille de vin qu'il gardait de côté et maman apporte les assiettes creuses avec le pain trempé. L'odeur de basilic est fantastique.

— C'est délicieux, affirme le vieux. Au fait, nous ne nous sommes pas présentés.

Je laisse papa et maman répondre, mais ils se taisent.

— Moi, je suis le Noir.

Mes parents se regardent et je comprends qu'ils savent qui est cet homme. Je ne sais pas comment, mais ils le savent.

À table, ils parlent peu, on n'entend que la voix du vieux qui résonne dans l'église. Il a l'air d'aimer bavarder. Il n'est pas ennuyeux, au contraire, il a plein de choses à raconter. Lui aussi est un voyageur mais, à la différence de nous, il donne l'impression d'avoir visité le monde. Il évoque des lieux lointains dont j'ai entendu parler dans les livres, qui semblent magnifiques. Et moi, je me demande comment il peut connaître autant de détails, étant donné qu'il est aveugle.

Alors que papa lui ressert du vin, le vieux lui saisit le poignet.

— Je ne sais pas pourquoi… mais j'ai l'impression d'avoir déjà vécu tout ceci, affirme-t-il. En rêve, peut-être… On ne se serait pas déjà rencontrés quelque part ?

— Non, je ne crois pas, répond papa, sûr de lui.

— Pourtant, j'ai cette sensation, reprend le vieux, soudain sérieux. Et généralement je ne me trompe pas sur ces choses-là… Vous avez une odeur familière, déclare-t-il en reniflant à nouveau.

Au moment où il prononce ces mots, un coup de tonnerre retentit, un courant d'air agite la flamme des bougies et les ombres se mettent à danser sur les murs.

— C'est le moment d'aller se coucher, dit maman. Nous, on dort dans le presbytère, tu peux t'installer ici.

— Bien sûr : ce sera très confortable, merci, répond poliment le Noir.

Papa, maman et moi dormons dans la même pièce, au deuxième étage du petit presbytère : eux dans le grand lit, moi sur un matelas par terre. Les éclairs illuminent la nuit, il pleut à verse. Tant mieux, demain il fera moins chaud. J'aime le tonnerre. J'aime compter le temps entre l'éclair et le bruit, pour savoir si les nuages approchent ou s'éloignent.

Papa et maman sont endormis, moi, je ne trouve pas le sommeil. Cette nouveauté m'a bouleversée. Entre deux grondements, il me semble entendre quelque chose.

C'est la voix du Noir. Il parle avec quelqu'un. Je me lève pour aller voir, tout doucement pour ne pas réveiller papa et maman. Arrivée en haut de l'escalier, je regarde en bas, dans l'obscurité. Les voix affleurent à peine, comme les cadavres des crapauds dans le marécage. Elles sont plus nettes, mais je ne comprends toujours pas ce qui se dit. En plus du vieux, il y a un homme et une femme. Ils parlent à voix basse, ils ne veulent pas déranger. Soudain, ils se taisent.

Je me demande qui sont ces personnes. Je retourne me coucher.

Alors que je plonge dans le sommeil, un son me réveille. Une plainte. Je me redresse. Il a cessé de pleuvoir, le presbytère est silencieux. Je n'ai pas rêvé, je l'ai vraiment entendue : la plainte reprend. J'avais raison. En bas, quelqu'un pleure. Je tends le bras pour réveiller papa, mais ma main retombe sur l'oreiller vide. Il n'y a personne dans le grand lit. Où sont-ils allés sans moi ? Je me lève. On ne dirait pas la voix de papa ou maman. Que se passe-t-il ? J'allume la bougie qui se trouve sur la table de nuit. Je descends lentement les marches, mon cœur bondit dans ma poitrine, mais je ne sais pas encore si je dois avoir peur.

Une fois en bas, je réalise que la personne qui pleure est juste devant moi. Je l'éclaire avec ma bougie. La lueur ambrée de la flamme révèle le vieux Noir. Il est assis sur une chaise en paille, le dos voûté, les deux bras sur sa canne. Les sanglots secouent sa poitrine et les larmes coulent à flots sur ses joues.

— Que t'arrive-t-il ? Pourquoi pleures-tu ?

Il remarque enfin ma présence, il arrête de pleurer et tourne ses yeux vides vers moi.

— Oh, ma petite… quel malheur, tu ne peux pas savoir.

— Quelqu'un t'a fait du mal ?

Le Noir renifle.

— Pas à moi.

Je pense à mes parents, la terreur me noue le ventre.

— Où sont papa et maman ? Pourquoi ils ne sont pas là ? Ils sont où ?

Avant de répondre, le vieux sort un mouchoir de sa poche et se mouche bruyamment. Pourquoi ne me le dit-il pas ? Pourquoi perd-il du temps ?

— Mes enfants m'ont rejoint plus tôt que prévu.

Je regarde autour de moi, mais je ne vois personne.

— Où sont-ils ?

— Juste derrière toi, me dit le Noir.

Je sais que je devrais me retourner d'un coup, mais je le fais très lentement, l'obscurité dans mon dos me chatouille le cou. Je reste immobile, la bougie à la main, tentant de distinguer quelque chose – un mouvement, une forme. J'entends des pas. Puis je vois apparaître deux silhouettes.

Le garçon est grand et maigre, ses cheveux raides lui tombent sur les épaules. Ses yeux sont creusés. La fille, petite et vêtue d'une salopette verte, a le visage très maquillé et fume une cigarette.

— Lui, c'est le Veau, elle, Luciole. C'est avec eux que je bavardais.

Le Veau tient un couteau qu'il se passe et repasse sur la paume de la main, comme pour l'aiguiser. Luciole tient des ciseaux rouillés. Je suis cernée.

— Mes enfants ne sont pas méchants, jure le Noir. C'est juste que, parfois, je me fais du souci pour eux.

Les deux autres se regardent en riant.

— Où sont papa et maman ? je demande au vieux, essayant d'avoir l'air déterminée malgré ma voix tremblante.

— Si tu veux les revoir, il va falloir nous donner quelque chose, dit le Veau d'une voix aussi aiguisée que sa lame.

— Qu'est-ce que vous voulez ? Nous n'avons rien.

— Vous avez quelque chose, intervient le vieux. Le trésor.

À ce moment-là, sa voix change. Elle n'est plus plaintive, mais méchante.

— Nous n'avons aucun trésor.

— Si.

— Ce n'est pas vrai.

— La caisse, répond tranquillement le vieux. Celle que vous trimballez partout avec vous.

Je n'en crois pas mes oreilles. Ils veulent Ado ?

— Il n'y a pas de trésor, dedans ! Il y a mon frère.

Ils éclatent de rire. Puis le Noir lève sa canne, la tape par terre, et tout le monde se tait.

— Donne-nous le trésor, en échange nous te rendrons tes parents.

Je sens les larmes monter.

— Je ne peux pas, je vous en supplie…

Le Noir pousse un soupir gras.

— Tu vois, ma petite, ton papa et ta maman n'ont pas été sincères avec moi ce soir. Et moi, quand on me ment, je me fâche très fort… Mais le pire, c'est qu'ils t'ont menti à toi aussi, et ça vraiment je le regrette.

— À moi ? Qu'est-ce que ça signifie ?

— On se connaissait déjà avant ce soir. Je m'en suis souvenu, je ne me trompe jamais sur l'odeur des gens. Mais ils ont fait comme si de rien n'était… Le temps a passé, depuis que nous étions ensemble aux toits rouges…

Aux toits rouges ? Qu'est-ce que ça veut dire ?

— Mais une nuit, ils se sont enfuis avec le trésor, sans rien dire au pauvre Noir.

— Je le jure sur la Bible : ce n'est pas vrai que c'est un trésor.

— Ne jure pas ! crie le Noir.

Je sens qu'on m'attrape par les cheveux, une main me tire et me fait tomber en arrière. Luciole se met sur moi et m'écrase de tout son poids en me pointant ses ciseaux sur l'œil. Le Veau s'agenouille à côté d'elle et me place sa lame sous la gorge. Elle me griffe la peau.

— Soyez gentils, mes enfants, ordonne le vieux.

Mais ils ne me lâchent pas.

— Maintenant, notre amie va nous dire où est enterrée la caisse…

— Au cimetière, dis-je d'un filet de voix.

Je me sens mourir, parce que je trahis la confiance de papa et maman. Mais je ne sais pas quoi faire d'autre.

— Où, au cimetière ?

— Sous l'ange de pierre.

La terre mouillée est plus difficile à creuser, papa me l'a dit plusieurs fois. Mais le Veau est fort, quand il enfonce la pelle on dirait que la terre ne pèse rien. Il la jette et recommence, infatigable. Luciole tient une lanterne à gaz pour éclairer la fosse. Le Noir est assis sur une tombe, il m'a prise sur ses genoux. Sa tendresse collante me donne la chair de poule. L'ange de pierre veille sur nous tous, aussi impuissant que les autres anges quand on a besoin de leur aide.

— Ça va prendre combien de temps ? se lamente Luciole.

— Je jure que s'il n'y a rien là-dessous, je l'étrangle, menace son frère en me regardant.

— Il y a, il y a, les rassure le vieux. Notre nouvelle amie a dit la vérité, affirme-t-il en me caressant les cheveux.

Je ne suis pas sûre que ces trois-là soient vraiment une famille. En réalité, à ce moment-là, je ne suis plus sûre de rien. Je me demande juste où sont mes parents. Ne pas savoir ce qui leur est arrivé me terrifie. Que leur ont-ils fait ? Et une fois qu'ils auront ouvert la caisse et découvert qu'il n'y a pas de trésor, que feront-ils de moi ?

Le vieux s'approche de mon oreille. Son haleine est putride et chaude, mais je frissonne.

— La veuve violette te cherche, me dit-il. Tu es une petite fille spéciale, mais tu ne le sais pas.

Encore ce mot : « spéciale ». Je ne sais pas ce que cela signifie. Qui est la veuve violette ? Que me veut-elle ? Un bruit sourd. La pelle a heurté quelque chose. Le Veau saute dans le trou et creuse à mains nues.

— Éclaire-le, ordonne le Noir à Luciole.

Je ne m'approche pas, je reste dans les bras du vieux. Le Veau rit au fond de la fosse.

— Trouvée ! exulte-t-il.

Il pose la caisse d'Ado au bord du trou, puis Luciole tend la main à son frère pour l'aider à remonter.

Ils se tournent vers le vieux, attendant des instructions.

— Ouvrons-la, déclare-t-il.

Ses enfants sourient avec satisfaction.

L'aveugle se lève et s'approche de ses compères, me laissant debout à côté de la tombe. Ils s'affairent sur la caisse. Le Veau utilise son couteau pour gratter la poix qui scelle le couvercle sur lequel est gravé le prénom de mon frère. Puis il glisse la lame dans une fente et fait levier pour ouvrir. Je ne veux pas regarder. Je ne veux pas voir Ado.

Je me demande comment il est devenu après toutes ces années, ce qu'il reste de lui. Je n'ai jamais vu de cadavre. Maudits. Vous vous apercevrez bien vite qu'il n'y a pas de trésor. Vous n'aurez déterré qu'un enfant mort.

Le couvercle saute. Je suis derrière eux et, bien que m'étant promis de ne pas le faire, je regarde. Le vieil aveugle est curieux, il veut savoir.

— Alors ? demande-t-il.

Le Veau et Luciole observent le contenu de la caisse mais ne disent rien. Puis ils s'approchent du Noir pour lui chuchoter quelque chose.

Je vois Ado. Son visage est magnifique, intact. La mort a eu pitié de lui. On dirait vraiment qu'il dort.

Le cri de rage du vieux fend l'obscurité. Il se tourne vers moi et me fixe de ses yeux inutiles. Au fond de ce regard blanc, je vois l'enfer. Je comprends que je n'aurai pas d'autre occasion de prendre la fuite. Je me mets à courir et m'enfonce dans le noir. Le vieux m'attrape le bras gauche. Ses ongles se plantent dans ma chair. Je voudrais hurler, mais je retiens mon souffle, j'en ai besoin. Je parviens à me dégager, mais ses griffes m'ont laissé des traces profondes.

— Attrapez-la, ne la laissez pas s'échapper ! ordonne-t-il avec colère à ses enfants.

Le Veau et Luciole s'élancent derrière moi, brandissant leur lampe à gaz. Mais ils ne m'attraperont pas. L'un des deux trébuche et tombe, l'autre essaie de me suivre, mais je suis trop rapide. Rapide comme un lièvre, dit toujours papa. Au bout d'un moment il n'y a plus ni cris ni pas derrière moi. Je n'entends plus que ma respiration. Alors je m'arrête, haletante, les oreilles qui sifflent et la tête qui explose. Je suis dans les marécages. Les saules pleureurs m'accueillent, je me sens en sécurité.

Je reste debout pendant une éternité. Ma vessie est pleine, mais je ne bouge pas. Puis l'aube point, éclaire le ciel et glisse entre les branches. Elle vient me chercher. Je sais que je devrais rentrer, mais je ne sais pas ce qui m'attend, ce que je trouverai. Finalement, je prends le chemin du retour, priant un dieu que je ne connais pas de m'épargner la douleur d'avoir tout perdu.

Quand j'arrive en vue de l'église, au loin, j'aperçois papa dans le cimetière, à côté de l'ange de pierre. Il est en train de refermer la caisse d'Ado avec de la poix. Je cours vers lui, il a un œil tuméfié.

— Où étiez-vous ? je demande, désespérée.

Il me caresse le visage.

— Ils nous avaient attachés dans le clocher, mais maintenant ils sont partis, me dit-il d'une voix triste, avant de remarquer les griffures sur mon bras gauche, creusées par les ongles du Noir. Maman est à l'intérieur, elle va te faire un cataplasme.

Je ne lui demande pas ce qui s'est passé avant que les trois individus me forcent à révéler où était enterrée la caisse, ni ce que sont devenus nos chiens. Lui non plus ne me demande rien. Je voudrais savoir ce que sont les toits rouges et qui est la veuve violette, mais je comprends que nous ne reparlerons jamais de cette histoire. Plus jamais.

— Ils reviendront ?

— Non, m'assure-t-il. Mais on part aujourd'hui.

22

C'était la première fois qu'Hanna Hall parlait d'Ado comme de son frère.

Il n'y a pas de trésor, dedans ! Il y a mon frère.

Pour Gerber, cela représentait un énorme progrès.

La patiente sortit de l'hypnose à « quatre », il n'eut pas besoin de poursuivre le compte à rebours. Le processus fut naturel, presque libératoire.

La partie du récit sur l'ouverture de la caisse d'Ado avait secoué le psychologue. Pour une fillette, découvrir son petit frère mort n'avait pas dû être un spectacle agréable. Surtout si elle était responsable de son décès.

Hanna était convaincue d'avoir aperçu le visage de son frère intact, son cadavre épargné par le temps. Il ne pouvait s'agir que d'un expédient à travers lequel sa psyché réélaborait ce qu'elle avait réellement vu.

Gerber imaginait le petit corps momifié, noirci et creusé par les processus de putréfaction.

Il chassa cette image et se concentra sur ce qu'il avait noté dans son carnet : les éléments à approfondir dans la seconde partie de séance. Il tenait toujours à la main le bouton que lui avait remis Hanna avant de commencer, le seul indice de son agression nocturne.

— Vous pensez vraiment que c'est l'une de ces trois personnes qui vous a agressée, cette nuit ? Je ne vois aucune connexion avec l'histoire que vous venez de raconter...

Hanna se tut. Elle releva sa manche gauche, dévoilant les cicatrices des trois griffures sur sa peau ivoire.

— La dernière caresse du Noir, dit-elle.

Puis elle répéta l'opération avec son bras droit. Sous son pull, il y avait trois autres sillons. Le sang avait séché sur les plaies, mais elles étaient récentes.

Gerber tenta de rester imperturbable, bien qu'il ne crût pas une seconde que l'aveugle puisse être l'auteur des lésions.

— Vous avez conscience que le Noir était déjà vieux quand vous étiez enfant ? Il n'est peut-être plus en vie.

Hanna sortit son paquet de cigarettes de son sac.

— Vous avec un drôle de rapport avec la mort, monsieur Gerber, affirma-t-elle avant d'allumer une Winnie.

Il ne se laisserait pas entraîner dans une autre conversation sur les fantômes. Il devait garder le contrôle de la situation.

— Et que pouvez-vous me dire de la veuve violette ?

— La veuve est une sorcière, répondit Hanna, impassible. Aux dires du Noir, elle me cherchait...

— Parce que vous étiez une petite fille spéciale. C'est ça ?

La patiente acquiesça, sans spécifier les raisons de ce talent. Gerber était las des discours.

— Vous avez cité le Noir qui disait : « Le temps a passé, depuis que nous étions ensemble aux toits rouges », lut-il dans ses notes.

— Oui, confirma la femme.

— À votre avis, que voulait-il dire ?

Hanna réfléchit, tira sur sa cigarette et expira de la fumée grise, avant de secouer la tête.

— Je n'en ai pas la moindre idée.

L'hypnotiseur n'en était pas si sûr.

— Les « toits rouges » est l'expression qu'employaient les vieux Florentins pour désigner l'hôpital psychiatrique San Salvi, qui n'existe plus aujourd'hui.

C'était monsieur B. qui le lui avait raconté : quand il était petit, les adultes disaient « il est allé aux toits rouges » pour signifier que quelqu'un était devenu fou. À l'époque de l'enfance de son père, la maladie mentale était insondable. Comme la malédiction d'une sorcière, justement.

Hanna Hall le regarda pour saisir le sens de cette précision.

— Mes parents étaient fous ? demanda-t-elle. Ils s'étaient échappés de l'asile, c'est ça que vous insinuez ?

Le psychologue ignora l'irritation qu'il décela dans sa voix.

— Pourquoi ne m'avez-vous pas dit qu'en Australie vous avez essayé d'enlever un nourrisson dans sa poussette ?

— Je n'ai jamais rien fait de tel, se raidit-elle.

Oh, si, pensa Pietro Gerber.

— Que vouliez-vous faire à cet enfant ?

— Qui vous en a parlé ? C'est Theresa Walker, pas vrai ?

Elle s'agitait. Gerber devait rester calme, faire preuve d'autorité et de fermeté.

— Elle vous a menti ! s'exclama-t-elle en se levant pour déambuler nerveusement dans la pièce. Je voulais sauver cet enfant…

— Le sauver ? demanda Gerber, stupéfait par la superficialité de la justification. Le sauver de quoi ?

— De sa mère. Elle lui aurait fait du mal.

— Comment pouvez-vous en être certaine ?

— Je le sais. Pour un enfant, la famille est l'endroit le plus sûr au monde. Ou bien le plus dangereux.

En l'entendant citer ses propres mots, Gerber manqua d'exploser.

— Hanna, moi, je veux vous aider. Les symptômes d'une forme de schizophrénie sont évidents chez vous. Sans doute d'autres thérapeutes vous ont-ils déjà dit cela…

— Ils se trompaient. Vous vous trompez tous.

— Après la séance de ce matin, nous savons que, vraisemblablement, il y a un problème dans votre famille d'origine… Maintenant, on va pouvoir soigner votre pathologie.

La femme tira sur sa cigarette, de plus en plus nerveuse.

— Les fantômes n'existent pas. Vous vous êtes probablement causé vous-même les bleus sur votre visage et les griffures sur votre bras… Vous comprenez ce que cela signifie ? C'est pire que d'avoir été agressée par quelqu'un, parce que cela veut dire que vous ne pouvez pas échapper à l'ennemi qui vous veut du mal.

— Ni aux spectres, affirma Hanna en s'arrêtant net.

Puis elle lui lança un regard indéchiffrable : furieux, mais aussi empli de supplication.

— C'est à cause de ce que vous a dit votre père, c'est ça ?

— Quel rapport avec mon père ? demanda Gerber, pétrifié.

Hanna s'approcha, déterminée.

— Il vous a dit quelque chose avant de mourir, insista-t-elle. Et ça vous a bouleversé.

Comment pouvait-elle connaître le secret que monsieur B. avait partagé avec lui sur son lit de mort ? Personne ne l'avait entendu. Et il ne l'avait révélé à personne, pas même à Silvia.

— On ne doit jamais avoir de secrets pour les gens qu'on aime, affirma Hanna Hall, pressentant qu'il pensait à sa femme.

Il aurait voulu répliquer qu'il ne croyait pas à ses pouvoirs surnaturels, que cette mise en scène articulée pouvait duper Theresa Walker, mais pas lui.

— Il n'y a aucun secret : mon père a choisi ce moment pour me révéler que, de toute sa vie, il ne m'a jamais aimé.

L'autre secoua la tête.

— C'est faux : ça, c'est ce que vous en avez déduit… Quand il vous a parlé sur son lit de mort, la voix que vous avez entendue était déjà celle d'un spectre, n'est-ce pas ?

Il se tut.

— Allez-y : que vous a-t-il dit exactement ?

Hanna était très sûre d'elle. Pietro Gerber eut l'impression qu'aucune réponse ne pourrait satisfaire sa curiosité avide et effrontée, son envie de creuser en lui. Alors, il opta pour la plus simple des vérités.

— Un mot, dit-il. Un seul mot… mais je ne le répéterai jamais à personne.

L'endormeur d'enfants comprit quelque chose qui lui avait échappé jusqu'à ce moment. Quelque chose qui le terrorisa.

Hanna Hall n'était pas là pour recevoir son aide. Cette femme était convaincue d'être là pour l'aider.

23

Le San Salvi comptait plusieurs pavillons, chacun marqué d'une lettre, de A à O.

Il avait longtemps été le plus grand hôpital psychiatrique d'Europe. Fondé en 1890, il s'étendait sur trente-deux hectares. Sa structure moderne de village plongé dans un vaste poumon vert en avait fait un modèle d'architecture urbaine de l'époque. Édifié dans ce qui était alors la banlieue de Florence, il constituait une ville dans la ville, totalement autonome : de l'approvisionnement en eau à celui en électricité, de la cantine à l'église, en passant par le cimetière.

Pietro Gerber se souvenait bien de sa description dans un de ses manuels universitaires. Toutefois, elle omettait un détail : le San Salvi était un enfer.

Malgré sa profession, Gerber n'y avait jamais mis les pieds.

Les Florentins avaient attribué le nom « toits rouges » à l'« asile des fous » parce qu'on percevait de loin le haut des bâtiments de ce monde à part. Un endroit où personne ne savait vraiment ce qui se déroulait : une fois entré, on n'en sortait plus.

Le temps a passé, depuis que nous étions ensemble aux toits rouges…

La phrase du Noir était éloquente. Lui, le Veau et Luciole étaient d'anciens malades de l'hôpital et c'était là qu'ils avaient rencontré les parents d'Hanna Hall. Le fait que ces derniers soient des patients en psychiatrie n'étonnait pas Gerber : leur comportement étrange, leur paranoïa et leurs manies de persécution étaient des symptômes évidents de trouble mental.

Après sa rencontre avec Hanna, l'hypnotiseur partit pour le San Salvi, décidé à y chercher une trace du passage de ses parents.

Il atteignit l'entrée principale en voiture et observa le parc lugubre qui s'étendait de l'autre côté du portail : un mur d'arbres et de végétation pour cacher aux soi-disant « sains d'esprit » la vue de ce lieu.

Il sonna à l'interphone, déclenchant l'ouverture automatique du portail. Il emprunta le chemin goudronné qui pénétrait le bois.

Au bout d'environ un kilomètre, il aperçut un premier bâtiment, le corps central d'une ellipse. Il éteignit le moteur, descendit de sa voiture et fut accueilli par un silence désolant.

À part quelques chiens errants, l'endroit était inoccupé depuis des années.

Une loi de 1978 avait décrété la fermeture de toutes les structures de détention réservées aux malades mentaux, à la suite de la prise de conscience que les individus y étaient soumis à des traitements inhumains et dégradants.

Enfin, une silhouette sortit d'une guérite : un homme trapu en uniforme bleu. Un énorme trousseau de clés tintait sur sa hanche.

— Je pensais que c'étaient les gars de la manutention, se plaignit l'ancien gardien. Mais à mon avis, vous n'êtes pas venu pour ce tuyau cassé. Pourtant, ça fait des jours qu'il fuit.

— Non, répondit le psychologue en souriant. Je suis ici en visite.

— Je suis désolé, le musée est fermé : ils ne pouvaient pas se permettre de payer quelqu'un pour qu'il reste ouvert.

— Quel musée ?

— Celui où est racontée l'histoire du lieu. Vous n'êtes pas non plus venu pour ça ?

— Je m'appelle Pietro Gerber, se présenta-t-il, craignant d'être congédié. Je suis psychologue pour enfants.

Autrefois, les étudiants étaient envoyés au San Salvi pour y faire leur stage. Les plus coriaces résistaient, les autres changeaient généralement de projet professionnel. Toutefois, quand Pietro avait fini ses études, le lieu était déjà fermé.

— Psychologue ? répéta l'homme, perplexe.

— Oui, confirma Gerber en réalisant qu'il ne devait pas être beau à voir.

— Que cherchez-vous ?

— Le dossier clinique de deux patients… Je me demandais où étaient les archives.

Le gardien éclata de rire.

— Avec tout le reste, répondit-il en faisant un geste circulaire. Dans les ruines !

Gerber baissa involontairement les yeux sur la veste de l'homme.

— Vous avez perdu un bouton, dit-il en indiquant l'endroit.

Le gardien vérifia, puis pointa à son tour son doigt vers Pietro.

— Vous aussi.

En effet, il en manquait un à son Burberry. Dommage qu'aucun des deux ne ressemblât à celui qu'Hanna soutenait avoir arraché à son agresseur.

Que m'arrive-t-il ? se demanda-t-il. Soudain, il remarquait des détails auxquels il n'aurait pas prêté attention en d'autres circonstances. Cela faisait partie de l'obsession qu'Hanna Hall avait insinuée dans son esprit.

— Vous êtes venu jusqu'ici pour rien, déclara l'ancien gardien. Mais, si vous voulez, je peux vous faire une visite privée du musée… Ça ne m'arrive pas souvent de pouvoir bavarder avec quelqu'un et, aujourd'hui, mon service passe trop lentement.

Après avoir trouvé la bonne clé dans le trousseau accroché à sa ceinture, il ouvrit une lourde porte métallique et le précéda dans un couloir éclairé par de hautes fenêtres protégées par des barreaux.

Sur les côtés, il y avait de grands panneaux de photos. Certaines étaient en noir et blanc, d'autres en couleur. Elles témoignaient des conditions de vie des patients et constituaient un échantillon de misère humaine, hommes et femmes vidés d'eux-mêmes, naufragés à la merci d'une tempête. Ils se traînaient dans cette non-vie, gardés par des infirmiers musclés. Les psychiatres, eux, les surveillaient depuis l'étage des couloirs qui reliaient les pavillons entre eux, comme dans un zoo. En l'absence de médicaments adaptés, la thérapie se réduisait à une utilisation sans scrupules de l'insuline et des électrochocs.

— Il y avait les calmes, les éteints et les agités, expliqua le gardien. Et aussi les semi-agités, les infirmes et les paralytiques. Il y avait les épileptiques et les louches, à la vie sexuelle dite déviante. Les vieux étaient gardés au pensionnat.

Gerber savait que les gens qui finissaient dans ces endroits ne souffraient pas toujours réellement d'une pathologie mentale. Certains étaient simplement handicapés et n'avaient pas de famille pour s'occuper d'eux. Jusqu'à quelques décennies plus tôt, on comptait aussi parmi les patients des alcooliques et des homosexuels hommes et femmes, catégories considérées comme indignes de faire partie de la société. Les femmes, surtout, se faisaient facilement enfermer dans des lieux comme le San Salvi. Quand une femme se montrait désinhibée, elle était accusée de comportements immoraux et internée avec la bénédiction de ses parents. La plupart des diagnostics étaient déconnectés de réelles exigences médico-sanitaires. Par exemple, les personnes âgées seules et démunies allaient s'y laisser mourir.

Le San Salvi était l'enfer des pauvres. Ils y finissaient leurs jours avant de gagner l'enfer véritable.

L'exposition permanente du musée constituait une tentative hypocrite de soigner la plaie de Florence. Gerber n'en pouvait plus.

— Je me suis trompé, dit-il. Le San Salvi a été fermé en 1978, mais les personnes que je recherche étaient des enfants à l'époque, il est exclu qu'ils aient été enfermés ici.

Il n'y avait pas pensé avant. Le Noir avait menti à Hanna quand il lui avait dit qu'il avait rencontré ses parents aux toits rouges. Ou, plus vraisemblablement, Hanna lui avait menti, à lui. Mais alors pourquoi l'avait-elle envoyé ici ?

— Attendez, le freina le gardien. Ce n'est pas exact... Personne ne le dit jamais, mais l'hôpital psychiatrique a continué à fonctionner pendant encore une vingtaine d'années. On ne pouvait pas renvoyer dans la rue ceux qui avaient passé entre ces murs une grande partie de leur existence. Cela n'a jamais été un secret, simplement, les gens ne voulaient pas le savoir.

Il avait raison : Gerber n'y avait jamais pensé.

— Les familles n'auraient pas accepté de reprendre leurs fous et ces pauvres bougres n'auraient pas su où aller.

— Alors, il y a eu d'autres internements après 1978 ?

— Cet endroit a toujours été une décharge d'êtres humains… Cette loi était une bonne chose, mais ça n'a pas suffi à changer le cœur des gens.

Il avait raison, même si personne ne l'admettait ouvertement. À ce moment-là, Pietro eut une intuition.

— Est-ce que quelqu'un d'autre est venu visiter le musée, ces jours-ci ?

— Vous êtes le premier de l'année.

— Et personne n'est venu vous poser des questions.

Le gardien réfléchit.

— Une femme blonde qui fume beaucoup…, l'aida Gerber.

— Qui fume, vous avez dit ? Peut-être… De temps en temps, il se passe de drôles de choses, ici…, affirma l'homme qui craignait visiblement de ne pas être cru ou, pire encore, de passer pour un fou. Ne vous méprenez pas, je ne suis pas idiot : je sais bien ce que pensent les gens… Mais je travaille dans un asile abandonné, alors, si je fais courir certains bruits, on pourrait se payer ma tête.

— Qu'avez-vous vu ? demanda l'hypnotiseur, prouvant qu'il était prêt à écouter sans juger.

— Parfois, je les entends pleurer dans les pavillons, répondit l'homme d'un filet de voix. D'autres fois, ils rient… Il m'arrive aussi de les entendre parler entre eux, mais je ne comprends pas ce qu'ils disent… Ils aiment encore déplacer les chaises : ils les installent généralement devant les fenêtres qui donnent sur le jardin…

Gerber ne commenta pas, mais ce récit l'impressionnait. Peut-être à cause du lieu. Ou peut-être parce que, récemment, sa rationalité avait été plus d'une fois mise à l'épreuve.

— Pourquoi me dites-vous cela ?

— Venez, je vais vous montrer quelque chose…

Il suivit le gardien, qui le conduisit dans une pièce du musée dont un des murs était recouvert par une photo de groupe qui datait de 1998. Quatre rangées d'hommes et de femmes en blouse blanche, alignés devant l'objectif.

— Elle a été prise le jour de la fermeture. Ce sont les derniers qui ont travaillé au San Salvi : des psychologues, des psychiatres, différents spécialistes… Hier, juste ici, j'ai trouvé trois mégots par terre.

— Quelle marque, vous vous souvenez ?

— Non, désolé. Je les ai jetés sans vérifier.

L'hypnotiseur se demanda pourquoi sa patiente s'était justement arrêtée devant cette énorme photo. Il scruta les visages, comme elle l'avait probablement fait, et reconnut quelqu'un.

Il ne l'avait vue que deux fois. La première, un dimanche chez Vivoli, devant une coupe de glace qui avait fondu avant qu'il daigne la goûter, quand il avait neuf ans. La seconde à l'hôpital Careggi, dans la salle d'attente du service de cardiologie, en train de pleurer la fin imminente de l'homme qu'elle avait, sans doute, toujours aimé.

Maintenant que Pietro Gerber la rencontrait pour la troisième fois, il apprit avec stupeur que cette femme était également importante pour Hanna Hall.

Sur la blouse qu'elle portait sur la photo, il manquait un bouton noir.

24

Sur la route du retour, il pensa à la mystérieuse amie de son père.

Puisque Hanna l'avait impliquée, il était curieux de découvrir le rôle qui lui avait été confié dans la représentation organisée de sa patiente. Toutefois, il n'allait pas être simple de la débusquer : il ne connaissait pas son nom et il n'était même pas sûr qu'elle soit toujours vivante.

À la nuit tombée, il s'était remis à pleuvoir et les essuie-glaces balayaient les petites gouttes, formant des lignes que le reflet des enseignes allumées faisait briller. À quelques mètres de l'arrivée, le cerveau de Pietro Gerber nota une anomalie et se mit en alerte.

Deux lumières clignotaient en bas de son immeuble : une voiture de police.

D'instinct, le psychologue accéléra, nourrissant le sombre présage que la présence des forces de l'ordre avait un rapport avec lui.

Il se gara, descendit de la voiture et se précipita vers la porte de l'immeuble. Il monta les marches quatre à quatre, anxieux de découvrir où étaient allés les agents.

Le quatrième étage. Son appartement.

La porte était ouverte, il entendit les pleurs de Marco et Silvia qui parlait aux policiers. Il les rejoignit.

— Qu'est-ce qui se passe ? demanda-t-il, essoufflé, en entrant dans le salon.

Sa femme tenait leur fils dans les bras, ils portaient encore leur manteau, comme s'ils venaient eux aussi d'arriver. Silvia avait l'air bouleversée.

— Tout va bien, fit l'un des deux agents. Rien de grave.

— Alors, pourquoi êtes-vous ici ?

Il s'approcha de sa femme et l'embrassa sur le front pour la rassurer. Marco tendit ses petites mains pour aller dans les bras de son père, qui le contenta.

— Madame soutient que quelqu'un s'est introduit chez vous, expliqua le policier.

— Je ne le soutiens pas, c'est réellement arrivé, protesta-t-elle avant de se tourner vers Pietro : Je suis rentrée et j'ai trouvé tes clés dans la serrure. J'ai pensé que tu étais revenu plus tôt et que tu les avais oubliées.

Gerber fouilla dans les poches de son imperméable : en effet, il n'y trouva pas les clés. Les avait-il oubliées quelque part ou quelqu'un les lui avait-il dérobées ?

— Mais quand j'ai ouvert, tu n'étais pas là, poursuivit sa femme. Tout était éteint, sauf la lumière du salon. Je suis allée voir et j'ai trouvé ça…

Elle indiqua un endroit de la pièce, derrière le canapé. Gerber avança, parce que le meuble l'empêchait de voir.

Sur le sol, le vieil album de famille relié en cuir était grand ouvert. Les photos étaient éparpillées autour. Quelqu'un les avait retirées de leurs compartiments.

On aurait dit l'œuvre d'un spectre. La méchanceté d'une âme inquiète.

Ces images remontaient à son enfance. Sur les premières, on voyait sa mère, le reste montrait la solitude d'un père veuf et de son fils unique. Vacances, Noël, anniversaire, il manquait toujours quelqu'un, qui laissait un vide triste.

En les voyant, Gerber réalisa qu'il ne les avait pas regardées depuis des années. Certaines ne lui évoquaient rien, il se souvenait vaguement des jours où elles avaient été prises. Une fois développées, elles avaient été rangées dans cet album sans que personne le consulte.

Pourquoi ces souvenirs revenaient-ils maintenant ?

C'était comme si quelqu'un voulait attirer son attention. Monsieur B. ? Il repensa aux paroles d'Hanna Hall.

Quand il vous a parlé sur son lit de mort, la voix que vous avez entendue était déjà celle d'un spectre, n'est-ce pas ?

— Est-ce que vous avez de l'argent, des bijoux, des montres chez vous ? demanda l'un des agents.

— Mon coffret à bijoux est dans notre chambre, répondit Silvia, constatant que son mari était trop sous le choc pour le faire.

— Pourriez-vous vérifier s'il manque quelque chose ?

En attendant, Pietro posa Marco sur le canapé et se recroquevilla à côté de lui. L'enfant joua avec les doigts de sa main, mais le père était trop absorbé pour prêter attention à lui. Il était certain que l'intrus n'avait emporté aucun objet de valeur. Toutefois, l'idée qu'un étranger ait envahi leur espace intime était insoutenable.

— Il ne manque rien, annonça Silvia en revenant.

— Dans ce cas, rien ne permet de porter plainte, intervint l'un des policiers.

— Comment ça ? demanda Silvia, incrédule.

— Il n'y a pas d'effraction : les clés étaient sur la porte.

— Et ça, alors ? ajouta-t-elle en indiquant les photos par terre.

— Peut-être que quelqu'un a voulu vous faire une blague.

— Une blague ? répéta-t-elle avec un petit rire nerveux.

Elle ne pouvait se résigner à l'idée que le responsable en sorte indemne.

— Je ne dis pas que ce n'est pas grave, mais c'est l'hypothèse la plus réaliste, madame. Vous avez une idée de qui ça pourrait être ?

Silvia se tourna vers son mari, qui détourna les yeux, coupable.

— Non, personne, dit-elle à contrecœur.

— Ça n'arrive pas souvent, dit le policier qui n'était pas dupe, mais parfois un acte de vandalisme n'est qu'un début.

L'avertissement était clair.

— Le début de quoi ?

— Quand ils s'en sortent indemnes la première fois, généralement ils recommencent.

Après le dîner, avec l'excuse de mettre Marco au lit, Silvia était allée se coucher sans attendre Pietro. Elle était secouée et elle lui en voulait. Il ne pouvait pas l'en blâmer.

Elle l'avait couvert en racontant un bobard aux policiers. Ils savaient tous les deux que l'histoire des clés oubliées sur la porte n'était pas crédible. Mais c'était moins gênant que « Mon mari s'occupe d'une schizophrène et il la laisse envahir notre vie ».

Silvia s'était comportée en femme trompée qui, par honte, nie publiquement la faute de son conjoint adultère. Quand l'agent avait demandé s'ils soupçonnaient quelqu'un, le poids de l'humiliation et la colère silencieuse de Silvia étaient lisibles dans son regard.

Gerber ne pouvait exclure que la désagréable intrusion chez eux soit l'œuvre d'Hanna Hall, mais il ne voulait pas non plus l'accuser sans preuve. La patiente enveloppait chaque chose de mystère, toutefois il n'était pas dit que tout ce qui arrivait à Pietro ait un lien avec elle. Envisager n'importe quel fait comme le fruit d'une ruse ou d'un complot fait justement partie de l'obsession. Et la paranoïa était le premier pas vers le gouffre de la folie, or il voulait rester lucide.

Après avoir mis la cuisine en ordre, il s'assit à la table avec l'album de famille, dans l'intention de replacer chaque photo dans son compartiment et de ranger l'album relié pour toujours, sachant qu'il ne le rouvrirait pas. Pour cela, il fut contraint de reparcourir les moments du passé qui s'estompaient dans sa mémoire.

Vous avez remarqué que, quand on demande à un adulte de décrire ses parents, il ne dit jamais comment ils étaient dans leur jeunesse, mais il parle plutôt d'eux déjà vieux ?

Hanna Hall avait raison : en revoyant les clichés où il apparaissait avec son père et sa mère, Pietro les vit soudain gauches et inexpérimentés. Ils étaient si jeunes ! Peut-être un jour Marco serait-il étonné de découvrir que Silvia et lui avaient eu une jeunesse.

Grâce à l'album, d'autres détails émergèrent, auxquels Gerber n'avait pas repensé depuis longtemps. Le sourire de sa mère, par exemple. Elle était morte quand il était trop jeune pour s'en souvenir, aussi le seul témoignage de son bonheur de l'avoir mis au monde était renfermé dans ces quelques images qui immortalisaient les deux premières années de sa vie. Son père, lui, avait profité des dernières secondes de son existence pour lui faire la pire des révélations.

Le mot secret de monsieur B.

Pourquoi n'avait-il pas emporté son secret dans sa tombe ? Qu'avait-il fait pour mériter un tel traitement ?

Il me jugeait coupable de la mort de maman, pensa Pietro en donnant corps à une pensée qui l'habitait depuis longtemps. Je ne sais pas pourquoi, mais il me pensait responsable de sa maladie. Un peu comme Hanna Hall était convaincue d'être l'assassin de son frère.

Non, c'était pire. Bien pire.

Il acquit cette certitude quand il tomba sur une photo de ses parents qui remontait à avant sa naissance. Sa mère portait déjà les signes évidents de la maladie qui allait l'emporter quelques années plus tard. Jusque-là, Gerber avait pensé que cela avait été bien plus rapide.

Elle avait exprimé le désir d'avoir un enfant avant de mourir. Monsieur B. s'y était plié, bien que sachant qu'il élèverait seul cet enfant.

Cela expliquait le désamour que son père avait toujours ressenti. Voilà pourquoi, avant de mourir, il avait voulu se venger en lui révélant le secret que Pietro ne s'était encore senti de partager avec personne.

Pour Gerber, cette découverte fut bien plus atroce que d'apprendre qu'il n'avait jamais été aimé. S'il avait été à la place de son père, il aurait ressenti la même chose pour cet enfant qui lui rappellerait pour toujours la douleur de la perte.

Un enfant qui condamne à ne pas oublier. Il ne put retenir ses larmes. Il s'essuya les joues du revers de la main, comme pour chasser tout signe de faiblesse. Puis il acheva de ranger les photos dans l'album.

C'est alors qu'il s'aperçut qu'il en manquait une.

Devant le compartiment vide, il eut un doute : y avait-il vraiment une photo à cet endroit ? Pourtant, l'idée que quelqu'un l'eût prise intentionnellement prenait racine dans sa tête. Cela allait devenir une obsession : il se demanderait quelle scène était immortalisée et si elle avait une signification particulière.

Il tapa du poing sur la table, maudissant l'obscurité et Hanna Hall. À ce moment-là, son portable sonna.

— C'est trop tard pour vous ?

— Non, docteur Walker, je suis content de vous entendre.

— Après notre conversation de l'autre jour, je ne l'aurais pas parié.

— Je suis désolé d'avoir haussé le ton, s'excusa-t-il. Je dois admettre que la situation avec Hanna n'est pas facile.

— J'espérais vous entendre dire que la thérapie portait ses fruits.

— Malheureusement non.

— Il s'est passé autre chose ?

— Les parents d'Hanna étaient sans doute internés dans un hôpital psychiatrique.

— Cela expliquerait l'origine de ses troubles mentaux.

— Oui, mais je ne pense pas qu'on pourra remonter à leur cas : après la fermeture de la structure, les dossiers ont été perdus... Et il y a quelque chose qui ne colle pas : si Hanna a vécu avec eux jusqu'à l'âge de dix ans...

— Jusqu'à la nuit de l'incendie, vous voulez dire ?

— Exact... Je disais : si c'est ainsi, alors ensuite elle a été confiée à quelqu'un d'autre, sinon comment expliquer qu'elle soit arrivée en Australie avec l'identité qu'elle a aujourd'hui ?

— Vous essayez de me dire qu'en Italie, il n'existe aucune preuve qu'elle a été adoptée ?

— Non. Mais vous pourriez peut-être vérifier si c'est le cas chez vous ?

— Bien sûr, je le ferai.

— Petite, Hanna a vu le contenu de la caisse en bois que ses parents emportaient toujours.

— Vraiment ? Et quelle a été sa réaction ?

— Elle a décrit le pauvre Ado en disant que c'était comme s'il dormait, comme si la mort ne l'avait pas abîmé.

— Processus typique de réélaboration de la réalité.

— C'est ce que je me suis dit, moi aussi.

— D'autres bizarreries ?

— Elle a parlé d'une sorcière.

— Une sorcière ?

— Elle y a fait référence en l'appelant la « veuve violette » : elle a répété l'histoire de la « petite fille spéciale » et elle a ajouté que c'était pour cela que la sorcière la cherchait.

— La sorcière et les étrangers, précisa Theresa Walker. Que pensez-vous faire ?

— Je vais laisser tomber cette histoire : j'en ai assez d'entendre parler de spectres et autres idioties paranormales. Je vais contraindre Hanna Hall à se dévoiler : je crois que cette femme s'est mis en tête de venir ici pour reconstruire la vérité sur ce qui est arrivé à Ado, mais aussi pour m'aider.

— Vous aider ?

— Disons qu'elle s'est permis une série d'ingérences dans ma vie personnelle.

— Je suis désolée, je ne m'y attendais pas.

— Rassurez-vous, je suis votre conseil : j'enregistre toutes les séances et je reste sur mes gardes.

— Parfait… Maintenant, je vous salue, j'ai un patient qui m'attend.

— Par hasard, êtes-vous encore en contact avec Hanna Hall ?

— Non, affirma la femme. Je vous en aurais informé.

Gerber eut la sensation qu'elle n'était pas sincère.

— Merci d'avoir appelé, je vous donnerai des nouvelles, dit-il.

— Une dernière chose, docteur Gerber.

— Je vous écoute.

— À votre place, j'approfondirais cette histoire de veuve violette.

— Pourquoi ?

— Parce que je pense que c'est important.

Alors que Pietro Gerber s'apprêtait à répondre, à l'autre bout du fil, Theresa Walker fit quelque chose qu'elle n'avait jamais fait auparavant.

Elle alluma une cigarette.

25

— Tu veux dire que jusqu'ici tu aurais parlé au téléphone avec Hanna Hall…

Silvia avait du mal à croire que la femme se soit fait passer pour Theresa Walker et qu'il ne s'en soit pas rendu compte. Pietro Gerber ne pouvait lui donner tort.

— Bien sûr, dès que j'ai eu le doute, j'ai appelé le cabinet de Theresa Walker à Adélaïde… Et tu sais ce que j'ai découvert ?

— Quoi ? demanda Silvia, sur des charbons ardents.

— Son assistante m'a dit que la psychologue était à la montagne, où elle tenait un séminaire d'hypnose avec plusieurs patients, et qu'elle ne voulait pas être dérangée sur son portable… Alors, je lui ai laissé mon numéro en la priant de me rappeler.

Donc, tu n'es pas certain qu'Hanna se soit fait passer pour Theresa Walker.

Silvia était déçue. Mais Pietro lui avait préparé un petit coup de théâtre :

— Quand j'ai demandé à son assistante si par hasard elle fumait, après un instant de surprise, elle m'a répondu que Theresa Walker ne supportait même pas la vue d'une cigarette allumée.

Il avait réveillé sa femme au cœur de la nuit pour lui faire part de cette nouveauté inquiétante. L'impliquer était une façon de se rapprocher d'elle. Ils s'étaient assis en tailleur sur leur lit, dans le noir, l'un en face de l'autre. Ils parlaient à voix basse, avec circonspection, comme si dans l'obscurité qui les entourait se cachait une présence invisible qui pouvait les entendre. Aucun des deux ne l'avoua, mais ils avaient très peur.

— Alors, Hanna Hall pourrait ne pas être son vrai nom ! s'exclama Silvia.

Elle avait raison : dans le fond, ils ne savaient rien d'elle.

Pietro Gerber remonta le fil de sa mémoire pour reconstruire les événements des derniers jours et les relire à la lueur de cette découverte. Le premier appel de Theresa Walker, durant lequel sa collègue lui avait annoncé l'arrivée d'Hanna à Florence et l'avait prié de s'occuper d'elle. La révélation du possible homicide de son petit frère Ado. La tentative d'enlèvement d'un nourrisson dans une poussette, commise par Hanna quelques années auparavant. Même l'enregistrement de la première séance d'Hanna à Adélaïde était faux : peut-être Gerber aurait-il pu se rendre compte que c'était la même personne qui parlait pour les deux, mais il s'était laissé emporter par le récit – quel idiot ! Pour le reste, il se justifia en disant qu'il ne s'était pas aperçu que les voix d'Hanna Hall et de Theresa Walker étaient les mêmes, parce que l'une parlait en italien et l'autre en anglais.

Le psychologue pensa aussi à toutes les informations volontairement fournies à sa prétendue collègue, qui avaient facilité le travail de la patiente. Il lui avait même parlé d'Emilian. Mais ce qui le mettait le plus en colère, c'était de lui avoir révélé des détails de sa vie privée.

Pourtant, Hanna Hall avait raison sur un point : les fantômes existaient. Elle-même en était un. Voilà pourquoi il n'avait trouvé aucun document relatif à l'adoption d'une fillette italienne par une famille d'Adélaïde, sous ce nom. Cette identité n'existait pas.

Il ne put s'empêcher de rire.

— Qu'y a-t-il ? demanda Silvia, agacée.

— Theresa Walker m'a même dit qu'il y avait deux Hanna Hall en Australie, notre patiente et une biologiste marine mondialement connue… Pour ce qu'on en sait, cette femme ne vient même pas de là-bas !

— Arrête, lui ordonna sa femme, bien qu'elle aussi trouvât leur situation tragicomique.

Ils se regardèrent dans les yeux et redevinrent sérieux.

— Et maintenant, qu'est-ce qu'on fait ? demanda Silvia.

Pietro Gerber l'admirait pour son sens pratique. Devant l'adversité, elle ne perdait pas son temps à chercher des responsabilités ou à attribuer des fautes : elle s'armait de bonne volonté et maintenait le cap.

— Je pensais que tu avais raison sur la schizophrénie d'Hanna Hall, mais ton diagnostic est faux… Cette femme est psychopathe.

Silvia changea d'expression. Elle était terrorisée.

— Nous ne pouvons pas la dénoncer car elle n'a pas commis de crime et, même si elle s'est introduite chez nous, nous n'en avons pas la preuve, affirma Pietro.

— Alors, quelle est la solution ?

— Je vais jouer au fou moi aussi.

Il détestait ce mot. Son père lui avait appris qu'il était dégradant d'appeler ainsi les patients, mais, surtout, un être humain. Toutefois, ce parallèle lui était utile pour expliquer son plan.

— Tu vas jouer son jeu…, conclut Silvia avec étonnement.

— Tant que nous n'aurons pas découvert son véritable but, admit-il.

— Et si c'était simplement de détruire notre vie ?

Le risque était réel.

— Hanna Hall a un but, dit-il. Elle essaie de me raconter une histoire… Au début, je pensais être un simple spectateur, mais j'ai compris que je jouais un rôle précis, même si je ne sais pas encore lequel.

— Comment peux-tu être certain que tout ce qu'elle t'a dit jusqu'ici est vrai ? Il pourrait s'agir d'un ramassis de mensonges…

— Alors, tu n'as pas confiance en mon talent d'hypnotiseur ? ironisa-t-il. Si elle mentait sous hypnose, je m'en apercevrais… Hanna est capable d'insérer des informations trompeuses dans le récit des événements pour me faire douter ou me confondre. Comme la clochette à la cheville de Marco. Elle le fait pour me prouver qu'elle a le contrôle sur la thérapie, et donc sur moi. Mais je crois que le contexte de son histoire est réel : une grande partie de ce qu'elle raconte s'est réellement produit… Comme une fillette qui fantasme sur les sorcières et les fantômes, Hanna Hall veut m'obliger à faire la part des choses entre ce qui est inventé et ce qui fait douloureusement partie de son enfance.

Silvia semblait convaincue qu'il existait une façon de régler le problème. Mais Gerber n'avait pas terminé. Il inspira profondément : le pire était à venir.

— Je crois qu'en allumant cette cigarette au téléphone, Hanna a voulu me révéler qu'elle et Theresa Walker ne faisaient qu'un.

— Pourquoi ?

— Pour me faire peur. Ou peut-être pour me faire savoir que nous disposons d'un second canal de communication. De toute façon, je poursuivrai la fiction pour le garder ouvert : même si Hanna a utilisé ce truc pour m'arracher des informations, l'alter ego de la psychologue me semble plus raisonnable que la patiente. En plus, elle m'a déjà mis sur une piste pour avancer.

— Tu veux parler de l'histoire de la veuve violette ?

— Hanna utilise Theresa Walker pour m'indiquer le chemin, donc, à la prochaine séance, nous repartirons de la sorcière.

— Et moi, comment puis-je me rendre utile ?

— En allant chez tes parents à Livourne avec Marco tant que je n'aurai pas résolu cette affaire.

— C'est hors de question.

Pas maintenant qu'ils avaient retrouvé leur harmonie. Gerber lui prit la main. Il aurait dû lui avouer que, sans qu'il s'en aperçoive ou qu'il puisse aller contre, Hanna Hall était entrée en lui.

— J'ai peur pour toi et pour notre fils, dit-il à la place, avec lâcheté. Maintenant, je suis certain qu'Hanna Hall est dangereuse.

Silvia comprit qu'il s'agissait d'une excuse, mais elle n'avait pas d'arguments pour s'y opposer : son mari avait décidé de ne pas lui faire confiance, cela lui suffisait. Toutefois, Gerber ne savait pas comment lui expliquer qu'il n'était pas question du transfert habituel médecin/patient : il sentait que quelque chose le liait à Hanna Hall et que, tant qu'il n'aurait pas dénoué ce nœud, il ne redeviendrait pas l'homme qu'il était avant.

Silvia retira lentement sa main de la sienne. Pour Gerber, ce fut pire qu'une insulte ou une gifle en plein visage. Sa femme avait eu l'illusion que leur conversation nocturne les rapprocherait, mais non. Elle était froide et détachée, et le psychologue ne pouvait pas l'en empêcher. Le fait qu'il soit obsédé par une schizophrène le rendait malade lui aussi.

— Pourquoi nous fais-tu cela ? murmura Silvia.

Il n'avait pas de réponse.

Sa femme bondit et sortit de la chambre sans lui accorder un regard. Gerber vit toute sa colère dans la tension de ses épaules et dans ses poings fermés. Il fut tenté de l'arrêter, d'essayer de remédier, de revenir sur ce qu'il avait décidé. Mais c'était trop tard.

On ne revient pas sur un tel choix.

26

Il se réveilla un peu avant l'aube, seul dans le lit. Au moment où il posait le pied sur le carrelage, il comprit qu'il n'y avait personne dans l'appartement.

Silvia était partie avec Marco.

Il ne les avait même pas entendus.

En se lavant les dents, sans avoir la force de se regarder dans le miroir de la salle de bains, il repensa à ce qui s'était passé cette nuit-là. En quelques jours, son existence et celle de ses proches avaient été bouleversées. Si une semaine auparavant quelqu'un lui avait prédit un tel épilogue, Gerber aurait ri de bon cœur. Il se demanda ce qui était lié à l'arrivée d'Hanna Hall dans sa vie et ce qui dépendait de lui. Il était juste qu'il se retrouve seul. Seul avec ses démons.

Il restait une façon de se sauver. Il avait une mission à mener à terme.

Il allait contacter la femme mystérieuse que son père avait essayé de lui présenter quand il était enfant et qui, comme il venait de le découvrir, travaillait à l'époque au San Salvi. Il se demandait quelle importance avait cette inconnue pour Hanna Hall, mais aussi quelle était sa relation avec monsieur B. : avaient-ils réellement une liaison, comme il l'avait cru jusque-là, ou y avait-il autre chose ? Obtenir des réponses ne serait pas simple. Ne sachant rien d'elle, comment la retrouver ?

Il y avait aussi la question de la photo disparue du vieil album de famille. Si Hanna Hall l'avait prise, alors, c'était important.

Il avait dormi deux ou trois heures. C'était symptomatique de l'insomnie : on plonge dans une sorte de coma embrumé pendant un temps limité, puis on se réveille dans un état de semi-confusion, sans savoir si l'on dort ou non.

Avant de se rendre au cabinet, il reprit du Ritalin. Il augmenta même la dose à deux comprimés.

Une fois sur place, il fila dans son bureau. Il avait réfléchi à la façon dont il accueillerait Hanna Hall : il se montrerait serein, absolument pas troublé par les derniers événements. Cette attitude visait à transmettre un message clair : il jouait son jeu. Il était disposé à se laisser conduire là où elle avait l'intention de l'emmener, où que ce soit. Coûte que coûte, se répéta-t-il avec conviction.

Il alluma la cheminée, prépara le thé, mais à l'heure du rendez-vous Hanna n'était pas encore arrivée. Vingt minutes passèrent, Gerber commença à s'agiter. Elle était généralement ponctuelle. Que s'était-il passé ?

Hanna apparut un quart d'heure plus tard. Ses vêtements portaient toujours les signes de l'agression subie deux jours auparavant, mais elle n'en avait pas changé.

Pourtant, il y avait une nouveauté. Son expression était plus sereine que les fois précédentes.

— Vous êtes en retard, lui fit-il remarquer.

Toutefois, étant donné l'air suffisant d'Hanna, Gerber sut qu'elle en était parfaitement consciente et qu'elle l'avait fait exprès pour qu'il s'inquiète.

— Je vois que le bleu sur votre visage commence à guérir, reprit-il pour lui montrer qu'il ne voulait pas savoir où elle était.

— D'abord, il est devenu jaune et vert, puis il a viré au noir. J'ai dû le couvrir avec du fond de teint.

La femme s'installa dans le fauteuil à bascule et alluma une cigarette. Elle regarda par la fenêtre. Après des jours de tempête, le soleil brillait sur Florence. Une lueur dorée envahissait le bureau, glissant depuis les toits des maisons. La piazza della Signoria se cachait tel un joyau dans le labyrinthe des immeubles et des palais du centre historique.

Perdue dans ses pensées, Hanna laissa échapper un petit sourire. Gerber se sentit piqué à l'intérieur. Il voulut intensément découvrir qui, ou quoi, avait provoqué ce moment de bonheur insolite.

— Que se passe-t-il ?

Hanna sourit à nouveau.

— Hier, en sortant d'ici, j'ai rencontré une personne.

— Bien.

— J'étais dans un bar et il m'a demandé s'il pouvait s'asseoir à ma table. Il m'a offert à boire et nous avons bavardé. Cela faisait longtemps que je n'avais pas parlé de cette façon avec quelqu'un.

— De quelle façon ?

Pietro fut étonné lui-même de sa question.

Hanna le regarda, feignant la surprise.

— Vous savez de quelle façon, bien sûr que vous le savez…, répondit-elle avec malice.

— Je suis heureux que vous ayez noué une amitié, dit-il sur un ton faussement détaché.

— Il m'a fait faire une promenade touristique dans Florence, poursuivit la femme. Il m'a emmenée sur la loge des Lanzi, d'où on peut voir l'autoportrait de Benvenuto Cellini sur la nuque de son Persée. Puis il m'a montré le profil d'un condamné à mort gravé sur un mur extérieur du Palazzo Vecchio, peut-être par Michel-Ange. Enfin, nous sommes allés voir la « roue de l'abandon », à l'hôpital des Innocents, où au Moyen Âge les parents laissaient leur nouveau-né quand ils n'en voulaient pas…

En entendant la liste des étapes du tour qu'il réservait autrefois à ses futures conquêtes, Pietro Gerber se sentit envahi par une vague de confusion.

— J'ai menti, dit finalement Hanna. C'est vous qui m'avez dit de visiter ces endroits, vous ne vous rappelez pas ?

Non, il ne se rappelait pas, et cela lui semblait même impossible. La patiente voulait lui prouver encore une fois qu'elle en savait beaucoup sur lui. L'hypnotiseur s'était dit prêt à disputer le match qu'elle lui imposerait, quel que soit l'enjeu. Mais, en réalité, il ne savait rien du jeu pervers d'Hanna Hall.

— La veuve violette, dit seulement Pietro Gerber, annonçant le thème de la séance du jour.

Hanna le dévisagea calmement avant d'affirmer :

— Je suis prête.

27

Je m'appelle Aurore et je ne veux plus rester seule.

Je le décide un jour de la fin de l'été, en jouant avec ma poupée de chiffon. Je suis lasse d'inventer des jeux pour moi toute seule. Papa et maman ont toujours trop à faire pour s'occuper de moi. Le soir même, je le leur annonce. Je veux quelqu'un, un compagnon de jeu. Un ou une enfant avec moi. Je veux un nouveau petit frère, ou une petite sœur. Ado est sous terre, il ne peut plus me servir de frère, alors j'en veux un autre. Je l'exige. Papa et maman me sourient et font comme si de rien n'était, espérant que ça me passe. Mais ça ne me passe pas, j'insiste. Je le leur répète chaque jour. Ils essaient de m'expliquer que notre vie est déjà compliquée à trois – à quatre, ce serait trop difficile. Mais je ne baisse pas les bras. Je ne renonce pas. Comme la fois où j'avais décidé de dormir avec la chèvre et que j'ai fini par attraper des poux. Je les tourmente tellement qu'un jour, ils m'appellent pour me parler.

— D'accord, me dit papa. On va faire ce que tu veux.

Je saute de joie. Toutefois, je comprends à leur expression qu'il y a une condition qui ne va pas me plaire.

— Quand papa aura mis un petit frère ou une petite sœur dans mon ventre, on devra se séparer pendant un moment, m'explique maman.

— Combien de temps ?

J'ai le cœur brisé : je ne veux pas être loin d'elle.

— Un bon moment.

— Pourquoi ?

Mes yeux se remplissent de larmes.

— Parce que c'est plus sûr, intervient papa.

— La veuve violette me cherche, dis-je. C'est pour ça qu'on s'enfuit toujours... C'est le Noir qui en a parlé, au cimetière, quand il me tenait sur ses genoux.

Mes parents ont l'air ahuris.

— Et qu'est-ce qu'il t'a dit, exactement ? demande maman.

— Que la veuve violette me cherche.

— C'est une sorcière, explique papa en regardant maman, qui acquiesce. C'est pour ça qu'on doit l'éviter.

C'est décidé : j'aurai un petit frère ou une petite sœur. Au début, il ou elle sera très petit ou petite et je ne pourrai pas jouer avec. Mais ensuite, il ou elle grandira et nous serons ensemble pour toujours. J'ai hâte. Papa et maman ne me disent pas quand ça arrivera. Les jours passent, mais rien ne change. Puis, un matin, maman vient me réveiller.

— Je t'ai préparé ton petit déjeuner préféré, dit-elle d'une voix triste.

Nous nous mettons à table. Il fait encore nuit. Pendant que je mange du pain grillé avec du miel, papa et maman se cherchent du regard, comme s'ils voulaient faire des provisions l'un de l'autre.

— Maman va partir, annonce papa.

Je me tais. J'ai peur de me mettre à pleurer, de changer d'avis et de lui demander de rester.

Maman a mis ses affaires dans un sac à dos. À l'aube, elle quitte la maison des voix. Elle parcourt la campagne seule, parfois elle se retourne et nous fait signe. Nous restons à la porte jusqu'à ce qu'elle disparaisse à l'horizon et que le jour se lève.

L'automne passe, l'hiver arrive. Papa et moi nous en sortons bien, mais maman me manque. Je me sens coupable. Je sais que si je n'avais pas fait cette requête, elle serait encore avec nous. Mais papa est gentil, il ne me le fait pas peser.

Nous parlons peu d'elle, parce que nous avons peur que le souvenir empire la douleur. Tout doucement, nous apprenons à nous passer de sa présence. Je me mets même à cuisiner, répétant les gestes que je l'ai vue faire des millions de fois. Certains soirs, papa et moi nous asseyons près du feu. J'aurais envie d'entendre sa guitare, mais il ne l'a pas touchée depuis qu'elle n'est plus là. Les belles choses ne sont plus agréables, elles sont mélancoliques.

Le printemps touche à sa fin, je joue dans la cour de la maison des voix. Je poursuis une mouche, je lève les yeux et j'aperçois au loin une silhouette qui vient vers moi. Elle lève un bras, comme si elle me connaissait. Le soleil m'éblouit, mais je finis par la reconnaître : c'est maman. Elle porte une sorte de poche marron autour de la taille. Son sourire est radieux, ses yeux limpides. J'appelle papa et je cours l'embrasser. Quand elle me voit, elle plie les genoux et me serre fort contre elle. Je sens quelque chose bouger dans la poche. Elle écarte la toile et me montre un enfant minuscule.

— Tu dois lui choisir un prénom, me dit-elle. C'est un petit garçon.

C'est à moi de décider comment nous l'appellerons.

J'ai un prénom de princesse, il ne peut être qu'un prince.

— Azur, j'annonce, toute contente.

Azur ne sait même pas parler. J'essaie de lui apprendre des choses, mais il ne comprend pas. Il ne sait que dormir, manger et faire ses besoins sous lui. Parfois il rit, mais le plus souvent il pleure sans s'arrêter. Surtout la nuit. La nuit, il nous empêche de dormir. Je croyais que tout serait plus beau, avec un petit frère à la maison. Le seul moment que j'aime vraiment, c'est quand papa prend sa guitare et joue pour le calmer. Depuis que maman est revenue, la musique a réapparu dans notre vie. Mais les attentions ne sont plus uniquement pour moi. Je n'y avais pas pensé, quand j'ai demandé un petit frère. J'aurais peut-être dû y réfléchir, parce que maintenant ça m'énerve que la place du milieu dans le grand lit lui soit réservée. Je n'aime pas cette histoire de tout partager avec le dernier arrivé. Alors, un jour, je prends une décision.

Je déteste Azur.

Si je pouvais revenir en arrière, je voudrais que papa ne le mette pas dans le ventre de maman. Comme on ne peut pas remonter le temps, il y a peut-être un autre moyen de remédier. Maman dit que si on désire intensément quelque chose, les esprits nous l'offrent. Voilà, mon désir pour les esprits est prêt.

Je veux qu'ils mettent Azur dans la caisse avec Ado.

Les esprits ont écouté ma prière, parce qu'une nuit Azur se met à tousser. Cela continue le matin et pendant des jours. Il est bouillant de fièvre et il refuse de manger. Papa et maman se relaient pour le garder dans leurs bras, pour qu'il respire mieux. Ils sont épuisés et je vois bien qu'ils ne savent pas quoi faire. Maman lui a préparé une infusion de plantes et des cataplasmes chauds qu'elle lui pose sur le thorax, mais rien ne fonctionne. Azur est très malade.

— Que va-t-il se passer ? je demande un soir à papa.

Il me fait une caresse, je sais qu'il a envie de pleurer.

— Je crois qu'Azur va partir.

Je suis petite, mais je sais ce que ça veut dire. Bientôt, Azur finira dans une caisse et on devra l'emmener avec nous, comme Ado. Maman a l'air plus forte que papa, mais je sens bien qu'elle est sur le point de s'écrouler. Je me sens coupable, je voudrais faire quelque chose.

Alors je supplie à nouveau les esprits, je leur demande de sauver Azur et de nous épargner à tous cette douleur. Mais cette fois les esprits n'écoutent pas.

Puisque c'est moi qui ai rendu Azur malade, c'est à moi d'y remédier. Je me dis depuis longtemps que si la veuve violette ne me cherchait pas, nous aurions sans doute une vie différente. Peut-être que si je n'existais pas, papa, maman et Azur vivraient dans une ville, avec d'autres gens, et qu'ils n'auraient pas peur des étrangers. Et surtout, en ville, il y a des docteurs, des médicaments et des hôpitaux pour faire partir la toux de mon frère. Je ne veux pas qu'Azur meure, mais je sais que papa et maman ne l'emmèneront pas à la ville pour le faire soigner. Parce qu'ils doivent me protéger. Je suis la petite fille spéciale. Alors, un matin – papa est dehors en train de cueillir des herbes médicinales et maman dort à côté d'Azur –, j'entre dans la chambre, je prends mon petit frère, je l'enveloppe dans le tissu comme j'ai vu maman faire et je le serre bien contre moi. Je m'éloigne de la maison des voix le plus vite possible. Il y a un sentier derrière les champs et le bois de grenadiers, je l'ai vu sur la carte. La ligne noire conduit à un petit point rouge. Je marche sans savoir combien de temps cela prendra. Au début, Azur est léger, mais il devient de plus en plus lourd. Je dois y arriver. Azur tousse, mais ensuite il s'endort. Son sommeil est bizarre. Il est trop tranquille. Moi, j'avance. Enfin, je vois la ville. Ce n'est pas ce à quoi je m'attendais. Il y a des immeubles, des lumières, des voitures. Mais surtout, tout est un grand chaos. J'entre et je me rends compte que je ne sais pas où aller. Il y a des personnes – beaucoup de personnes. Elles passent à côté de moi sans me voir. Je me demande si des étrangers se cachent parmi elles. Moi, je suis un fantôme. Je marche en regardant autour de moi. Je ne sais pas quoi faire. Où sont les docteurs et les médicaments ? Où est l'hôpital ? Je m'assieds sur une marche. Il se met à pleuvoir. Je voudrais rentrer à la maison, mais je ne sais pas comment faire. Je me suis perdue. J'ai envie de pleurer. Je regarde Azur dans le porte-bébé, il dort toujours, à l'abri de la pluie, alors j'essaie de le réveiller. Mais il ne se réveille pas. Je place un doigt sous son nez. Il respire encore, faiblement. On dirait un oisillon avec une aile brisée. Puis il se passe quelque chose. Je lève les yeux et je vois maman. Bravant la pluie, elle est en train de traverser un fleuve de voitures pour venir nous chercher. Je suis heureuse, je me lève. Pardonne-moi, je pense en allant vers elle. Elle est très agitée. Elle doit être en colère contre moi.

— Tu ne dois plus jamais le faire, me réprimande-t-elle en me serrant dans ses bras.

Elle est secouée, mais contente de nous avoir retrouvés. Seule une maman peut être à la fois heureuse et fâchée. Puis elle me retire le porte-bébé, l'accroche à sa taille, et elle me prend par la main pour m'emmener.

— Je ne veux pas qu'Azur finisse dans une caisse, dis-je en sanglotant. Je veux qu'il guérisse et qu'il reste avec nous.

Maman s'apprête à me consoler, mais elle s'arrête net et elle me serre fort la main. Comprenant qu'il se passe quelque chose, je regarde dans la même direction qu'elle.

La veuve violette se tient de l'autre côté de la rue. Elle nous fixe. C'est comme si elle seule pouvait nous voir.

Elle est vraiment habillée en violet. Ses chaussures sont violettes. Sa jupe, son imperméable, ce qu'elle porte en dessous et même son sac. Maman ne la quitte pas des yeux. Puis elle fait quelque chose que je ne comprends pas. Elle détache le porte-bébé et le pose lentement par terre avec Azur dedans. Je ne sais pas pourquoi. Les gens vont lui marcher dessus. Mais ensuite je comprends : elle le fait pour la sorcière, pour qu'elle le voie. Maman se tourne vers moi.

— Maintenant, il va falloir courir.

Elle me prend par la main et nous fuyons, laissant Azur par terre. Maman se retourne pour voir ce qui se passe, je l'imite. La veuve violette a traversé la route et se dirige vers Azur. Elle le prend dans ses bras avant que quelqu'un l'écrase. Mais alors, il ne pourra plus nous rejoindre. Maman a dû choisir : moi ou Azur. Mais la sorcière a dû choisir aussi.

Maintenant, Azur est avec les étrangers. Maman l'a donné à la veuve violette pour me sauver.

28

Hanna ouvrit les yeux et regarda autour d'elle, hébétée. Elle ne s'était pas rendu compte qu'elle pleurait.

— Comment ça va ? lui demanda Gerber, prévenant.

La femme ne se rappelait pas ce qui venait de se passer. Elle passa une main sur son visage, puis fixa sa paume humide de larmes, comme si elle se demandait d'où celles-ci provenaient.

— Azur, dit l'hypnotiseur pour mobiliser le souvenir de la séance.

L'expression de la patiente passa d'incertaine à surprise, puis malheureuse.

— Azur, répéta-t-elle comme pour prendre acte. Je ne l'ai jamais revu…

— À votre avis, qu'est-il devenu ? Je suis sûr que vous y avez pensé.

— Les étrangers prennent les gens, répondit-elle agacée. Je vous l'ai dit… Ils les prennent et personne ne sait ce qu'ils deviennent.

— Mais dans ce cas, vous le savez, Hanna.

— Pourquoi devrais-je le savoir ?

— Parce que c'est ce qui vous est arrivé après la nuit de l'incendie. Pas vrai ?

— J'ai bu l'eau de l'oubli avec maman, se justifia-t-elle.

Pour aller dans son sens, Pietro n'insista pas.

— Je pense que cela suffit pour aujourd'hui.

Hanna sembla étonnée que le temps dont elle disposait soit déjà écoulé.

— Je reviens demain ?

— À la même heure, l'assura le psychologue. Et soyez ponctuelle, cette fois.

La femme se leva et ramassa son sac.

— À propos : combien de temps pensez-vous rester à Florence ?

— Vous croyez que nous ne ferons plus de progrès ?

Elle était confuse.

— Je crois que vous devriez envisager la possibilité que la thérapie ne vous apporte pas toutes les réponses que vous cherchez.

— À demain, répondit simplement Hanna.

Elle sortit et referma la porte derrière elle. Une fois seul, Pietro réfléchit au récit qu'il avait écouté. Le petit frère, la veuve violette, cette espèce de sacrifice humain, la mère abandonnant son fils nourrisson pour la sauver, elle. Mais la sauver de quoi ?

En passant l'histoire au crible, pour la première fois, il lui sembla que l'allégorie de la sorcière et des étrangers avait en fait une signification tangible. Il fit le lien avec sa propre existence, se demanda ce que pouvaient représenter ces figures dans le monde d'une enfant. Elles avaient remplacé quelqu'un ou quelque chose, il en était certain. De même qu'Emilian avait remplacé sa famille d'adoption et le curé par des animaux. De nombreux mineurs qu'il soignait parlaient d'orques et de loups captifs pour décrire les adultes qui leur faisaient du mal ou dont ils avaient peur. Une femme vêtue de violet, se répéta-t-il, sans pour autant trouver de correspondance avec la réalité.

Ce nouvel élément aurait constitué un excellent sujet à aborder avec Theresa Walker… si seulement elle avait réellement été celle qu'elle prétendait être. Gerber remarqua que, dans les dernières heures, il avait perdu tous ses points de repère. D'abord sa collègue australienne, puis Silvia.

Il devait se débrouiller seul.

Il pensa ensuite à l'album de famille, aux vieilles photos éparpillées sur le sol de son salon. Monsieur B. aussi, une fois veuf, avait dû « se débrouiller seul ».

Encore une fois, tout ramenait à lui. À ce père qui était peut-être revenu sous la forme d'un ectoplasme pour mettre du désordre dans son salon.

Gerber sourit à cette absurdité, mais plus par habitude que par conviction. Toutefois, en reliant cette pensée à sa conversation nocturne avec Theresa Walker, il se souvint que la psychologue lui avait répété plusieurs fois d'enregistrer ses séances avec Hanna, par prudence.

Je suis sérieuse. Je suis plus âgée que vous, je sais de quoi je parle.

Pourquoi avait-elle insisté autant ? Une fois encore, sa patiente lui envoyait un message à travers son alter ego. Gerber eut l'idée de visionner à nouveau les films, au cas où quelque chose lui aurait échappé. Mais il était conscient que ce qu'il cherchait, c'était le moment où la femme lui avait pris ses clés dans sa poche pour s'introduire chez lui.

Et il pensait même savoir quand cela s'était produit.

La séance en question était l'avant-dernière, la fois où il avait secouru Hanna après son agression présumée.

En revoyant la scène sur son ordinateur, il réalisa que Silvia ne savait pas à quoi ressemblait sa rivale. Il existait un abysse entre elles. Hanna Hall ne possédait pas le millième de l'élégance et de la grâce de sa femme. Elle était négligée, débraillée. Les hommes se retournaient sur le passage de Silvia, il en avait surpris en train de la courtiser du regard. Hanna Hall, elle, était invisible. Toutefois, Gerber avait remarqué quelque chose que les autres ne percevaient pas, aussi il se sentait privilégié.

Les images des minutes précédant l'hypnose défilaient : il observait le bleu sur la figure de la femme, y posait de la glace. Leurs corps et leurs visages étaient proches. Le psychologue se sentit mal à l'aise en revoyant ce moment d'intimité indéfinissable avec sa patiente. Il se rendit compte que l'effet était ambigu, dérangeant. Mais ce qu'il avait pris pour un acte d'automutilation cachait autre chose, il en était convaincu.

C'était l'expédient astucieux imaginé par Hanna pour se rapprocher physiquement de lui et lui soutirer ses clés sans qu'il s'en aperçoive.

Gerber regarda plusieurs fois l'enregistrement. Grâce à ses nombreuses caméras, il disposait de plusieurs points de vue, pourtant il ne remarqua rien d'étrange. C'était frustrant. L'univers conspirait contre lui pour qu'il se convainque que l'affaire de la photo était vraiment l'œuvre du fantôme de son père. Ou peut-être l'intention était-elle uniquement de le rendre fou ? Soudain, il vit les choses sous un autre angle.

Et s'il avait lui-même laissé les clés sur la porte d'entrée pour qu'Hanna Hall s'en serve ? Elle me suit, se dit-il. Elle m'observe. Elle sait tout de moi. Et si, inconsciemment, il avait fait en sorte de la laisser entrer chez lui ? Était-il à ce point obsédé ?

Oui.

Hanna savait des choses sur lui et sur monsieur B. qui laissaient présager la révélation d'une vérité. Elle voulait l'impliquer dans son histoire. Gerber ne savait pas pourquoi, mais le moyen le plus simple d'en sortir était certainement d'utiliser son père. Parce que c'était un sujet sensible et une blessure encore ouverte. Anita Baldi l'avait mis en garde contre les capacités manipulatoires de certains arnaqueurs. Mais si Hanna Hall n'était pas intéressée par l'argent, alors que voulait-elle de lui ? Il ne s'agissait pas uniquement d'attention…

Cela dura une fraction de seconde, mais Gerber vit clairement un petit objet brillant tomber de la main d'Hanna sur le tapis. Instinctivement, il quitta l'écran des yeux et regarda vers le bas. Il n'y avait rien sous le fauteuil à bascule.

Ça ne peut pas avoir disparu, se dit-il. C'est encore ici.

Il déplaça les meubles, fouilla dans les coins, sans savoir ce qu'il cherchait. Il finit par débusquer le mystérieux indice à côté d'un des pieds de la table basse en cerisier.

Une clé.

Il l'observa. Elle était trop petite pour ouvrir une porte. On aurait dit une clé de cadenas ou de vestiaire. Il pensa à la consigne de la gare, mais écarta cette option. C'était plus simple.

Une valise ! s'exclama-t-il intérieurement.

Il réfléchit attentivement : Hanna Hall ne possédait pas de valise. Depuis qu'il la connaissait, elle portait toujours les mêmes vêtements. Mais c'était peut-être justement ça… Cette femme ne laissait jamais rien au hasard. En portant toujours les mêmes habits, Hanna avait voulu lui suggérer que son bagage contenait autre chose. C'était possible. Toutefois, cela comportait aussi une sacrée série de conséquences.

Personne ne pourrait lui confirmer qu'il existait une valise. Il lui faudrait le vérifier en personne.

29

L'hôtel Puccini était exactement tel que Pietro Gerber l'imaginait : un petit établissement décrépit des années soixante-dix, à une étoile. Enseigne néon verticale, partiellement éteinte. Boiseries en formica marron. On y pénétrait par l'arrière d'un immeuble du côté de la gare.

Il avait surveillé l'entrée du bâtiment depuis sa voiture pendant une heure. Pour s'assurer qu'Hanna Hall était bien là, il avait appelé la réception en demandant qu'on lui passe sa chambre, décidé à raccrocher quand il reconnaîtrait sa voix. Mais personne n'avait répondu. Pourtant, peu après, il l'avait vue passer devant une fenêtre du troisième étage.

Il essayait de se convaincre que, tôt ou tard, elle sortirait pour lui laisser le champ libre. Après tout, elle voulait qu'il cherche cette maudite valise : il en était certain.

Il soupira. Il aurait préféré ne pas se retrouver dans cette situation, mais c'était sa faute. Ou celle de son père qui ne l'avait jamais aimé. Il se demanda à quoi ressemblerait sa vie sans le poids de sa révélation pré-mortem.

Le mot secret de monsieur B.

Dont dépendait également sa séparation avec Silvia. Parce qu'il n'avait jamais soupçonné que tous les gestes d'affection de son géniteur cachaient un inconfort. Comme il ne savait plus, désormais, s'il était pire d'être haï ou faussement aimé, il avait trouvé un prétexte pour éloigner sa femme. Il avait besoin de réfléchir à ce qu'il ressentait. Il ne voulait pas que Silvia le découvre d'elle-même, après toutes ces années. Sinon, elle croirait que tout ce qu'elle avait vécu avec lui était faux. Pour cette raison, Gerber n'arrivait pas à sentir si ce qu'Hanna Hall lui avait raconté était vrai ou non. Et de toute façon, la question cruciale n'était pas là.

Pourquoi était-il tenté de révéler son secret à une inconnue et pas à la femme qu'il avait épousée ?

Parce qu'Hanna le savait déjà, se dit-il. Il ne s'expliquait pas comment, mais il était certain qu'elle connaissait le mot de monsieur B. qui avait bouleversé son existence. Et il ne voulait pas le lui demander, de peur que cela ne soit vrai.

C'est à cause de ce que vous a dit votre père, n'est-ce pas ?

Gerber remarqua une silhouette familière qui sortait de l'hôtel. Hanna Hall alluma une cigarette et s'éloigna sur le trottoir.

Le psychologue descendit de sa voiture et se dirigea vers l'entrée de l'hôtel. Il attendit que le concierge aille dans le bureau qui se trouvait derrière la réception et il entra. Il se pencha sur le comptoir pour lire les noms des clients notés dans le registre et découvrir le numéro de la chambre qui l'intéressait. Quand il eut trouvé, il attrapa la clé sur l'étagère.

Il monta au troisième étage et se glissa dans la chambre. Une fois à l'intérieur, il s'adossa à un mur.

Que faisait-il ? C'était fou.

La pièce était sombre, éclairée uniquement par un petit téléviseur étrangement allumé. Gerber attendit que ses yeux s'habituent à la pénombre. Le mobilier se réduisait à un lit d'une place et demie, une table de nuit et une armoire trop grande pour le minuscule espace. Une petite porte donnait sur une salle de bains étroite.

Cela sentait Hanna. Cigarette, transpiration et, encore une fois, quelque chose de doux qu'il ne sut identifier.

Quand il se fut calmé, il fit un pas en avant. Un inconnu se planta devant lui sans préavis. Gerber sursauta, mais, en fait, il avait simplement croisé son reflet dans un miroir mural. Il se regarda et découvrit alors qu'il était habillé comme la veille, et sans doute comme l'avant-veille.

Il avait inconsciemment adopté les habitudes de sa patiente. Comme elle, il était pâle et négligé. Il commença par inspecter la salle de bains. Il fut surpris de n'y trouver ni maquillage ni parfum. Même pas une brosse à dents. En regardant bien, hormis la sensation olfactive oppressante, rien dans cette pièce n'évoquait Hanna Hall.

C'était comme si la femme n'était jamais venue. Un fantôme.

Il chercha la valise. Elle n'était pas dans l'armoire, qui était vide, mais sous le lit.

Il l'attrapa par la poignée et la tira. Une vieille valise en cuir marron, lourde.

À genoux sur la moquette abîmée, il glissa une main dans sa poche et récupéra la petite clé trouvée dans son bureau, impatient de voir si elle correspondait à la serrure. Néanmoins, au moment d'essayer, il se sentit soudain étrangement calme.

Il n'était plus pressé.

Il se releva et se laissa tomber sur le matelas. Il observa un moment le bagage d'Hanna Hall, perdu dans ses pensées, enveloppé par la pénombre chaude et réconfortante. Il était épuisé. C'était la phase de descente du Ritalin, qu'il connaissait bien. En plus, il était conscient que s'il ouvrait cette valise, un gouffre se dessinerait sous ses pieds et l'aspirerait pour toujours, inéluctablement.

Il pourrait trouver un cadavre de nourrisson, là-dedans.

Il s'accorda quelques minutes de réflexion. Il écarta les couvertures et s'installa sur le côté, la tête sur l'oreiller. Il respirait lentement. Tout doucement, sans s'en apercevoir, il s'endormit, bercé par les bruits et les voix d'un dessin animé.

Il rêva d'Hanna Hall. Il rêva de monsieur B. Il rêva de la veuve violette et des étrangers qui n'avaient pas de visage. Il rêva qu'il se trouvait dans la caisse d'Ado, sous terre. Soudain, l'air lui manqua.

Quand il rouvrit les yeux en suffoquant, il faisait nuit.

Et il régnait un silence insolite. Quelqu'un avait éteint le téléviseur.

Hanna était-elle entrée dans la chambre ? Il l'imagina s'allonger à côté de lui pendant qu'il dormait, le fixer de ses yeux bleus profonds et tenter de deviner ses rêves. Instinctivement, Gerber chercha l'interrupteur de la lampe de chevet et alluma. Il était seul. Mais quand il se tourna vers l'oreiller à côté de lui, il remarqua dessus un cheveu blond.

Par terre, la valise attendait toujours. Cette fois, Pietro Gerber prit la clé et l'essaya. Il ne s'était pas trompé. Quand il ouvrit, il resta interdit. Pas de cadavre de nourrisson. Pas de monstruosité apparente. Juste une pile de vieux journaux jaunis. Il en prit un et lut le titre d'un article qui avait été surligné.

La vérité était bien plus simple qu'il ne l'avait imaginé. Et bien plus terrifiante.

30

Il attendit minuit pour téléphoner à Theresa Walker. Il y avait longuement réfléchi : c'était la meilleure chose à faire. Il devait aborder avec Hanna Hall le sujet des journaux contenus dans la valise, mais pas directement. Son alter ego était parfaite pour cela : quand Hanna devenait Theresa Walker, c'était comme si elle plaçait un filtre entre elle et son histoire. Se faire passer pour une psychologue lui autorisait un détachement, une distance de sécurité qui lui évitait de se faire du mal.

— Vous n'arrivez pas à dormir, docteur Gerber ? demanda-t-elle sur un ton enjoué.

— Pas vraiment, non.

— Que se passe-t-il ? Vous allez bien ?

— Aujourd'hui, j'ai découvert quelque chose sur Hanna.

— Je vous écoute.

Gerber était assis dans le salon de son appartement, dans le noir.

— Hanna Hall est son véritable nom et, en fait, elle n'a jamais été adoptée.

— Ce n'est pas une grande découverte !

— J'ai trouvé des journaux d'il y a vingt ans… Ils parlent de la fameuse nuit de l'incendie.

La prétendue collègue se tut, ce que Gerber interpréta comme une invitation à poursuivre son récit.

— Hanna et ses parents s'étaient installés dans une ferme du côté de Sienne. Une nuit, les étrangers ont entouré la maison des voix. À l'intérieur, ils se sont aperçus de leur présence. Le père d'Hanna avait prévu une cachette pour sa famille : une trappe dans la cheminée, qui conduisait à une pièce souterraine. Le plan était de mettre le feu à la maison et de se cacher là tant que les intrus ne seraient pas partis, les croyant morts dans les flammes. Avant qu'ils fassent irruption, le père d'Hanna a répandu du kérosène sur le sol puis lancé des cocktails Molotov. Entre-temps, sa mère l'a emmenée dans le refuge souterrain. Son père n'a pas eu le temps de les rejoindre, il a été capturé, dit Pietro en cherchant la force de continuer, aidé par le silence à l'autre bout du fil. La mère n'avait aucune intention de se faire prendre ni, surtout, de leur laisser sa fille. Alors, elle lui a fait boire un liquide contenu dans une fiole et elle a fait de même… L'eau de l'oubli.

— Que s'est-il passé ensuite ? demanda Theresa Walker d'une voix craintive.

— C'était de l'extrait de mandragore… La femme est morte sur le coup. La fillette a été sauvée.

Theresa Walker s'accorda quelques secondes pour se reprendre. Gerber entendait sa respiration.

— Et la caisse d'Ado ?

— Les journaux n'en parlent pas, je suppose que personne ne l'a jamais retrouvée.

— Donc, nous ne savons pas si Hanna est la meurtrière de son frère…

— Moi je crois qu'en fait Hanna n'a jamais tué personne.

— Comment est-ce possible ? Et ses souvenirs du crime, alors ?

— La réponse réside du côté des étrangers, affirma Gerber. Et maintenant, je sais que la veuve violette a vraiment existé.

11 mars

Elle avait passé plusieurs jours dans un service sombre, reliée à des machines étranges qui respiraient pour elle, la nourrissaient et la nettoyaient à l'intérieur. Sa seule mission était de se reposer, comme on lui répétait toute la journée.

Puis elle avait changé d'étage et disposait maintenant d'une chambre rien que pour elle, avec une fenêtre. Elle n'avait jamais été aussi proche du monde des étrangers. Elle n'avait pas l'habitude d'avoir tant de monde autour d'elle, ni d'entendre leurs voix.

Tout le monde était attentionné avec elle, surtout les infirmières. Elles la dorlotaient et lui offraient des cadeaux. L'une d'elles lui avait apporté un œuf en chocolat. N'y ayant jamais goûté, elle ignorait quel goût cela avait.

— Quand tu seras capable de manger seule, tu pourras en manger un petit morceau, lui avait-on promis.

Son estomac n'était pas encore en mesure de digérer de la nourriture solide. Le docteur lui avait appris que cela prendrait plus de temps que prévu. Elle ne savait pas exactement quelle maladie elle avait, personne ne le lui disait. On lui avait seulement expliqué que ses poumons avaient inhalé trop de fumée. C'était sans doute vrai parce que, quand elle respirait par le nez, elle en sentait encore l'odeur. En revanche, le feu n'avait pas atteint son refuge.

Elle ne se rappelait presque rien de l'incendie, tout s'était évanoui quand sa mère lui avait fait boire l'eau de l'oubli. Elle avait demandé ce qui s'était passé après, on lui avait raconté que quelqu'un l'avait trouvée avant que le feu atteigne la cachette et l'avait tirée dehors pendant que la maison des voix s'effondrait. Avant de lui faire boire le contenu de la fiole, maman lui avait fait une promesse : « Nous allons nous endormir et, quand nous nous réveillerons, tout sera terminé. » En effet, c'était un soulagement de ne pas se souvenir des moments où elle avait eu peur. Depuis qu'elle était là, elle avait essayé de ne pas violer les cinq règles. Elle ne pouvait éviter que les étrangers s'approchent d'elle et elle ne pouvait pas s'enfuir, mais elle ne leur parlait pas et, surtout, elle n'avait dit à personne qu'elle s'appelait Blanche-Neige.

Elle espérait ainsi revoir papa et maman. Ils lui manquaient beaucoup, elle aurait voulu être avec eux. Pourtant, le monde des étrangers n'était pas si mal. Elle aurait pu le leur dire. Peut-être qu'ils n'étaient pas si méchants, finalement, même s'ils les avaient arrachés à la maison des voix.

En repensant à leur dernière demeure, elle eut envie de pleurer : il ne restait plus rien de la vieille ferme. Le feu l'avait mangée. Elle ne s'attachait jamais à un endroit, pourtant elle était contente que, quelque part, toutes les maisons des voix qu'elle avait habitées continuent d'exister en même temps que le souvenir de son bonheur avec papa et maman.

Les larmes épuisèrent ses maigres forces et elle s'endormit sans s'en apercevoir. Au réveil, une surprise l'attendait : sa poupée de chiffon la fixait de son unique œil. Elle tendit le bras pour l'attraper, mais s'arrêta en découvrant qu'elle était assise sur les genoux d'une vieille connaissance.

À côté du lit, la veuve violette lui souriait.

— Bonjour. Comment te sens-tu aujourd'hui ?

L'enfant lui lança un regard méfiant.

— On m'a dit que tu ne voulais parler à personne, poursuivit la femme. Je le comprends, tu sais, à ta place je ferais pareil. J'espère que ça ne te dérange pas que je sois venue te voir.

Elle ne bougea pas un seul muscle. Elle ne voulait pas que la femme interprète le moindre de ses gestes comme un signe d'ouverture.

— Tu ne m'as pas dit ton prénom, poursuivit la sorcière. Ça rend tout le monde fou, ici, ils ne savent pas comment t'appeler… Alors, je suis venue, parce qu'on se connaît déjà. N'est-ce pas, Blanche-Neige ?

Cette révélation la paralysa. Alors, c'était la sorcière qui avait prononcé son prénom la nuit de l'incendie, quand elle allait s'endormir.

— On vous observait depuis une semaine, dit la veuve. En attendant le bon moment pour venir te sauver.

Me sauver de quoi ? pensa-t-elle, tout en faisant semblant de ne pas savoir de quoi l'autre parlait.

— Nous nous sommes vues, ce jour-là, sous la pluie, tu t'en souviens ? insista la femme.

Bien sûr qu'elle s'en souvenait. C'était le jour où la veuve violette avait pris Azur.

— J'aurais voulu te saluer, mais j'ai dû m'occuper du nourrisson que vous avez laissé par terre… À propos, il va bien : il est rentré chez lui.

Rentré chez lui ? Qu'est-ce que cela voulait dire ? Néanmoins, elle fut soulagée à l'idée que son petit frère ait guéri de sa toux, même si elle n'était pas sûre de pouvoir faire confiance à la sorcière. Les sorcières sont très fortes pour tromper et jeter des sorts, maman le lui avait expliqué.

— Depuis ce jour, je te cherche et je suis contente de t'avoir trouvée.

Pas moi, méchante sorcière laide.

— Tes parents t'ont appris comment tu devais te comporter, n'est-ce pas ? C'est pour cela que tu ne veux dire à personne comment tu t'appelles.

La sorcière connaissait les règles. Que savait-elle d'autre ? Prudence.

— Je suis convaincue que tu es une petite fille bien élevée, tu ne veux pas désobéir à papa et maman.

Bien sûr que non.

— Je comprends que tu ne me fasses pas confiance : moi non plus, quand j'étais petite, je ne faisais pas confiance aux inconnus.

Et surtout, je te connais : là, tu as l'air gentille, mais tu m'as enlevée.

— J'ai longuement réfléchi à comment te parler… Puis je me suis dit que, dans le fond, tu as dix ans, tu n'es plus une toute petite fille. Alors, je vais te parler comme à une adulte, je vais être sincère et je suis sûre que tu me comprendras. Tu as déjà perdu beaucoup de temps.

Que voulait dire cette dernière phrase ? De quoi parlait-elle ?

— D'abord, je veux préciser un point… Ce ne sont pas les autres qui ne connaissent pas ton prénom, c'est toi.

Mais si, je sais comment je m'appelle !

— Ton prénom est Hanna.

Mon prénom est Blanche-Neige.

— Tu es née dans un pays très loin d'ici : l'Australie. Quand tu étais toute petite, tes parents sont venus visiter Florence avec toi. C'était l'été, vous étiez dans un parc, quelqu'un t'a sortie de ta poussette et t'a enlevée.

Que racontait-elle ? C'était faux !

— Les personnes qui ont fait cette chose très grave sont ceux qu'aujourd'hui tu appelles papa et maman

Son cœur se ferma. Malgré elle, elle secoua la tête pour conjurer le maléfice de la sorcière.

— Je suis désolée que tu l'apprennes de cette façon, mais cela me semble plus juste… Tes vrais parents ont été prévenus, ils arrivent d'Adélaïde pour venir te saluer. Ils t'ont cherchée longtemps, tu sais. Ils ne se sont jamais résignés au fait de t'avoir perdue. Chaque année, ils revenaient ici pour poursuivre les recherches.

Elle avait du mal à respirer.

— Ce qui t'est arrivé est également arrivé à l'autre enfant.

Azur.

— Mais lui, il a eu plus de chance : il ne se rappelle rien de cette expérience.

Ce n'est pas vrai ! Ce n'est pas vrai ! Ce n'est pas vrai ! Je veux retourner dans la maison des voix ! Je veux être avec papa et maman ! Emmenez-moi les voir, tout de suite !

— Je sais que tu me détestes de te dire ces choses, je le lis dans tes yeux. Mais j'espère que bientôt tu auras envie d'en reparler.

Elle sanglotait, incapable de réagir. Elle aurait voulu sauter au cou de la sorcière et l'étrangler. Elle aurait voulu hurler. Mais elle était paralysée et n'arrivait qu'à s'agripper au drap.

La veuve violette se leva et lui tendit sa poupée.

— Quand tu te sentiras prête, je reviendrai te donner toutes les explications que tu voudras. Tu n'auras qu'à demander qu'on m'appelle. Je m'appelle Anita, Anita Baldi.

31

Il l'intercepta alors qu'elle sortait de chez elle pour se rendre au tribunal. Anita Baldi s'arrêta dans l'escalier : elle avait eu du mal à reconnaître Gerber.

— Que t'est-il arrivé ?

Le psychologue était conscient de son état. Cela faisait des jours qu'il n'avait pas dormi, avalé un repas digne de ce nom ni pris de douche. Il voulait comprendre, le reste était relégué au second plan.

— Hanna Hall, dit-il, certain que la juge comprendrait la raison de sa visite à cette heure insolite. Pourquoi ne m'avez-vous pas dit que vous la connaissiez ?

Quand Gerber l'avait nommée pour la première fois, l'avant-veille, sa vieille amie s'était raidie. Il s'en souvenait nettement.

— J'ai fait une promesse, il y a de nombreuses années…

— À qui ?

— Tu le comprendras plus tard, rétorqua-t-elle sur un ton qui n'admettait pas de réplique. Mais je répondrai à toutes tes autres questions, je te le jure. Que veux-tu savoir ?

— Tout.

La juge posa son sac en cuir et s'assit sur une marche.

— À l'époque, comme je te l'ai déjà raconté, je travaillais sur le terrain. Ce n'est jamais simple avec les enfants, tu le sais mieux que moi. Surtout, il est difficile de les convaincre de faire confiance à un adulte quand les adultes sont justement les monstres dont ils doivent se protéger… Néanmoins, au Parquet, nous avions des trucs. Par exemple, nous choisissions une couleur pour nos vêtements, quelque chose de voyant, pour que les enfants nous remarquent. Moi, c'était le violet. Nous allions les chercher dans les rues. Des mineurs en difficulté, frappés ou maltraités par des connaissances ou la famille : il fallait qu'ils nous identifient à l'insu des adultes, le cas échéant qu'ils nous demandent de l'aide. Le contact visuel était important. C'est ainsi que j'ai remarqué Hanna, la première fois. Et réciproquement.

— Alors, vous ne la cherchiez pas ?

— Personne ne la cherchait.

— Comment est-ce possible ?

— Les Hall avaient signalé la disparition de leur fillette d'à peine six mois. À l'époque, il n'y avait pas de caméras de télésurveillance et elle avait été kidnappée dans un parc, sans témoins.

L'enlèvement présumé commis par Hanna à Adélaïde avait en réalité eu lieu à Florence des années plus tôt. Et elle n'en était pas l'auteure, mais la victime.

— Donc, personne n'a cru les Hall, affirma le psychologue.

— Au début, si, mais ensuite la police a émis l'hypothèse qu'ils avaient tout inventé pour couvrir la mort de leur nourrisson, accidentelle ou par homicide. La mère d'Hanna souffrait d'une légère dépression post-partum et son mari avait organisé ces vacances pour lui changer les idées : un mobile suffisant. Quand les Hall ont subodoré qu'ils allaient être accusés, ils se sont enfuis d'Italie. L'État a demandé l'extradition d'Australie, en vain. Et entre-temps, plus personne n'a cherché Hanna. Les Hall sont revenus plusieurs fois au fil des ans, clandestinement. Ils ne se résignaient pas.

Gerber imaginait leur tourment indicible.

— Les deux ravisseurs venaient du San Salvi, c'est bien ça ?

— Mari et Tommaso étaient deux pauvres vagabonds qui avaient passé une grande partie de leur vie à l'hôpital psychiatrique. C'est là qu'ils s'étaient rencontrés et qu'ils étaient tombés amoureux... Mari était stérile à cause des médicaments, mais elle désirait très fort un enfant. Alors, Tommaso en a volé un pour elle. Puis ils ont pris la fuite. Comme tout le monde suspectait les Hall, ils s'en sont tirés pendant des années en vivant clandestinement, vagabondant d'un endroit à un autre. Coupés du monde. Invisibles.

— Mais alors, quand les avez-vous soupçonnés ?

— Quand ils ont enlevé l'autre nourrisson, Martino.

Azur, pensa l'hypnotiseur.

— Ils pensaient avoir été malins en se séparant avant de se retrouver quelques mois plus tard, mais Hanna a compromis leur plan… Nous battions déjà le territoire pour chercher le petit quand on m'a signalé cette drôle d'enfant avec un nourrisson dans un porte-bébé. Je suis allée voir : elle avait l'air perdue, effrayée, et elle avait besoin d'aide. Mais sa mère, Mari, a été plus rapide que moi : elle a abandonné le petit par terre pour faire diversion et elles se sont enfuies.

— Vous n'avez pas renoncé, n'est-ce pas ?

— J'avais compris au regard de la fillette que quelque chose n'allait pas. Je me suis dit qu'elle aussi pouvait avoir été enlevée. Nous l'avons cherchée.

— Les étrangers dont parle Hanna, c'était vous.

Anita Baldi acquiesça.

— Grâce à une série d'enquêtes, la police a repéré une ferme abandonnée près de Sienne. Elle a été encerclée, de nuit, avec l'intention de faire irruption et de libérer l'otage… J'étais là. Mais quelque chose ne s'est pas passé comme prévu.

— C'est Hanna qui a alerté ses parents, pas vrai ? Elle se croyait en danger.

— Tommaso a été arrêté : il est mort en prison, des années plus tard. Pour Mari, nous n'avons rien pu faire : elle s'est suicidée. Hanna a bu le même poison, mais elle s'en est sortie après quelques semaines d'hôpital. Je suis allée lui raconter la vérité. Ça a été l'épreuve la plus difficile de ma vie.

Gerber reprit son souffle. Cette histoire était compliquée à élaborer. Et il restait un point à clarifier.

— Hanna soutient qu'elle avait un petit frère, Ado. Qui était dans une caisse qu'ils emportaient toujours avec eux.

— J'ai entendu cette histoire pour la première fois avant-hier quand tu me l'as racontée.

— Vous croyez que ma patiente a tout inventé ? Y compris l'homicide de ce petit frère, qu'elle aurait commis dans son enfance ?

— J'exclus qu'elle ait eu d'autres frères et sœurs que Martino. Comme je te l'ai dit, Mari ne pouvait pas avoir d'enfants et aucun autre mineur n'a été enlevé dans la région à la même période qu'Hanna Hall.

Le doute persistait. Quoi qu'il en soit, le moment était venu de poser la question la plus difficile :

— Mon père s'est-il occupé de cette histoire ?

— Pourquoi me le demandes-tu ?

— Parce qu'Hanna Hall sait des choses de mon passé et, franchement, je ne pense pas que cela soit dû au hasard.

— Je peux te dire quelque chose, mais je ne sais pas si cela te sera utile…, poursuivit son amie. Ceux qu'Hanna prenait pour ses parents n'étaient que des gamins : quand ils l'ont enlevée, Mari et Tommaso étaient âgés de quatorze et seize ans.

32

Des parents enfants.

Cela n'apparaissait pas dans les récits d'Hanna sous hypnose. Ou alors Pietro n'avait pas saisi ce détail.

Vous avez remarqué que, quand on demande à un adulte de décrire ses parents, il ne dit jamais comment ils étaient dans leur jeunesse, mais il parle plutôt d'eux déjà vieux ?

On a toujours tendance à imaginer nos parents plus âgés que dans la réalité. Cela permet de les considérer plus matures, donc plus experts. Si Hanna Hall avait été consciente que les siens étaient très jeunes, elle se serait peut-être posé plus de questions sur sa situation.

Il avait commis la même erreur avec son père. Maintenant qu'il avait le même âge que lui quand il s'était retrouvé veuf, il comprenait à quel point il avait dû être difficile de s'occuper seul d'un enfant de deux ans. Malgré cela, Pietro Gerber n'arrivait pas à lui pardonner.

Il était certain qu'il existait un lien entre monsieur B. et Hanna Hall. Parce que, chaque fois qu'il évoquait son père, il pensait à elle. Pour comprendre, il lui fallait poursuivre la thérapie et la convaincre qu'Ado n'avait jamais existé. C'était la seule façon de la libérer de sa culpabilité de l'avoir tué.

Il l'attendit au cabinet, comme chaque matin. Hanna arriva à l'heure. Il y avait trop de vérités non dites entre eux, comme la visite de Gerber à l'hôtel Puccini ou les révélations d'Anita Baldi. Toutefois, cette mise en scène leur était nécessaire à tous les deux.

— Je voudrais essayer quelque chose de différent, annonça-t-il.

— C'est-à-dire ?

— Jusqu'ici, nous nous sommes concentrés sur ce qui s'est passé avant la nuit de l'incendie, maintenant, je voudrais explorer votre mémoire de ce qui est arrivé après.

— Mais ça va nous éloigner du souvenir de l'homicide d'Ado ! Quel sens cela a-t-il ?

Gerber attendit qu'elle allume sa Winnie pour porter le coup de grâce.

— Depuis qu'on en a parlé, avez-vous déjà envisagé de rencontrer Azur ?

— J'y suis allée hier, admit Hanna en baissant les yeux. Au début, il ne voulait pas me voir.

— Que vous êtes-vous raconté ?

— C'était très gênant, on ne savait pas quoi dire. Puis on a parlé de nos vies. Azur a aussi un autre prénom, maintenant : il s'appelle Martino et il a eu vingt ans en avril dernier. Il est magasinier dans une usine. Il a une fiancée, ils vont bientôt se marier. Il m'a montré des photos, elle est très jolie.

— Quel effet cela vous a-t-il fait de le revoir ?

— Je ne saurais pas dire… Je suis heureuse qu'il aille bien.

— Vous lui avez sauvé la vie quand vous étiez enfants. Vous le savez, n'est-ce pas ?

Hanna secoua sa cigarette dans le cendrier en pâte à sel. Elle n'avait pas l'air prête à l'admettre.

— Pour lui, vous avez trahi la première règle de vos parents. « Ne faire confiance qu'à papa et maman. »

Il saisit une incertitude dans le regard de la femme. Elle vacillait devant l'évidence.

— Comment est-il possible de violer une règle tout en étant dans le juste ? lui demanda-t-il alors. Ça ne colle pas. Peut-être que quelqu'un s'est trompé, ou qu'on vous a menti ?

La pire découverte, pour un enfant, c'est que papa et maman ne sont pas infaillibles. Quand on en devient conscient, on se sent un peu plus seul face au monde.

Les yeux de la patiente se voilèrent.

— Pourquoi me faites-vous cela ?

— Vos parents voulaient vous protéger des étrangers… Vous ne vous êtes jamais demandé s'ils pouvaient eux-mêmes être les étrangers ? Vous n'avez jamais douté ?

Le silence tomba. Gerber regardait la Winnie d'Hanna se consumer lentement dans sa main et les volutes de fumée fluctuer vers le haut.

— Parfois, nous avons tout en main pour découvrir la vérité, mais nous ne voulons pas la connaître, déclara Pietro.

— Que voulez-vous que je fasse ?

— Je voudrais que vous reveniez avec moi sur ce qui s'est passé après que la veuve violette est venue vous voir à l'hôpital.

Gerber actionna le métronome. Hanna Hall se berça dans le fauteuil à bascule.

33

Ils m'ont fait enfiler une robe bleue et des bottines roses avec des étoiles. Je n'ai jamais eu de chaussures comme ça. J'ai du mal à marcher avec, mais elles sont très belles. On m'a demandé si je voulais me faire couper les cheveux, j'ai répondu « non merci », parce que c'est maman qui me le fait et elle seule sait comment je les aime. On m'a expliqué que je dois être jolie aujourd'hui parce que mes vrais parents viennent me voir. On me répète qu'ils ont fait un long voyage, tout le monde a peur que je les déçoive. Je ne sais pas comment je pourrais, vu que je ne les connais même pas.

Personne ne m'a demandé si j'étais d'accord.

La pièce est froide et trop grande. Je n'aime pas quand il y a autant d'espace. Je suis assise sur une chaise très inconfortable, derrière moi se tient une femme qui ne m'est pas sympathique. Elle me sourit en me répétant que tout va bien. Nous attendons mes « nouveaux parents », qui doivent arriver d'un moment à l'autre. Moi, je ne veux pas de nouveaux parents, j'aime toujours les autres.

La porte s'ouvre sur un petit groupe de personnes que je n'ai jamais vues. Deux d'entre elles se tiennent par la main, un homme et une femme. En me voyant, ils ralentissent. Ils ne savent pas quoi faire, moi non plus. Puis l'homme vient vers moi en tirant la femme, qui me sourit même si elle a les larmes aux yeux. Ils s'agenouillent devant moi, c'est très bizarre. Ils parlent une langue que je n'ai jamais entendue et quelqu'un derrière eux me répète ce qu'ils ont dit en italien. Ils se présentent, disent leurs prénoms, qui sont compliqués. Ils insistent pour m'appeler Hanna. J'ai déjà expliqué que ça ne me plaît pas, que je veux être une princesse.

Apparemment, tout le monde s'en moque.

Mme Hall veut que je l'appelle maman. Elle dit aussi que je peux prendre tout mon temps et le faire quand je serai prête. Mais elle ne m'a pas demandé si j'en avais envie. J'aime ses cheveux blonds, mais ses vêtements ne sont pas très colorés. Elle me fait plein de caresses, ses mains sont moites. M. Hall aussi est blond, mais il n'a de cheveux que sur les côtés de la tête. Il est grand et il a un peu de ventre.

Il est toujours joyeux. Quand il rit, son ventre sautille et il devient tout rouge. Heureusement, il ne me demande pas de l'appeler papa.

Ils viennent me voir tous les jours, nous passons l'après-midi ensemble. Chaque fois, ils m'apportent quelque chose. Un livre, un four jouet où je peux préparer des biscuits, des autocollants, des feutres, des crayons, un ours en peluche. Ils sont gentils, mais je n'ai pas encore compris ce qu'ils attendent de moi.

L'endroit où je suis est une « maison de famille ». Je préférais la maison des voix. Il y a d'autres enfants, mais je ne joue jamais avec eux. Eux aussi attendent que leurs parents viennent les chercher. Une petite fille très méchante dit que mon papa et ma maman ne reviendront pas parce que maman est morte et papa est dans un endroit qui s'appelle prison et qu'ils ne le laisseront pas sortir. Elle dit aussi que papa et maman sont méchants. Je comprends qu'elle n'est pas la seule : tout le monde le pense, même si personne ne le dit en ma présence. Je voudrais pouvoir les convaincre que c'est faux, que papa et maman n'ont jamais fait de mal à personne. Moi, par exemple, ils m'ont toujours aimée. Je ne sais pas exactement où est papa, mais je suis sûre que maman n'est pas morte. Si elle était morte, elle viendrait me trouver dans mon sommeil, comme Ado. Quand je parle de ces choses-là, les autres enfants se moquent de moi. Personne ne croit aux spectres. Ils pensent que je suis folle.

Pourtant, papa et maman se sont trompés sur un point.

Les étrangers voulaient m'enlever, mais ce sont eux qu'ils ont enlevés.

Aujourd'hui, M. et Mme Hall ont apporté des photos de là où ils vivent. C'est très loin, à l'autre bout du monde. Pour y arriver, il faut prendre trois, parfois quatre avions. Leur maison est au milieu d'une baie. Elle est entourée d'une prairie et ils ont un chien jaune qui s'appelle Zelda. Parmi les photos qu'ils me montrent, il y a celle de ma chambre. Elle est pleine de jouets et de poupées et la fenêtre donne sur la mer. M. Hall dit que dans le garage il y a un vélo qui m'attend. Je ne sais pas si j'ai envie de visiter cet endroit et je n'ai pas encore compris si papa et maman viendront avec nous. Quand je le demande à Mme Hall, elle ne sait pas quoi me répondre.

Parfois, quand je suis avec eux, Mme Hall part en courant. Elle va se cacher pour pleurer.

M. Hall m'a dit que dans leur ville, qui s'appelle Adélaïde, c'est presque toujours l'été. Il a un bateau à voile et il aime la mer. Il m'a raconté qu'en Australie il y a de drôles d'animaux que je n'ai jamais vus. M. Hall est sympathique, il n'est pas comme les autres. Par exemple, quand je lui ai parlé des spectres, il n'a pas ri. Au contraire, il a dit qu'il y croit, lui aussi, qu'il en a vu dans la mer. Des créatures sans ombre, il les a appelées. Des poissons, des crevettes, des seiches. Comme de l'autre côté de la barrière de corail il n'y a pas beaucoup de cachettes pour échapper aux prédateurs, ces animaux ont appris à être invisibles. Ils sont devenus transparents. Par exemple, leur estomac est très fin et il est fait d'une gélatine dans laquelle les choses se reflètent comme dans un miroir, comme ça ils peuvent y cacher de minuscules morceaux de nourriture. Mais les prédateurs aussi se sont adaptés : ils ont développé leurs yeux pour voir ces créatures et ne pas mourir de faim.

On me dit que je dois préparer mes affaires parce que dans quelques jours je partirai avec M. et Mme Hall. Nous rentrerons chez nous, à Adélaïde. J'explique qu'il y a une erreur, que chez moi c'est ici. Ils disent que non, que j'ai oublié parce que j'étais toute petite quand je suis partie. Je ne veux pas aller en Australie, mais mon avis n'intéresse personne. Vu que ça ne sert à rien, j'arrête de parler. Et aussi de manger. Personne ne sait ce que j'ai, on pense que je suis malade. Tant mieux. Au moins, ils me demandent ce qu'il se passe.

— Je veux parler à la veuve violette, dis-je seulement.

La sorcière vient le lendemain. Elle est toujours gentille, je me méfie.

— Que se passe-t-il ?

— Je peux voir ma maman ?

— Ta maman est Mme Hall.

— Ma vraie maman, j'insiste.

La veuve violette réfléchit un moment. Puis elle se lève et elle s'en va.

Quand je me mets quelque chose en tête, je ne renonce pas avant de l'avoir obtenu, comme la fois où j'avais décidé de dormir avec la chèvre et que j'ai attrapé des poux, alors je continue de refuser la nourriture. La veuve violette revient me voir, elle est fâchée.

— Je t'emmène quelque part, mais ensuite tu recommences à manger, d'accord ?

L'endroit dont elle parle est triste et les portes sont en fer ou à barreaux. Il est plein de gardiens. Je ne sais pas où on est, ni qui a envie de rester ici. On m'emmène dans une pièce sans fenêtre, meublée d'une table et deux chaises. On m'annonce que bientôt je vais voir papa. Je suis tellement heureuse que j'ai envie de chanter. Mais on m'explique que je ne pourrai pas l'embrasser ni le toucher. Je ne comprends pas pourquoi, mais on me dit que ce sont les « règles » de cet endroit. Même si ce ne sont pas mes règles, je sais que je dois l'accepter. La porte en fer s'ouvre et deux gardiens font entrer un homme en le tenant par les bras. Il a une chaîne autour des poignets et il peine à marcher. J'ai du mal à le reconnaître parce que ses cheveux sont très courts et la peau de son visage comme consumée. C'est le feu de l'incendie qui lui a fait ça. Mais c'est bien papa.

Quand il me voit, il fond en larmes. Moi, j'oublie que je ne dois pas le toucher et je cours à sa rencontre, mais quelqu'un me saisit pour m'en empêcher. Alors, je m'assois et lui aussi, de l'autre côté de la table. On passe un moment à se regarder sans rien dire, on pleure sans pouvoir s'arrêter.

— Comment vas-tu, ma chérie ? me demande papa.

Je voudrais lui dire que ça ne va pas du tout, que lui et maman me manquent, mais je réponds « Je vais bien », même si c'est mal de mentir.

— On m'a dit que tu ne voulais plus manger. Pourquoi ?

Je ne voulais pas qu'il le sache. J'ai honte.

— Je suis content que tu sois venue me voir.

— Je veux retourner à la maison des voix.

— Je ne crois pas que ce sera possible.

— C'est une sorte de punition ? J'ai été méchante ? je demande entre deux sanglots.

— Pourquoi tu dis ça ? Tu n'as rien fait de mal.

— C'est parce que j'ai tué Ado et j'ai pris sa place. C'est la petite fille du jardin qui me l'a dit, la fois où j'avais de la fièvre et tellement mal au ventre.

— Je ne sais pas qui t'a mis ça en tête. Tu n'as tué personne : Ado est mort quand nous l'avons emmené.

— Vous l'avez emmené d'où ?

— D'un endroit terrible.

— Les toits rouges.

Il acquiesce.

— Mais c'était avant que tu arrives dans notre vie, ma chérie. Tu n'as rien à voir là-dedans.

— Qui l'a tué ?

— Les étrangers, affirme-t-il avant de se perdre un moment dans ses pensées. La nuit où ta maman et moi avons quitté les toits rouges, nous avons pris Ado dans son berceau. Nous pensions qu'il dormait. Je ne sais pas combien de temps nous avons marché, craignant que les étrangers nous trouvent. Mais nous savourions notre bonheur : nous étions libres et nous étions une famille. À l'aube, nous nous sommes arrêtés dans une maison abandonnée, en pleine campagne. Nous étions épuisés, nous voulions dormir un peu. Ta maman tentait de réveiller Ado pour le nourrir, mais, quand elle a voulu le mettre au sein, il était froid et immobile, alors elle s'est mise à hurler. Je n'oublierai jamais ses cris et sa douleur… Je lui ai retiré Ado des bras et j'ai essayé de souffler de l'air dans ses poumons, mais en vain… Je l'ai enveloppé dans sa couverture et je suis allé chercher du bois pour lui construire un cercueil. Nous l'y avons mis et j'ai refermé le couvercle à la poix.

Je me rappelle quand le Noir a cru que la caisse contenait un trésor et qu'il a ordonné à Luciole et au Veau de l'ouvrir : j'ai vu pour la première fois le visage de mon petit frère.

— Quand je l'ai vu, il avait l'air de dormir encore, dis-je pour consoler papa.

— Ado est le prénom que nous avions choisi, ta maman et moi. On le trouvait magnifique parce que personne ne le portait.

À ce moment-là, on nous dit que l'entretien est terminé et qu'il faut prendre congé. Papa se lève le premier, je voudrais l'embrasser, mais ce n'est pas autorisé. Il se tourne une dernière fois vers moi.

— Tu dois manger, aller de l'avant. Tu es assez forte pour t'en sortir sans nous.

Je sais ce que ça lui coûte de me dire ça. Il retient ses larmes, mais il souffre.

— Je t'aime fort, ma chérie… Quoi que tu entendes sur maman ou moi, n'oublie jamais à quel point nous t'aimons.

— Promis.

J'ai du mal à parler. Et à ce moment-là, je comprends que je ne le reverrai jamais.

J'ai essayé d'expliquer à tout le monde que je ne veux pas aller en Australie avec M. et Mme Hall. Je voudrais retourner vivre avec maman et papa dans la maison des voix. Mais personne ne m'écoute. Mon avis ne compte pas.

Personne ne veut vraiment écouter ce que les enfants ont à dire.

34

— … cinq… quatre… trois… deux…

À la fin du compte à rebours, Hanna Hall revint de son voyage dans le passé. Elle avait l'air détendue, enfin en paix.

Gerber imaginait à quel point il avait été difficile de commencer une nouvelle vie en Australie avec les Hall. Certaines histoires ont une fin heureuse. Le bien triomphe, les médias exultent, les gens s'émeuvent. Mais personne ne se demande ce qui se passe après. Ça n'intéresse pas grand monde. En y réfléchissant, les gens n'ont pas envie de se laisser gâcher une belle fin par la dure réalité de la vie. La fillette qui selon la plupart avait été « sauvée » avait grandi avec des inconnus.

Les étrangers enlèvent les gens.

Ainsi avait dit Hanna Hall lors d'une de leurs rencontres. En effet, non seulement les étrangers l'avaient arrachée au seul monde qu'elle connaissait, à la famille où elle avait appris à aimer et à être aimée, mais maintenant en plus ils devenaient « papa » et « maman ».

Mais cela était secondaire pour les adeptes du « ils vécurent heureux et eurent beaucoup d'enfants ». Dans le fond, qui cela intéressait-il ? Le résultat était la femme tourmentée qui se trouvait devant Pietro Gerber à ce moment-là.

— Alors, je n'ai pas tué Ado.

Elle semblait soulagée, mais pas totalement convaincue. Gerber arrêta le métronome : le moment était venu de clarifier cette affaire. Il tenta d'être le plus délicat possible.

— Ado n'a jamais existé, Hanna. La femme qui vous a enlevée était stérile.

— Pourquoi mes parents auraient-ils inventé ce mensonge ?

— Pour justifier l'enlèvement du bébé des Hall.

— Se justifier auprès de qui ?

— De vous, Hanna. Et d'eux-mêmes, pour se sentir dans le vrai. Œil pour œil – c'est la plus vieille règle du monde.

— Œil pour œil ? Mon père et ma mère m'auraient enlevée pour se venger ? Vous vous trompez : mes parents n'auraient jamais fait de mal aux Hall.

— Pas aux Hall en particulier. Ils ne leur en voulaient pas, ils en voulaient à la société. Malheureusement, il est prouvé que quand on a subi des abus, on a plus de chances de faire du mal que quand on a toujours été bien traité. Ces deux jeunes gens n'ont pas été bien traités, au San Salvi, et ils considéraient donc que le monde extérieur avait une dette envers eux… La dette d'une famille.

C'était typique de nombreuses conduites criminelles, se rappela le psychologue. Toutefois, la femme ne se résignait pas.

— Mais en prison mon père m'a dit qu'Ado était mort quand ils l'avaient emmené des toits rouges, et je me rappelle parfaitement avoir vu son cadavre dans la caisse : malgré le temps, il était bien conservé.

— Quand vous avez regardé dans la caisse, vous étiez en situation de stress. Vous m'avez raconté que vous étiez sur les genoux du Noir et que vous ne saviez pas où étaient vos parents. Sans compter votre jeune âge, votre incapacité à élaborer le sens de ce que vous aviez devant les yeux, par manque d'expérience, et enfin le fait non négligeable que beaucoup d'années ont passé depuis : votre souvenir est inévitablement altéré.

— Mais grâce à l'hypnose, je me suis souvenue de tout !

Gerber détestait être obligé de décevoir les patients. Il employa le même exemple qu'avec les enfants :

— Je vais vous expliquer le but de notre mémoire, qui n'est pas seulement d'imaginer les choses. Quand on est petit et qu'on touche pour la première fois le feu, on ressent une douleur qu'on n'oubliera plus : à partir de là, chaque fois qu'on verra une flamme, on fera attention.

— On se rappelle le passé pour se préparer au futur.

— Par conséquent, on oublie tout ce qui ne nous sert pas, confirma Gerber. L'hypnose n'est pas en mesure de récupérer des souvenirs déterminés dans notre esprit, pour la simple raison que, les jugeant inutiles, notre mémoire les a effacés de façon irréversible.

— Mais papa a dit qu'Ado était vivant, puis mort…

— Je sais ce qu'il vous a dit. Mais ce n'est pas la vérité.

— Au début, vous avez promis d'écouter la petite fille à l'intérieur de moi… Mais personne ne veut vraiment écouter ce que les enfants ont à dire, répéta Hanna, comme quand elle était sous hypnose.

Pietro Gerber ressentit une peine infinie pour elle. Il aurait voulu se lever, s'approcher, la prendre dans ses bras et la serrer fort. Toutefois, cette fois encore, Hanna le surprit : elle ne baissait pas les bras.

— Vous voulez me faire détester mon père parce que vous détestez le vôtre, pas vrai ? Ça ne vous plaît pas que je conserve un bon souvenir de lui, juste parce que vous avez un compte à régler… Quelqu'un a une dette envers vous, docteur Gerber ? Œil pour œil.

— Vous vous trompez. Personne n'a de dette envers moi.

Mais Hanna n'avait pas terminé.

— Dites-moi, sentez-vous encore dans votre oreille le frisson de la mort, quand votre père vous a murmuré la vérité sur son lit d'hôpital ?

Gerber recula malgré lui dans son fauteuil.

— Un mot, dit-elle, sûre d'elle. Votre père a prononcé un seul mot, mais cela a suffi à vous faire perdre votre innocence… Qu'est-ce qui est préférable : l'imagination d'une petite fille qui croit aux sorcières et aux fantômes, ou bien l'idée qu'il n'existe que ce monde cynique et rationnel où la mort est vraiment la fin de chaque chose et où quelqu'un décide de ce qui est bon ou mauvais pour nous sans nous demander notre avis ? Peut-être que je suis vraiment folle de croire à certaines histoires, mais parfois ça dépend de comment on observe la réalité, vous ne croyez pas ? N'oubliez pas que ceux que votre monde appelle des monstres étaient pour moi papa et maman.

Gerber n'arrivait plus à parler. Il était incrédule et impuissant.

— Ado est réel, affirma Hanna Hall en se levant et en ramassant son sac. Il est encore enterré dans la caisse, sous le cyprès à côté de la maison des voix. Il attend que quelqu'un vienne le chercher.

Puis elle se dirigea vers la porte. L'hypnotiseur aurait voulu la retenir, lui dire quelque chose, mais il ne pensa à rien. Avant de sortir, elle se retourna vers lui.

— Le mot secret de votre père est un nombre, pas vrai ?

Acculé à la vérité, Pietro Gerber n'eut d'autre choix que d'acquiescer.

22 octobre

— Courage, Pietro, avance…

Jusque-là, il n'était jamais entré dans la forêt de son père. Il s'était toujours arrêté sur le seuil pour admirer les arbres en papier mâché au feuillage doré, reliés entre eux par de longues lianes. C'était un endroit pour les « enfants spéciaux », disait toujours M. Baloo. Ce nom aussi était spécial, il n'avait pas le droit de l'utiliser.

— Pourquoi sommes-nous venus ici ?

— Parce que tu as neuf ans aujourd'hui, répondit solennellement son père. Et je veux te faire un cadeau.

Mais Pietro n'avait pas confiance. Ça avait tout l'air d'une punition, même s'il ne comprenait pas laquelle. C'était peut-être à cause de l'histoire de la glace et de la femme avec qui il avait été impoli le dimanche d'avant ? Il avait peur de le demander à son père, aussi il se prépara à accepter stoïquement tout châtiment que son père aurait prévu pour lui.

— Le cadeau, c'est une séance d'hypnose.

— Pourquoi ?

— Je ne peux pas te l'expliquer, Pietro, c'est trop difficile. Mais je te promets qu'un jour tu comprendras.

Il essaya d'imaginer ce qu'il y aurait à comprendre un jour lointain et qu'il ne pouvait comprendre à présent, mais il ne pensa à rien. Alors, il posa une question plus pratique :

— Et si je ne me réveille pas ?

Son père rit. Pietro se sentit blessé par sa réaction. Mais ensuite, M. Baloo lui caressa la tête.

— C'est une question très courante, tous mes petits patients me la posent.

— Et comment tu les rassures ?

— Je leur dis que quand on est sous hypnose, on peut se réveiller à tout moment, parce que ça ne dépend que de soi. Donc, si tu sens que quelque chose ne va pas, il te suffit de compter à l'envers puis d'ouvrir les yeux.

— D'accord, répondit Pietro.

Son père le prit par la main et ils avancèrent entre les faux arbres. C'était agréable. L'homme le fit allonger sur l'herbe moquette et cala un coussin sous sa nuque. Puis, avec des gestes élégants et rodés, il sortit un vinyle de sa pochette, le posa sur la plate-forme du tourne-disque posé sur une table basse dans un coin et actionna le bras, qui alla se poser sur le sillon.

Les voix de l'ours Baloo et de Mowgli chantant « Il en faut peu pour être heureux » envahirent le bois.

Son père vint s'allonger tout près de lui. L'un à côté de l'autre, les mains croisées sur le ventre, ils admirèrent le ciel fait de petits nuages blancs et d'étoiles lumineuses. Ils étaient sereins.

— Un jour, probablement, tu me détesteras pour tout ceci, même si j'espère que non, dit le père. Le fait est que nous ne sommes que tous les deux et que je ne vivrai pas éternellement. Pardonne-moi d'avoir choisi ce procédé, mais sinon je n'aurais pas eu le courage. Et puis, en un sens, c'est juste. Alors, tu es prêt ?

Pietro ne comprenait pas, mais il décida de lui faire confiance.

— Oui, papa.

— Alors maintenant, ferme les yeux.

35

Gerber rentra dans son appartement déserté en début d'après-midi. Il n'arrivait plus à gérer ses rendez-vous avec ses autres patients. Il n'avait plus la sérénité nécessaire pour les écouter et pratiquer l'hypnose. Il avait donc préféré vider totalement son agenda.

Il se dirigea vers sa chambre, terrassé par une terrible migraine. Il s'écroula sur les oreillers sans se déshabiller ni retirer ses chaussures et il se serra dans son imperméable. Le froid qu'il ressentait était un effet secondaire du Ritalin. Il resta en position fœtale et attendit que passent les vagues lancinantes qui s'abattaient à intervalles réguliers sur les parois internes de son crâne. Quand elles devinrent moins fortes, il s'endormit.

Il fut projeté dans un kaléidoscope de rêves agités. Il fluctuait dans un abysse obscur peuplé de poissons lumineux, mais aussi des créatures sans ombre de M. Hall. Des fantômes marins qui avaient appris à s'adapter à l'hostilité de leur milieu de naissance en devenant transparents.

Hanna était comme eux. Toujours vêtue de noir, parce que la vie lui avait appris à se rendre invisible.

Dans cette mer, il y avait aussi sa mère, la femme de monsieur B. Elle affichait son sourire fixe des photos de famille, telle une statue de cire : immobile et indifférente. Il l'appelait maman, mais elle ne répondait pas.

Personne ne veut vraiment écouter ce que les enfants ont à dire. Il entendit dans sa tête la voix mélancolique d'Hanna Hall. *Le mot secret de votre père est un nombre, pas vrai ?*

Puis son portable sonna et Gerber ouvrit les yeux.

— Où es-tu ? demanda Anita Baldi, agacée.

Que lui voulait-elle ? Pourquoi était-elle en colère ?

— Il est 10 heures et tu n'es pas là.

— Il est 10 heures ? lança-t-il la voix pâteuse.

Dix heures du matin. Combien de temps avait-il dormi ? Trop longtemps. Il était sonné.

— Nous t'attendons. Il ne manque que toi.

— Nous avions rendez-vous ?

— Pietro, tout va bien ? Quand je t'ai appelé hier soir, tu m'as dit que tu y serais.

Il ne se rappelait aucun appel. Il était convaincu d'avoir dormi d'une traite depuis le début d'après-midi de la veille.

— Emilian, dit la femme. On t'attend chez lui, avec les assistantes sociales.

— Que se passe-t-il ?

— Tu dois confirmer ton avis : grâce au ciel, ses parents adoptifs veulent le reprendre avec eux.

Il arriva essoufflé. Il était trop en retard pour faire sa toilette. En plus de porter des vêtements sales, il avait bien conscience de ne pas sentir bon. En plus, ses habits étaient un peu larges, signe qu'il avait perdu quelques kilos ces derniers jours.

Il était certain que, le voyant dans cet état, Anita Baldi le foudroierait du regard. Pourtant, il lut dans les yeux de la veuve violette plus d'appréhension que de fureur.

Les mots de la juge résonnaient encore dans sa tête. Quand il lui avait demandé pourquoi elle ne lui avait pas révélé qu'elle connaissait Hanna Hall la première fois qu'il l'avait évoquée, elle avait botté en touche.

J'ai fait une promesse, il y a de nombreuses années.

À qui ?

Tu le comprendras.

Elle n'avait fait que reporter la réponse, aussi n'avait-il pas insisté. Toutefois, à la fin de la matinée, il comptait bien revenir à la charge. En attendant, il tenta de retrouver sa lucidité pour accomplir son travail au mieux. Ce n'était pas facile. Il était à bout. L'adresse correspondait à une petite villa d'un quartier de banlieue organisé autour de la paroisse.

Malgré leur jeune âge, les parents adoptifs d'Emilian avaient aménagé leur maison avec des meubles anciens, probablement ceux de leurs parents. Comme si le couple ne s'était pas émancipé en développant son propre goût. Sol en marbre clair, mobilier laqué, lampes en cristal et tout un ramassis de petites statues en céramique et autres bibelots.

Et surtout, des décorations religieuses : il y avait des crucifix partout, des tableaux représentant des scènes de l'Évangile, des saints et plusieurs exemplaires de la Vierge Marie. Et bien entendu une reproduction de la Cène, au-dessus d'une cheminée où brûlait un faux feu.

Les assistantes sociales effectuaient un repérage de routine pour vérifier si les conditions étaient réunies pour confier à nouveau l'enfant biélorusse à sa famille. Gerber déambulait dans les pièces, l'air perdu, essayant de rester discret. Il se sentait comme un lendemain de cuite, quand le malaise et la honte remplacent l'euphorie alcoolique.

Anita Baldi avait pris à part les parents adoptifs d'Emilian, qui se tenaient par la main, pour parler avec eux de l'anorexie du petit garçon. Le psychologue en entendit des bribes.

— Nous avons consulté plusieurs médecins, disait la mère d'Emilian. Nous en verrons d'autres, mais je crois surtout que notre fils a besoin de notre attention et de notre amour, en plus de l'aide de Dieu.

Gerber se rappela la scène à la fin de l'audience, quand le père Luca avait réuni les fidèles en cercle pour prier pour l'enfant. La mère avait souri les yeux fermés, alors que les autres membres de la confraternité ne pouvaient pas la voir.

À ce moment-là, l'hypnotiseur remarqua une petite porte qui conduisait au sous-sol de la villa, où Emilian avait dit avoir assisté à une sorte d'orgie païenne impliquant ses parents, ses grands-parents et le curé portant des masques d'animaux.

Un chat, un mouton, un cochon, un hibou et un loup.

Que s'était-il passé dans la tête d'Emilian ? se demanda Gerber. Il savait que les enfants peuvent être sadiques et cruels. La juge et lui avaient supposé que, après les abus subis en Biélorussie, le petit avait voulu expérimenter ce que l'on ressent dans le rôle du bourreau.

Il monta l'escalier principal, imaginant que la chambre de l'enfant se trouvait en haut. En effet, elle était située à côté de celle de ses parents. Il y entra. Elle contenait un petit lit, une armoire, un petit bureau et de nombreux jouets et peluches. Elle donnait l'impression d'avoir été préparée avec soin et amour, pour que le nouveau venu s'y sente bien. Au mur étaient accrochées des photos de moments heureux qu'Emilian avait passés avec sa famille italienne. Une sortie à la mer, un parc d'attractions, la crèche de Noël.

Mais il y avait autre chose : sur une petite table à côté de la porte étaient disposés des objets.

Un aspersoir et un petit seau d'eau bénite. Des cônes d'encens et un brûleur. Une ampoule d'huile sainte. Des images sacrées et des rosaires. Une bible. Un crucifix en argent. Une étole sacerdotale.

Gerber imagina les membres de la communauté religieuse des parents adoptifs d'Emilian, réunis autour du lit de l'enfant, entonnant des chants et récitant des liturgies pour le libérer, comme s'il était possédé.

Il secoua la tête : cette idée était absurde. Il s'apprêtait à sortir de la chambre quand il remarqua quelque chose dans le tiroir entrouvert de la table de nuit.

Il alla l'ouvrir et découvrit le même visage que celui qu'Emilian avait dessiné pendant leur dernière séance, alors qu'il était sous hypnose. Il y en avait même plusieurs versions, chacune sur une feuille, toutes très semblables.

Des yeux sans pupille, une bouche énorme et des dents aiguisées.

Cette figure, sans doute par contraste avec l'abondance d'images religieuses qu'il avait vues au rez-de-chaussée, avait quelque chose de démoniaque.

Le monstre Maci, l'avait appelé Emilian.

Pour la première fois, Pietro Gerber pensa que ce mot pouvait avoir une signification. Il prit son smartphone, ouvrit une application de traduction automatique et y entra le mot. Le résultat fut frappant.

« Maci » en biélorusse désignait la « maman ». C'était ainsi qu'Emilian appelait sa mère biologique.

Ces traits monstrueux cachaient probablement toute l'horreur que l'enfant avait vécue dans sa famille d'origine.

Il entendit alors des voix en bas et descendit voir ce qui se passait. Il aperçut Emilian, qui avait été ramené par une assistante sociale.

Ses parents adoptifs l'avaient pris dans leurs bras. Ils étaient tous les trois enlacés, à genoux, sous le regard bienveillant des présents.

Alors que Gerber était au milieu de l'escalier, l'enfant leva les yeux vers lui. Il paraissait déçu et en colère. Dans le fond, c'était normal qu'il en veuille encore à l'homme qui avait démoli son mensonge. Pourtant, son regard mit le psychologue mal à l'aise. Prêt à affronter l'enfant, il s'approcha de lui en souriant.

— Bonjour, Emilian, comment vas-tu ?

Le petit se tut mais, quelques secondes plus tard, il eut un haut-le-cœur et vomit sur le pantalon de Pietro.

Tout le monde en resta bouche bée.

— Je suis désolée, dit la mère d'Emilian en passant à côté de Gerber pour courir s'occuper de son fils. Ses crises sont imprévisibles, elles arrivent quand il a une émotion forte.

Le psychologue ne répondit pas.

Après s'être assurée qu'Emilian allait mieux, la mère l'invita à faire le signe de croix et à réciter une prière pour chasser le souvenir de l'événement.

— Maintenant, on va dire l'Ange Gardien et tout va passer, promit-elle.

Gerber était secoué. Anita Baldi lui tendit des mouchoirs en papier pour qu'il nettoie son pantalon, mais il s'écarta, gêné.

— Excusez-moi, dit-il en se dirigeant vers la cuisine.

Il se retrouva dans une pièce aseptisée. Le sol était brillant et la cuisinière rutilante. La mère adoptive faisait étalage de ses qualités de maîtresse de maison. Toutefois, elle était trahie par l'odeur persistante de nourriture, inutilement masquée par un désodorisant chimique aux fleurs des champs.

Gerber prit un verre dans l'égouttoir. La main tremblante, il le remplit d'eau et but à petites gorgées. Puis il posa ses mains sur le plan de travail. L'eau coulait toujours. Il ferma les yeux. Il fallait qu'il quitte cette maison. Je vais m'écrouler, pensa-t-il. Je ne veux pas que quelqu'un assiste à ce spectacle ridicule.

Personne ne veut vraiment écouter ce que les enfants ont à dire.

La phrase d'Hanna Hall fit irruption dans ses pensées.

Elle sonnait comme une accusation envers lui, l'endormeur d'enfants. Toutefois, Gerber était convaincu d'avoir fait son possible pour Emilian. S'il n'avait pas découvert qu'il s'était inspiré d'un livre pour calomnier ceux qui l'avaient accueilli en lui promettant de l'aimer, des innocents seraient probablement encore au pilori. Alors, pourquoi se sentait-il coupable envers l'enfant ?

Mon goûter est toujours mauvais.

Les derniers mots d'Emilian avant qu'il le réveille de l'hypnose. Une façon de justifier le mal qu'il avait fait à sa nouvelle famille. L'alibi parfait d'un enfant.

Gerber fut saisi d'une intuition. Il ouvrit les yeux et observa à nouveau la cuisine immaculée. Il y relia l'image des objets sacrés qu'il avait vus dans la chambre du petit garçon. Quelqu'un essayait de purifier l'âme d'Emilian. La confraternité religieuse.

Non, se dit-il. *Pas eux. Juste sa mère.* L'apparence est très importante pour cette femme. Elle n'a pas pu avoir d'enfant et elle meurt d'envie de montrer aux autres que, malgré tout, elle mérite d'être appelée « maman ».

Étant donné sa foi profonde, pour elle, la maternité n'était pas un fait biologique, mais une vocation. La meilleure mère est celle qui accepte de s'occuper de l'enfant porté par une autre. Même quand l'enfant est imparfait, anorexique. Au contraire, elle supporte les souffrances de son fils malade comme si c'étaient les siennes. Une telle mère ne se plaint pas. Elle sourit avec satisfaction quand elle prie. Parce qu'elle sait que Dieu voit et approuve sa foi.

Mon goûter est toujours mauvais, se répéta Pietro Gerber.

Il fouilla tous les placards, à la recherche frénétique d'une confirmation. Il la trouva au fond d'une étagère.

De la pâte à tartiner à la noisette. Il ouvrit le pot et en observa le contenu. D'habitude, aucun adulte ne goûte la nourriture réservée exclusivement à un enfant.

Ainsi, personne ne pouvait découvrir le secret de la maman d'Emilian.

Il n'y avait qu'un moyen d'en obtenir la preuve : il plongea son doigt dans la pâte molle et le glissa dans sa bouche.

En sentant l'acide sous la douceur, instinctivement, il cracha par terre.

Emilian n'aurait jamais pu raconter la vérité : personne ne l'aurait cru. Il avait donc inventé cette histoire d'orgies sataniques, qui impliquait toute la famille. Il n'avait pas eu le choix.

Parce que personne ne veut vraiment écouter ce que les enfants ont à dire. Même pas Gerber.

36

Monsieur B. citait souvent le cas d'une enfant qui, sous hypnose, forçait un petit éléphant en peluche à prendre des médicaments. Quand il refusait, elle menaçait de ne plus l'aimer. Ce comportement lui avait permis d'identifier chez la mère de la fillette un trouble appelé « syndrome de Münchhausen par procuration » : la femme administrait en cachette à la petite des doses massives de médicaments pour qu'elle tombe malade, dans le but d'attirer l'attention de la famille et des amis, aux yeux desquels elle passait pour une bonne mère attentionnée.

Toutefois, l'hypnotiseur ne s'en souvint que quand Anita Baldi lui évoqua l'affaire pour le persuader que c'était grâce à lui qu'on avait pu découvrir ce que vivait réellement Emilian.

— Il est probable que ton inconscient t'ait suggéré quoi faire, insista la juge en faisant allusion à la pâte à tartiner empoisonnée avec du simple liquide vaisselle.

Toutefois, Gerber était convaincu que l'enfant biélorusse devait son salut à Hanna Hall. Aussi, il partit immédiatement la chercher, lucide sur le fait que cela constituait surtout un prétexte pour la revoir hors de son cabinet. Il comprit que leurs rendez-vous ne lui suffisaient plus. Comme un amoureux fou, il avait besoin d'imprévus et de hasard.

Arrivé à l'hôtel Puccini, il se précipita à la réception pour demander si elle était dans sa chambre.

— Je suis désolé, elle est partie cette nuit, dit le gardien.

Cette nouvelle glaça le sang de Gerber. Il remercia l'homme mais, avant de partir, il lui tendit un billet en lui posant une question :

— Combien de temps Mme Hall a-t-elle séjourné ici ?

Il était convaincu qu'elle était arrivée à Florence bien avant d'entrer dans son existence, dans le but de recueillir des informations sur lui. Sinon, il ne s'expliquait pas comment elle pouvait connaître autant de choses sur son passé.

— Elle n'a passé que quelques jours ici. Elle a pris une chambre, mais elle n'y dormait jamais, ajouta le gardien devant l'air étonné de Pietro.

Gerber enregistra l'information, remercia et sortit à la hâte. Il était abasourdi. En même temps, il avait la confirmation indirecte qu'il ne s'était pas trompé : si Hanna dormait ailleurs, alors elle pouvait être en ville depuis longtemps. Elle avait minutieusement préparé sa mise en scène, dont la misérable chambre de l'hôtel Puccini faisait partie.

Elle est encore là, pensa-t-il.

Il en avait assez de cette tromperie : il voulait lui parler, coûte que coûte, alors il sortit son téléphone pour appeler Theresa Walker.

Une voix enregistrée lui annonça en anglais que son correspondant n'était pas disponible pour le moment.

Il réessaya plusieurs fois, rentra chez lui, appela encore. Idem. Nerveux, à bout, il appuya son dos contre le mur du couloir et se laissa glisser jusqu'au sol. Il passa un moment assis dans le noir. Il n'arrivait pas à se rendre à l'évidence.

Hanna Hall ne reviendrait pas.

Désespéré, il décida de la chercher dans le seul endroit qui restait : Internet. Une fois, Theresa Walker lui avait dit que deux trentenaires portaient ce nom en Australie. L'une était une biologiste marine mondialement connue, l'autre, leur patiente.

Gerber ouvrit le navigateur de son smartphone et entra le nom de la femme dans le moteur de recherche. Quand la liste des résultats apparut, il repensa aux créatures sans ombre de M. Hall. Un détail inattendu émergea des profondeurs du réseau. S'il ne s'était pas laissé berner par les apparences, il aurait facilement pu s'en rendre compte.

Sur les photos en ligne, la biologiste marine de renommée internationale avait les mêmes traits que sa patiente.

Il n'y avait qu'une seule Hanna Hall.

Une femme négligée et oubliée. Elle tenait la barre d'un voilier, ses cheveux blonds flottant au vent. Elle souriait comme jamais elle n'avait souri avec lui, et il en ressentit une pointe de jalousie. Surtout, c'était la même femme, mais ce qu'elle dégageait était totalement différent.

Elle était heureuse.

Il aurait dû être content qu'Hanna – la véritable Hanna – ait dépassé le traumatisme à la fois d'avoir été enlevée et d'avoir été confiée à une famille d'inconnus. Il aurait dû être fier qu'elle ait réussi à ne pas se laisser conditionner par son passé. Mais il était obnubilé par la mise en scène de cette femme, qui lui avait offert sa performance avant de disparaître soudainement. Il paria avec lui-même que dans la réalité elle prenait soin de sa santé et ne fumait pas.

Le mot secret de votre père est un nombre, pas vrai ? À ce moment-là, quelqu'un sonna à l'interphone. Gerber alla répondre, priant pour que ce soit elle. Il fut déçu. Pourtant, quand il ouvrit la porte, il se retrouva devant un visage familier.

Elle avait beaucoup vieilli par rapport aux deux fois où ils s'étaient rencontrés, mais il reconnut tout de même l'amie de son père, la femme mystérieuse rencontrée chez le glacier, puis retrouvée au chevet de monsieur B. mourant.

— Je pense que c'est à vous, dit l'ancienne employée du San Salvi d'une voix rendue rauque par le tabac.

Elle lui tendit la photo volée dans l'album de famille. Un portrait de lui, Pietro Gerber, à la naissance.

37

Ils quittèrent son appartement et choisirent un petit bar de la via Burella, le seul ouvert à cette heure tardive, un repaire d'humains qui fuyaient la lumière du jour : des insomniaques, des trafiquants et des prostituées.

Ils s'assirent à une table à l'écart devant deux cafés exécrables. La mystérieuse amie de monsieur B. alluma une cigarette, certaine que personne ne ferait d'objection. Gerber remarqua qu'elle fumait des Winnie.

Le psychologue tenait la photo entre ses doigts.

— Qui vous l'a donnée ?

— Je l'ai trouvée dans ma boîte aux lettres.

— Comment avez-vous compris que c'était moi ?

— Je ne pourrai jamais l'oublier.

— Pourquoi ?

La femme se tut, sourit. Encore un secret. Une autre réponse reportée, comme celle d'Anita Baldi, qui n'avait pas voulu lui révéler tout de suite qu'elle connaissait Hanna Hall.

— Quelle était votre relation avec mon père ?

— Nous étions bons amis.

Il était clair qu'elle n'en dirait pas plus. Par ailleurs, elle ne lui avait pas donné son nom.

— Pourquoi êtes-vous venue ? Et ne me dites pas que c'est pour me rendre cette photo…

— Votre père m'a demandé de répondre si vous me contactiez. J'ai pensé que la photo était une invitation de votre part.

Monsieur B. était à l'origine de cette rencontre ? s'étonna Gerber.

— Mon père et vous aviez une liaison ?

La femme éclata d'un rire rauque, vite interrompu par une quinte de toux.

— Votre père était tellement amoureux de sa femme qu'il lui est resté fidèle même après sa mort.

Gerber se sentit coupable envers Silvia. Après les événements des derniers jours, il ne pouvait plus se considérer comme un mari dévoué.

— Votre père était un homme très intègre, une des personnes les plus droites que je connaisse.

C'en était trop pour Gerber. Il l'interrompit :

— Mari et Tommaso. Le reste ne m'intéresse pas.

La femme tira longuement sur sa cigarette.

— Le San Salvi était un monde à part, avec ses propres règles. On vivait et on mourait selon ces règles.

Comme les cinq qui avaient été imposées à Hanna dans son enfance.

— Quand a été votée la loi de fermeture des hôpitaux psychiatriques, en 1978, personne n'a pensé que les normes du monde extérieur différaient des nôtres. Il ne suffisait pas de les déloger : les patients qui y avaient passé une grande partie de leur vie ne savaient pas où aller.

Le gardien du San Salvi avait raconté la même chose à Gerber.

— Nous avons continué à les accueillir. Bien sûr, tout le monde savait, mais faisait semblant de rien. Les gens croyaient qu'une fois les derniers fous morts, le problème se réglerait de lui-même. Il fallait seulement laisser faire le temps…

— Ça ne s'est pas passé comme ça.

— Les bureaucrates ignoraient que, dans des endroits comme l'hôpital San Salvi, la vie trouvait le moyen de continuer malgré tout… Et c'est là que j'intervenais.

— C'est-à-dire ?

— Vous vous êtes demandé ce que faisaient deux mineurs à l'asile ?

Tommaso avait seize ans, Mari, quatorze.

— Non, je ne me suis pas posé la question.

La femme se leva et éteignit sa cigarette dans sa tasse de café.

— Les réponses aux questions que vous vous posez se trouvent dans le pavillon P.

Gerber ne s'attendait pas à ce qu'elle abrège ainsi leur conversation. Et puis, quelque chose ne collait pas. Il lui saisit le bras.

— Un instant… Les pavillons du San Salvi vont du A au O : il n'y a pas de P.

— En effet, confirma la femme en le regardant dans les yeux. Il n'existe pas.

38

Il escalada le haut mur d'enceinte de la via Mazzanti à l'endroit où il semblait le plus simple de se hisser. Il retomba de l'autre côté, sur l'herbe, évitant de peu une bouteille cassée. Le terrain était parsemé de vieux déchets. Il avança avec précaution.

Éclairé par la pleine lune, il s'enfonça dans le bois. Les arbres, gardiens du lieu, paraissaient ignorer sa présence. Ils ondoyaient à l'unisson dans le vent nocturne, libérant un chœur de murmures.

Gerber trouva enfin une allée goudronnée qui, tel l'affluent d'un estuaire, menait au centre du domaine. Il observa les bâtiments qui composaient la ville abandonnée du San Salvi.

Une lettre était imprimée sur chaque façade. Il se dirigea vers un petit immeuble blanc, le seul sans lettre.

Le fameux bâtiment P, supposa le psychologue.

Il n'y avait qu'une façon de le vérifier : entrer.

Des gros barreaux métalliques empêchaient de passer par les fenêtres cassées. Il trouva une porte à l'arrière, qui avait déjà été forcée.

Sa présence résonna dans le silence. Ses pas crissaient sur du verre et des décombres. Le sol était surélevé à plusieurs endroits et, entre les carreaux de céramique, des arbustes obstinés avaient réussi à se frayer un chemin dans le béton. Les rayons de la lune entraient par les fissures du plafond, une sorte de fumée lumineuse était suspendue dans l'air.

Gerber eut la sensation nette qu'il n'était pas seul. Des yeux invisibles l'observaient, cachés dans les coins ou entre les ombres. Il les entendait chuchoter. Ils aiment encore déplacer les chaises, avait dit le gardien. Ils les installent généralement devant les fenêtres, tournées vers le jardin. Même morts, leurs habitudes n'avaient pas changé : une rangée de chaises vides étaient postées devant une verrière.

Toutefois, Gerber eut sa première vraie surprise en entrant dans la première chambre. Les lits n'étaient pas de la taille habituelle, mais plus petits. Des lits d'enfants. Il poursuivit son exploration en se demandant où il était et pourquoi cet endroit avait été tenu secret. Arrivé au pied d'un escalier en brique, il s'apprêtait à monter à l'étage mais s'arrêta. Quelque chose avait attiré son regard vers le bas, là où les marches se perdaient dans une sorte d'abysse.

Il y avait des empreintes de pas dans la poussière.

Gerber n'avait pas de lampe torche, il se maudit de ne pas y avoir pensé. Il lui restait son téléphone portable, qu'il utilisa pour éclairer la descente.

En bas de la première volée de marches, il s'attendait à trouver un lieu de stockage ou une ancienne chaufferie, mais il découvrit un long couloir avec une porte au bout. Il s'y dirigea en observant les murs sur les côtés : des personnages de contes y étaient peints.

Il fit de nombreuses conjectures peu convaincantes sur la fonction de ce lieu.

Après avoir passé la porte, il balaya le sol de sa lampe et remarqua quelque chose qui le bouleversa.

Un fauteuil d'accouchement en acier chromé, le dossier allongé et les repose-pieds surélevés. Il crut d'abord à une hallucination, mais comprit que tout était vrai. Il avança lentement et aperçut une autre pièce derrière.

Elle contenait quatre rangées de berceaux en métal, des lavabos et des tables à langer.

Une pouponnière.

Bien sûr, les lits étaient vides, mais il imagina tout de même les petits corps endormis.

Gerber était incrédule. Une partie de lui avait envie de prendre ses jambes à son cou, mais une autre n'arrivait pas à bouger. Une troisième voulait explorer l'absurdité de ce qu'il avait devant les yeux. Il lui donna raison, parce qu'il avait compris que sans réponses il ne trouverait jamais la paix.

Il se retourna et découvrit le box du personnel médical et infirmier. Derrière la vitre, il distingua un bureau et un range-dossiers.

Il était trop occupé à feuilleter les dossiers qu'il avait empilés sur la table pour se demander s'il lui restait suffisamment de batterie sur son téléphone. Depuis combien de temps était-il assis là ? Il n'arrivait pas à s'arrêter. Certes, il était dévoré par la curiosité, mais il y avait autre chose. Il se sentait un devoir envers les innocents qui étaient passés par ce lieu insensé, dont peu de gens à l'extérieur connaissaient l'existence. Une minorité avait maintenu le terrible secret, telle une coterie.

Dans des endroits comme l'hôpital San Salvi, la vie trouvait le moyen de continuer malgré tout, avait affirmé la mystérieuse amie de son père. Gerber commençait tout juste à comprendre le sens de sa phrase.

Le pavillon P était un service de maternité.

Il se rappela que l'hôpital psychiatrique était une ville en soi. La vie de la structure s'écoulait indépendamment du monde extérieur. Il y avait une petite centrale électrique. Un aqueduc séparé de celui de Florence. Une cuisine et un réfectoire. Un cimetière, parce que les gens qui y entraient n'avaient pas l'espoir d'en sortir vivants.

Mais cette autarcie valait aussi pour d'autres sujets.

Les patients se rencontraient, tombaient amoureux, partageaient leur vie. Et parfois, ils mettaient un enfant au monde.

Le San Salvi était préparé à cette éventualité. Au fil des ans, il avait hébergé non seulement des malades mentaux avérés, des personnes souffrant de dépendance ou encore les rebuts de la société, enfermés parce qu'ils étaient différents. Les fous et les sains d'esprit avaient les mêmes exigences affectives. Parfois, le tout se déroulait dans le cadre de rapports consentants. Malheureusement, d'autres fois non.

Souvent, cela conduisait à des grossesses. Désirées ou non, il fallait les gérer.

C'est là que j'intervenais, avait dit l'amie de monsieur B.

Dans les dossiers, Gerber découvrit qu'elle était sage-femme. Grâce à ses notes, il put reconstruire l'histoire des parturientes et des nouveau-nés.

Un certain nombre mouraient à cause des médicaments ou des thérapies pratiquées sur leur mère. On les enterrait dans une fosse du cimetière. Mais la majorité d'entre eux survivaient.

Ceux qui entraient de cette façon au San Salvi étaient destinés à y rester.

Personne n'aurait jamais adopté l'enfant de deux fous, pensa Gerber. Par peur, compréhensible, que ces enfants portent en eux le mal obscur de leurs géniteurs.

Toutefois, dehors, on ne pouvait pas raconter que des générations d'enfants avaient séjourné entre ces murs uniquement parce qu'elles y étaient nées. En fait, s'ils n'héritaient pas de la pathologie de leurs parents, ils devenaient fous avec le temps.

Parmi les dossiers, Gerber trouva celui de Mari.

Il lut sa courte histoire. Tommaso et elle étaient des enfants du San Salvi, comme en témoignait leur jeune âge. Ils faisaient partie des « chanceux » qui avaient survécu à l'accouchement. Ils avaient grandi ensemble dans cet enfer et ils étaient tombés amoureux. Aucun des deux ne présentait de symptômes de maladie mentale. Ils portaient simplement le mal-être dû au fait d'être nés dans cet endroit. Quand il avait seize ans et elle quatorze, ils avaient eu un enfant.

Mari n'était pas stérile, la juge Baldi avait menti. L'enfant avait été prénommé Ado. Malheureusement, il était mort quelques heures après être venu au monde.

Gerber imagina Tommaso et Mari qui, ne pouvant accepter cette triste réalité, s'échappaient du San Salvi avec le cadavre de leur fils.

Ado est réel, avait dit Hanna Hall. Mais Ado est mort, pensa Pietro Gerber.

Ta maman essayait de réveiller Ado pour lui donner à manger, avait raconté Tommaso à Hanna quand elle était allée le voir en prison. *Mais quand elle a voulu le mettre au sein, il était froid et immobile. Alors, elle s'est mise à hurler, je n'oublierai jamais ses cris et sa douleur... Je lui ai retiré Ado des bras et j'ai essayé de souffler de l'air dans ses poumons, mais en vain... Je l'ai enveloppé dans sa couverture et je suis allé chercher du bois pour lui construire un cercueil. Nous l'y avons mis et j'ai refermé le couvercle à la poix.*

Gerber reparcourait cette séquence macabre d'événements, tout en continuant à lire le dossier. À la suite de complications imprévues pendant l'accouchement, Mari n'aurait plus d'enfants. C'était pour cela qu'elle et Tommaso avaient enlevé Hanna, puis Martino. Leur conduite criminelle n'était qu'une revanche contre le destin qui les avait empêchés de devenir parents. Pietro Gerber eut l'impression d'être arrivé à la fin de l'histoire. À partir de là, les réponses étaient entre les mains d'Hanna Hall. Celle qui lui tenait le plus à cœur, évidemment, concernait le lien entre la patiente et son père. Comment savait-elle autant de choses sur monsieur B. ?

L'œil du psychologue se posa sur le tampon officiel et un sigle au bas de l'acte de naissance et de décès du petit Ado. Il connaissait l'écriture et le sens de cette attestation.

C'était le sceau du tribunal pour mineurs, accompagné de la signature d'Anita Baldi : ils certifiaient que les faits s'étaient déroulés exactement comme selon le procès-verbal. Était-ce une coïncidence ? Impossible. L'apparition récurrente des mêmes personnages dans cette histoire donnait l'impression que cela cachait quelque chose.

Une ruse. Ou une vérité arrangée.

Anita Baldi avait impliqué son père dans le jeu.

J'ai fait une promesse, il y a de nombreuses années.

Monsieur B. en était-il le destinataire ? Et sinon, qui d'autre ?

À ce moment-là, Pietro Gerber comprit qu'il se trompait : la solution du mystère ne se trouvait pas entre les mains d'Hanna Hall.

Vingt ans plus tard, la réponse était toujours sous terre, dans une tombe à côté de la maison des voix.

39

Il n'eut aucun mal à trouver la ferme de la nuit de l'incendie. Il suivit les indications fournies par les articles contenus dans la valise d'Hanna Hall.

Dans la lumière de l'aube, il eut l'impression que la bâtisse brûlait encore. Elle n'était plus qu'une ruine en haut d'une colline, envahie par le lierre et veillée par deux cyprès solitaires. Pour y arriver, Gerber avait dû parcourir neuf kilomètres de chemins de terre.

Il arrêta sa voiture, descendit et scruta les environs. La campagne siennoise s'étendait jusqu'à l'horizon. Toutefois, le plus frappant était le silence total.

Il n'entendait ni les oiseaux qui saluaient le jour nouveau ni la brise qui caressait la végétation hivernale. L'air était immobile et lourd. Cet endroit évoquait la mort.

Il prit le sentier qui longeait la maison, sans savoir exactement quoi chercher. Il baissa distraitement les yeux et reconnut un mégot de Winnie. Puis un deuxième, et un troisième. Il y en avait une série, qu'il suivit pour voir où cela le conduirait.

Un paquet de cigarettes vide, laissé sous l'un des cyprès, constituait la preuve qu'Hanna Hall était venue. Maintenant, Pietro Gerber savait où chercher. Il avait emporté une pelle, il l'enfonça dans la terre durcie par le froid du matin. Il creusa en repensant à ce qui s'était passé dans cet endroit la nuit où Hanna avait été arrachée à sa famille. Le siège tenu par les étrangers, guidés par la veuve violette, le feu allumé par Tommaso pour les chasser, mais aussi pour faire diversion et avoir le temps de se cacher avec les autres dans la pièce sous la cheminée, l'eau de l'oubli que Mari avait fait boire à sa fille à laquelle elle ne voulait pas renoncer.

À un mètre de profondeur, la pointe de la pelle heurta quelque chose.

Gerber descendit dans le trou, déterminé à achever le travail à mains nues. En enfonçant ses doigts dans la terre, il sentit la caisse en bois. Hanna avait raison : elle était longue comme trois fois la paume de la main. Avant de la dégager complètement, il passa la main sur le couvercle et découvrit le prénom que Tommaso avait gravé avec la pointe chauffée d'un scalpel.

ADO.

La petite caisse était scellée à la poix. Le psychologue prit une clé et gratta. Puis il attendit quelques secondes, le temps de reprendre son souffle. Et il ouvrit.

Le nourrisson se mit à pleurer.

Gerber perdit l'équilibre, tomba en arrière, atterrit douloureusement sur le dos. La terreur le secoua des pieds à la tête. Le pleur se calma, se transforma en une sorte de râle sombre et dissonant. Alors, il se pencha pour regarder plus attentivement.

Ce n'était pas un enfant, mais une poupée.

Un jouet doté d'un mécanisme qui reproduisait un pleur de bébé. Il aurait dû s'y attendre, après le récit d'Hanna du Noir et de ses « enfants » ouvrant la caisse en quête d'un improbable trésor. Elle avait dit qu'Ado avait l'air vivant, que la mort ne l'avait pas abîmé.

Mais qu'est-ce que c'était que cette histoire ?

Il retourna à sa voiture, interloqué et désorienté. Il s'enferma à l'intérieur, mais ne démarra pas. Assis, il fixa le vide. Il avait l'impression que son cœur refusait de battre.

Il fut sorti de sa torpeur par son téléphone.

Il le laissa sonner, pensant que c'était Silvia. Il aurait aimé entendre sa voix, mais pour le moment il n'avait pas le courage de l'affronter. L'appareil cessa et le silence se réappropria l'espace autour de lui. Mais très vite il recommença, insistant. Alors, Gerber l'attrapa pour le faire taire.

Il s'arrêta net : le numéro sur l'écran était celui de Theresa Walker.

— Alors, comment ça s'est passé ? Vous avez eu de la chance ? demanda sa fausse collègue avec la voix d'Hanna Hall.

— Ado est une poupée.

— Ado est un spectre.

— Arrêtez, les fantômes n'existent pas.

Il avait du mal à parler. Il ne comprenait pas pourquoi Hanna tenait tant à le torturer. Quel était son but ?

— Vous êtes sûr ? Il y a de nombreux phénomènes que nous ne pouvons pas expliquer et souvent ils sont liés à notre objet d'étude : l'âme humaine. Parfois, les fantômes se cachent dans notre esprit…

Que lui voulait cette femme ? Pourquoi se faisait-elle encore passer pour une psychologue ?

— Prenez l'exemple de l'hypnose, poursuivit-elle, imperturbable. L'hypnose est une brèche qu'on ouvre dans l'inconnu. Certains souhaitent l'explorer, d'autres ont peur de savoir ce qu'ils y trouveront.

Gerber voulut répondre qu'il en avait assez de cette mascarade, mais elle ne lui en laissa pas le temps.

— Quelle est la plus grande peur de nos patients ?

— Ne pas réussir à se réveiller.

— Et nous, comment les rassurons-nous ?

— En leur disant qu'ils peuvent le faire à n'importe quel moment, parce que cela dépend d'eux.

C'était monsieur B. qui le lui avait enseigné.

— Avez-vous déjà été sous hypnose ?

Gerber se sentit agacé. Il ne savait même plus pourquoi il jouait son jeu.

— Quel rapport ?

— L'endormeur d'enfants a-t-il déjà été endormi, enfant ?

À ce moment-là, Gerber crut entendre dans le téléphone la musique du vieux vinyle : « Il faut se satisfaire du nécessaire », distordue et lointaine. Il se rendit.

— Le jour de mon anniversaire, mon père m'a soumis à une séance.

— Et pourquoi ?

— C'était un cadeau.

Je ne peux pas te l'expliquer, Pietro, c'est trop difficile. Mais je te promets qu'un jour tu comprendras.

— Mon père m'a fait allonger dans la forêt et s'est étendu à côté de moi : nous étions proches, sereins, nous admirions le ciel de nuages blancs et d'étoiles lumineuses.

Un jour, probablement, tu me détesteras pour tout ceci, même si j'espère que non, avait dit son père. *Le fait est que nous ne sommes que tous les deux et que je ne vivrai pas éternellement. Pardonne-moi d'avoir choisi ce procédé, mais sinon je n'aurais pas eu le courage. Et puis, en un sens, c'est juste.*

— Quel est le nombre secret de votre père ?

Il hésita.

— Allez, docteur Gerber : le moment est venu de le dire, sinon vous ne saurez jamais ce qu'était son cadeau secret.

L'hypnotiseur n'avait pas la force.

— Quand il vous a parlé, votre père était déjà dans une autre dimension : ce nombre vient de l'au-delà, insista Hanna.

Gerber fut contraint de revivre la scène. M. Baloo qui murmurait quelque chose, mais que le masque à oxygène l'empêchait de comprendre. Alors, il s'était approché et son père avait fait l'effort de répéter.

La révélation s'était abattue comme un roc sur son jeune cœur. Incrédule et bouleversé, il s'était écarté de son père mourant. Ce qu'il avait vu dans les yeux de M. Baloo n'était pas du regret, mais du soulagement. Un soulagement égoïste et sans pitié. Son père – l'homme le plus pacifiste qu'il ait jamais rencontré – s'était débarrassé de son secret. Maintenant, il était tout à lui.

— Quel est le nombre ? le sollicita Hanna Hall. Dites-le et vous aurez la vérité… Dites-le et vous serez libre…

Pietro Gerber tremblait et pleurait. Il ferma les yeux et prononça le mot avec un filet de voix.

— Dix…

— Bien, le félicita l'autre. Continuez : qu'y a-t-il après le dix ?

— … neuf…

— Excellent, docteur Gerber, excellent.

— … huit, sept, six…

— C'est important, continuez…

— … cinq, quatre, trois…

— Je suis fière de vous.

— … deux… un.

La petite chanson s'arrêta et le silence fut comme une récompense. L'espèce d'enchantement se brisa et il comprit la vérité que son père avait cachée à sa mémoire avec cette unique séance d'hypnose.

Le cadeau.

— Ma mère était déjà malade avant ma naissance.

Il se rappela avoir vu les signes de sa maladie sur les photos de l'album de famille.

— Avant de mourir, elle voulait un enfant. Mais comme à cause des médicaments elle ne pouvait pas, mon père l'a contentée autrement.

Soudain, Pietro Gerber se souvint de chaque chose.

40

Le 22 octobre est une nuit de tempête.

Et moi je suis là-bas.

Les habitants du San Salvi sont plus inquiets que d'habitude, pendant les orages les infirmiers ont du mal à les calmer. Beaucoup ont très peur, mais la plupart déambulent dans les pavillons en criant et en délirant : on dirait qu'ils attirent l'énergie qui sature l'air. Chaque fois que la foudre tombe dans le parc, les voix des fous s'élèvent à l'unisson, comme un salut de fidèles au dieu de l'obscurité. Vers 23 heures, Mari est allongée dans son lit, dans la chambrée. Elle essaie de dormir, un oreiller sur la tête, pour ne pas entendre le vacarme des malades qui se mêle au bruit du tonnerre. Elle sent les premières contractions. Elles arrivent sans prévenir, puissantes et soudaines, comme les décharges qui lacèrent le ciel. Elle crie le nom de son Tommaso, bien que consciente qu'il ne pourra pas l'aider : les étrangers, ceux qui ne croient pas à leur amour, les ont séparés.

Le brancard où gît Mari, hurlante, court dans les couloirs vides. On l'emmène au pavillon P.

La sage-femme de garde est la femme mystérieuse de chez le glacier. Avant de s'occuper d'extirper le bébé du ventre de la jeune fille, elle s'isole dans le box des infirmiers pour passer un appel.

— Viens, ici tout est prêt…

Mari accouche sans anesthésie, avec toute la douleur que cela implique. Elle ne sait pas que ce sera sa seule occasion d'être mère, parce qu'à cause de son jeune âge il y aura des complications qui l'empêcheront de mettre d'autres enfants au monde. Même si elle le savait, cela ne l'intéresserait pas. Ce qui compte, pour le moment, c'est de serrer son Ado dans ses bras.

Mais quand la souffrance s'arrête enfin et qu'elle reconnaît le pleur de son doux enfant, alors qu'elle tend les mains pour qu'on le lui confie, la sage-femme s'éloigne avec le petit avant même que Mari ait vu son visage.

La jeune fille se désespère, personne ne la console. C'est alors qu'apparaît une silhouette souriante.

C'est M. Baloo, l'homme gentil qui vient parfois la voir aux toits rouges, depuis quelque temps. L'endormeur d'enfants. Il va l'aider, il est son ami. En effet, il lui ramène Ado enveloppé dans une couverture bleue. Mais quand il s'approche, Mari réalise que ce n'est qu'une poupée. M. Baloo essaie de la lui installer dans les bras.

— Voilà ton enfant, Mari.

Elle le repousse, folle de rage.

— Non, ce n'est pas mon Ado !

Quelque part dans la pièce, quelqu'un met un disque. La chanson de Mowgli et de l'ours. M. Baloo pose une main sur le front de la jeune fille.

— Tout va bien, la rassure-t-il. Nous avons longuement discuté de tout ceci avec Tommaso, tu t'en souviens ?

Mari se rappelle seulement qu'ils sont tous les deux partis dans une sorte de sommeil agréable, guidés par la voix de M. Baloo.

— Le moment auquel nous nous sommes tant préparés est arrivé, annonce l'endormeur d'enfants.

Avec des mots recherchés et une voix caressante, il la convainc que le pantin qu'elle a dans les bras est réel.

La conscience de Mari s'évanouit peu à peu, se dissout dans quelque chose de sombre et d'illusoire. M. Baloo lui assure que bientôt elle et Tommaso pourront pouponner en paix.

Une fois son travail d'enchantement terminé, l'hypnotiseur sort de la salle d'accouchement et trouve la sage-femme dans le couloir, un fagot dans les bras.

— Ne lui dis jamais qu'il n'est pas ton fils, recommande-t-elle.

— Je ne saurais pas comment lui expliquer qu'il vient d'ici. Mais si un jour il te cherche…

— Il ne faut pas avoir de scrupules. Ce que nous faisons est juste : nous le sauvons, ne l'oublie pas. Quel avenir aurait-il, ici ? Il finirait comme Mari et Tommaso.

M. Baloo acquiesce. Pourtant, il est déjà troublé par ce qui l'attend.

— Ton amie juge a préparé tous les papiers ?

— Oui. Il sera un Gerber à part entière.

La sage-femme sourit pour dissiper la tension.

— À propos, comment allez-vous l'appeler ?

— Pietro. Nous l'appellerons Pietro.

Mon père et moi quittons ensemble l'enfer des toits rouges. Vers une nouvelle maison, une fausse famille et un avenir à inventer.

41

Des années plus tard, dans une voiture roulant au milieu de la campagne déserte, le souvenir que son père avait introduit dans son esprit le jour de son neuvième anniversaire se fixa définitivement dans la mémoire consciente de Pietro Gerber. Et ce fut comme s'il l'avait toujours su.

— Monsieur B. avait utilisé l'hypnose pour persuader Tommaso et Mari que ce pantin était leur fils. Mais si la fiction créée par leurs esprits pouvait subsister entre les murs du San Salvi, dehors, elle perdait de sa consistance. C'était l'hôpital psychiatrique qui la rendait réelle. Alors, ils s'étaient convaincus que le petit était mort pendant leur fuite d'amour.

— C'est pour cela qu'après le nombre révélé sur son lit de mort, vous étiez en colère contre votre père, affirma la fausse psychologue à l'autre bout du fil. La colère vous servait à nier la réalité, donc vous êtes persuadé que votre père ne vous aimait pas.

— Monsieur B. ne m'a pas demandé si je préférais connaître la vérité ou continuer à vivre dans l'ignorance, répondit Pietro. Avant de mourir, il a simplement commencé le compte à rebours pour soulager son âme de ce secret.

— Comme Hanna Hall, vous non plus, vous n'avez pas pu choisir. Parce que, si Hanna avait pu, elle aurait volontiers continué à vivre avec les personnes qu'elle considérait comme son père et sa mère.

Pietro Gerber s'interrogea sur le destin qui les avait réunis, des années avant leur rencontre.

Hanna et lui étaient frère et sœur.

Ils n'étaient pas du même sang, mais ils avaient eu les mêmes parents. Il avait été mis au monde par Mari et Tommaso, elle avait été élevée par eux à sa place. Ils étaient reliés par le fait que quelqu'un avait arbitrairement voulu les sauver.

— Hanna a tout fomenté pour que je découvre ma véritable histoire.

— Intéressant. Donc, Hanna Hall n'est pas venue d'Australie pour se libérer, mais pour vous libérer, vous.

Il jouait toujours son jeu, parce qu'il avait peur. Il ne savait pas ce qui se passerait s'il mettait fin à cette farce. Il serait obligé de réécrire sa vie sur la base de cette vérité. Mais il comprit aussi autre chose, et ce fut consolatoire.

Pour remettre de l'ordre dans les souvenirs du passé, il ne serait pas seul.

Hanna resterait auprès de lui, elle guiderait sa mémoire pour panser les blessures de l'enfance, pour souffler sa douleur d'enfant comme seules les personnes qui aiment vraiment peuvent le faire.

Pietro Gerber n'avait pas encore la force de rouvrir les yeux pour sortir de la tanière réconfortante de l'obscurité, pourtant, il savait qu'elle était là, quelque part, tout près. Peut-être à quelques mètres de la voiture, debout, de dos, le téléphone à l'oreille, en train de regarder l'horizon.

— Tout va bien, Pietro, dit la femme d'une voix calme et rassurante. Tout est terminé : maintenant, tu peux rouvrir les yeux.

REMERCIEMENTS

Stefano Mauri, éditeur, ami. Et avec lui, tous les éditeurs qui m'ont publié dans le monde.

Fabrizio Cocco, Giuseppe Strazzeri, Raffaella Roncato, Elena Pavanetto, Giuseppe Somenzi, Graziella Cerutti, Alessia Ugolotti, Ernesto Fanfani, Diana Volonte, Giulia Tonelli et la très précieuse Cristina Foschini.

Mon équipe.

Andrew Nurnberg, Sarah Nundy, Barbara Barbieri, et les extraordinaires collaboratrices de l'agence de Londres.

Tiffany Gassouk, Anaïs Bouteille-Bokobza, Ailah Ahmed. Vito, Ottavio, Michele. Achille.

Giovanni Arcadu. Gianni Antonangeli.

Alessandro Usai et Maurizio Totti.

Antonio et Fiettina, mes parents. Chiara, ma sœur.

Sara, mon « éternité présente ».

Du même auteur :

Le Chuchoteur, Calmann-Lévy, 2010
Le Tribunal des âmes, Calmann-Lévy, 2012
L'Écorchée, Calmann-Lévy, 2013
La Femme aux fleurs de papier, Calmann-Lévy, 2014
Malefico, Calmann-Lévy, 2015
La Fille dans le brouillard, Calmann-Lévy, 2016
Tenebra Roma, Calmann-Lévy, 2017
L'Égarée, Calmann-Lévy, 2018
Le Jeu du chuchoteur, Calmann-Lévy, 2019
Je suis l'abysse, Calmann-Lévy, 2021

Le Livre de Poche s'engage pour
l'environnement en réduisant
l'empreinte carbone de ses livres.
Celle de cet exemplaire est de :
300 g éq. CO_2
Rendez-vous sur
www.livredepoche-durable.fr

PAPIER À BASE DE
FIBRES CERTIFIÉES

Composition réalisée par Belle Page

Achevé d'imprimer en France par
CPI BRODARD & TAUPIN (72200 La Flèche)
en janvier 2022
N° d'impression : 3046179
Dépôt légal 1re publication : octobre 2021
Édition 03 - janvier 2022
LIBRAIRIE GÉNÉRALE FRANÇAISE
21, rue du Montparnasse – 75298 Paris Cedex 06

34/5818/8